松江藩栄光への道

律儀者と不昧さん

「律儀者と不昧さん」の上梓を喜ぶ

松江歴史館館長　藤岡大拙

松江藩二百六十有余年の歴史において〝地獄から極楽へ〟といったドラマチックな時代があった。江戸中期から後期にかけての六代藩主宗衍公と、七代藩主不昧公の時代であるが、残念なことに、これまで誰一人としてこの歴史を読み物として世に出した人がいなかった。

著者の山口さんは、積年の思いからこの難題に果敢に挑戦され、「律儀者と不昧さん」というタイトルで見事上梓に漕ぎつけられた。この社会的意義は大きく、まずもって敬意を表したい。

著者は、一昨年、『誇り高きのぼせもん』というタイトルの小説を上梓された。これは国宝松江城が、明治初年の廃城令によって取り壊されそうになったとき、それを阻止するために立ち上がった士族、高城権八を主人公にして描かれたもので、評判を呼んだのであった。

山口さんの小説作法は、正確な歴史知識を下敷きとして、その上で人物を描写するというもので、いわば歴史書を小説感覚で読める、といったところに特徴がある。

この度発刊された小説第二弾『律儀者と不昧さん』は、平成三十年に没後二百年を迎える、松江藩七代藩主治郷（不昧公）を主人公に据え、父六代藩主宗衍や側近の家老、朝日丹波郷保らとの苦難の人間模様を追ったもので、その喜怒哀楽が手に取るようである。

不昧の父宗衍は赤貧の松江藩を救おうと、思い切った重商主義政策を打ち出す。だが、時期尚早のため経済は混乱し、加えて連年の凶作が襲いかかり、藩財政は火の車となった。さらにそこへ幕府の容赦なき国役が課され、財政窮乏は極限に達するのである。宗衍や家臣たちの苦悩する姿を、治郷は幼いころから見ていたはずだ。そこへ登場したのが、剛腕家老の朝日丹波である。丹波は強烈な個性と実行力によって、農民への重税、豪農豪商への債務破棄、上方商人への利子棚上げ、江戸藩邸の冗費大幅カットなど、恐るべき荒治療を断行した。このことにより、財政は次第に立ち直っていくのである。

弱冠十七歳で襲封した治郷は、この老臣朝日丹波に支えられ、藩政の舵取りを行っていく。その傍ら、茶の湯と禅に打ち込み、茶禅一味の武家茶を発展させ、同時に茶道具蒐集にはまってゆく。

著者の山口さんはこのような松江藩史上のエポックを取り上げ、血の通った人間を描いた。たとえば、幼児期の治郷は、当時の史料によれば、「善くゆけば妙々、悪しくゆけば大変」だったという。これが具体的にどんな行為をする子どもなのか、これまで誰一人説明した者はいない。著者は、書道や学問の師に対し、硯を投げつける、棒で頭を叩くなどの腕白ぶりだったとしている。そんな治郷の少年期、成年期、壮年期に及ぶ六十八年の人生を見事に描いている。部分に創作を交えているが、基本的な史実は厳密におさえられている。

本書は一貫してこのような作法で貫かれているので、読んでいるとその場面が生き生きと浮かび上がってくる。

松江藩栄光への道のりを知り、永く語り継いでいく上において、価値ある読み物となった。多くの方々にお薦めする所以である。

目次

一　宗衍　若き日の勇猛

延享二年（一七四五）〜宝暦元年（一七五一）　松江―江戸

「飯じゃ、飯じゃ、握り飯を配るぞよ」

「殿様からの御慈悲じゃ、手を出せ、ほっかほっかの握り飯じゃ」

松江城三之丸前の堀に横付けされた二艘の小舟が、水浸しの城下に繰り出した。葵《あおい》の家紋の旗を立てたこの舟は、水没した土橋を越えて屋根のみ僅かに頭を出す辻番所の前を南に舵を切り、松の枝をかきわけて南進した。やがて眼前に広がる海原の向こうから「おーい、おーい」と舟に向かって助けを呼ぶ声。二階や屋根に逃れた民が懸命に手を振っている。

「待っておれ、今行くぞ、落ちるなよ」

「水と握り飯じゃ、子供や病人は後ろの舟に乗れ」

二人の船頭が操る小舟は、ゆっくりと屋根に近付いていった。五、六人の髷の男に交じって、逞しい若武者の姿が見える。松江藩六代藩主松平宗衍《むねのぶ》十七歳、その人である。浅黒い肌、濃い眉、目は柔和なれど光鋭く、鼻筋の通った武者は、舳先《へさき》に仁王立ちし甲高《かんだか》い声を張って民を元気付けている。

　普段の年ならば緑の水をたたえ、白い帆掛け船がのどかに行き交う風光明媚な宍道湖が、一転して茶色の水で膨れ上がり見渡す限りの大海原と化している。たった一つの水の捌け口、宍道湖から東に流れる川幅七十五間（約百三十五メートル）の大橋川は、ごうごうと音を立てて材木や家財道具などを押し流している。

　延享二年八月十五日から出雲の国を襲った豪雨は宍道湖に流れ込み、十八日になると湖からあふれ瞬く間に城下を覆った。堀に面した商人町の片原・茶町・末次・京町、職人町の大工町・鍛冶町・漁師町、更には大橋川南沿いの白潟・天神・寺町、足軽屋敷の雑賀町、津田街道沿いに広がる津田村など、低地一帯の家並や田畑をことごとく浸水させたのだ。

　洪水常習地帯に住む人々は「また来たか」と始めは高を括《くく》っていたが、十九日になって俄《にわ》かに水かさが増し、遂に二階や屋根への避難を余儀なくされた。明けて二十日、飲まず食わず屋根や二階で一夜を明かした民を助けようと、宗衍の指図で二艘の舟が水害の城下に繰り出したのである。

　舟は水や食料を配りながら京町を過ぎ、大工町から右折し漁師町あたりまで進んだ時、宗衍は大橋川手前の屋根の上に、五、六人の孤立者を発見した。髪はぐしょぐしょ、着物はびちゃびちゃの大人や子供、それに犬も見える。

「あそこにもおるぞ、舟を向けよ」

「川が近く、危のうございます」

「なんだと！　見捨てるわけにはゆかぬ、行け！」

殿の命令に、船頭はしかめ面《つら》をしながら舳先《へさき》を南に取った。

民が避難している孤立した屋根は、まるで水の上に浮いているがごとく揺れ、その向こうを音を立てて大橋川が流れている。歓んで声を上げ、助けを求める民に向かって舟はゆっくりと近づき、藩士は用心深く舟べりに身体を寄せ手を差し出す。

「さあさあ、食うがよい、握り飯じゃ」

「すぐ後ろから舟が来る、子供や病人から避難せよ」

「お侍さん、こっち、こっち、子供が腹を減らしちょーます」

血走った目の民が屋根瓦につかまり、先を争って舟に手を伸ばす。その時、宗衍に向かって手を伸ばしていた痩せた女が、横にいた厳《いか》つい男ともみ合いとなり、その瞬間、屋根に摑まっていた女の手が離れ水中に真っ逆さま。

「ぎゃー、あーうー、あーあー」

言葉にならぬ声を発し、手をばたつかせてもがき、懸命に助けを乞う。舟と女の間は三尺（約一メートル）、舟上から手を伸ばすが届かぬ。慌てた船頭が竿《さお》を差し出すが、女はこれに気付かず手をばたつかせ、水に浮いたり沈んだり、身体は遠のくばかり。屋根の向こう三間先は魔物のような茶色の濁流だ。

――いかん、流れにのまれてしまう。

宗衍はいきなり立ち上がって身構えたところを二人の家来がこれに抱き付いた。

「やめろ、危ない！」

「殿、お止め下され！」

「ええーい、離せ、離せ！　離さんか！」

二人の藩士を突き飛ばし立ち上がるや、宗衍は大きく弧を描いて船べりを越え水の中へ。

――ばっしゃーん！

抜き手を切って一直線に進む宗衍。身体をばたつかせ遠のく女の身体が濁流にのまれんとしたその瞬間、逞しい腕が女の着物へ。女は必死にその手にしがみ付いた。

「早や、出せ！　竿だ、竿を出せ！」

舟の上から長さ三間の竹竿が二本、宗衍に向かって伸びた。かろうじて竹竿にさばり付いた宗衍。

「引け、引け、竿を引け！」

女を抱いた宗衍の身体が舟に引き寄せられ、水の中の二人は総がかりで甲板の上へ。

「やったー、助かった！」

「殿、御怪我はありませぬか」

宗衍の強い意志で実現した救助舟は、女の遭難とこれを助けた勇敢な殿という絵に描いたような結末となった。だが、宗衍にとっては必ずしも後味の良いものではなかった。

「殿が洪水の川に飛び込むなどあるまじきこと、やんちゃにも程がある」

「この殿、派手なふるまいが多すぎる」

三の丸の重鎮の部屋から、無神経な言葉が部屋の外まで聞こえる。

「さすがは殿！　藩士も民も絶賛し、大いに士気が上がっております」

髪を乾かす宗衍に笑顔で近寄り、心にもないおべっかを使う家老に、宗衍は口も利かず背を向け自室の襖を閉めた。


宗衍が藩主を務める出雲国《いずものくに》は島根県の東部に位置し、宍道湖《しんじこ》に流入する斐伊川《ひいかわ》によって沖積平野が開けた歴史豊かな農業地帯である。

和銅六年（七一三）、元明天皇から編纂を命じられた『出雲国風土記』は、現存する風土記の中で最も完本に近く、当時の国情や、この地に伝わる「国引き神話」などを詳細に記述している。

慶長五年（一六〇〇）、関ケ原の戦いで徳川方として活躍した堀尾忠氏《ただうじ》は、その戦功により家康から出雲・隠岐《おき》両国二十四万石を与えられた。出雲国入りした忠氏は父吉晴とともに松江を新たな城地と選定し、吉晴によって慶長十六年（一六一一）に松江城が築城され、爾来、二代目忠晴、初代京極忠高によって城下町松江が整備されていった。

京極氏改易の後を受けて、徳川家康の次男である結城《ゆうき》秀康の三男、信濃国松本城主松平直政が出雲国十八万六千石に封ぜられ、松江入りしたのは寛永十五年（一六三八）のことである。

直政の松江入りと前後した寛永年間、出雲国を東から西へ日本海に流れていた斐伊川が、相次ぐ大洪水によって西から東へと流れを変え、宍道湖へ流入するようになった。定量を超えた宍道湖の水は行き場を失い、爾来、数年おきに氾濫し、簸川平野や沿岸の町や村、田畑を飲み込み、穀物の収穫に大打撃をもたらすようになった。

二代綱隆から五代宣維《のぶずみ》までの六十五年間は藩政の後退期となり、三代綱近の時代には家臣の俸禄を減ずる半知召し上げや、御用商人などから金を借りる借銀、国内の取引に用いる紙幣「藩札」をも発行するところとなった。

六代藩主宗衍は、享保十四年（一七二九）五月二十八日、松江藩第五代藩主松平宣維の長男として生を受け、幼名を幸千代と称した。母は一品親王伏見宮邦永親王殿下の息女天岳夫人で、宗衍は同十六年八月二十七日、父の急逝により三歳で家督を継ぐことを余儀なくされた。幕府は、松江藩の財政悪化に加えて藩主が幼いところから、その出自に配意し福井藩主松平宗矩《むねのり》、明石藩主松平直純《なおすみ》、白河藩主松平義知《よしちか》の三侯に命じて藩の運営を支援させた。しかし、宗衍がお国入りを果たすまでの間、享保の大飢饉、元文元年（一七三六）の津波、翌二年江戸赤坂上屋敷の火災など、国元も江戸も災難続きであった。

宗衍は、皇族の血筋に似合わず幼少の頃からやんちゃで、苦難を乗り越える度に逞しくなり、熱血あふれる行動的な若者に成長し、延享《えんきょう》二年（一七四五）十七歳となるや、さっそうとお国入りを果たした。

だが国は聞きしに勝る荒廃ぶりのところへ追打ちをかけ、水がその出鼻をくじいた。まず六月の水害である。中旬から降り始めた雨は洪水を呼び、田植えが終わったばかりの若苗を根こそぎ押し流し引いていった。落胆した百姓が気を取り直して立ち上がろうとする矢先、再び八月の洪水であった。しかもその爪痕は大きく、その年の米の減収は七万石以上と目された。

この貧しい国をいかにすべきか、一晩、まんじりともせず考えた宗衍は、明け方になってようやく一筋の光を見出した。そのころ江戸屋敷では、経世学の祖となる濳水《しんすい》こと宇佐美恵助《うさみえすけ》を藩主の知恵袋として招き指導に当たらせていた。宇佐美の指導は、一般的な藩主教育にとどまらず、藩主としての政《まつりごと》の在り方、変遷する時代の中でこれからの藩はどこへ活路を求めてゆくべきかなど先進的であった。その宇佐美が宗衍に力を込めて説いたのは、「米に頼る国造りでは時代に遅れる、これからは殖産興業だ、多角的な農産物の栽培、鉄製品や木工品など物作りにも力を注ぐべし」との教えであった。

――よし、思い切って新しい国造りをしよう。まずは体制だが、さて、予の考えを誰に託すべきか。

大改革は斬新な理論の下、強力な指導力により独裁的に進めることが肝要であるとされるが、松江藩は、発足以来一貫して代々家老を中心とした集団指導体制である。現状では如何ともし難い。

その日から松江を離れるまでの半年、家老を中心とした重鎮を細かく観察し、旗振りを任せ得る人物を探した。だが、落胆に終わった。代々家老の家柄に安住し、殿の機嫌取りのみに終始し改革の思いなど微塵《みじん》もない者、集団指導という傘の下、先例踏襲から一歩も踏み出せず事なかれ主義に陥っている者、自らの意見が通らぬと腹を立て強面で噛みつく柔軟性のない者、等々なのだ。

――なんだこいつら、高い禄《ろく》ばかり食《は》んで、こんな体《てい》たらくだからこの国はいつまで経っても貧乏だ……いや、まてよ、十八の我は人の秘めたる能力や力量を見出す力に欠けているのかな……だが半年経っても目にとまらぬとなれば……自分でやるしかない、とすると、古い考えの家老連中はかえって邪魔になる。

宗衍は、殿自ら政の指揮を執る「御直捌《おじきさばき》」を決意するとともに、家老を一掃し、そのころ中老《ちゅうろう》御仕置添役《おしおきそえやく》ながら理財に長け、進歩的な人物として評価されていた小田切備中尚足《おだぎりびっちゅうひさたり》ただ一人を側近として登用する、この決意を固めたのである。

延享三年（一七四六）四月、江戸藩邸に帰り着いた宗衍は、時を移さず邸に濤水を招いて己の考えを明かし、数度の指導を仰いだ後、具体的な取り組みと手順などについて周到な準備を行った。

翌四年、二度目のお国入りを果たした宗衍は、七月五日、側近として抜擢した備中を伴って出雲大社へ参拝した。五穀豊穣の祈願のためと銘打ったが、ひとえに目前に迫った藩の大改革の成功を祈ったのであった。

そして八月二十日、宗衍は家老以上の重鎮を「上の間」に招集した。その中には、ただ一人、中老から抜擢《ばってき》した備中がいた。

「ここに皆を集めたのは、今後予において『御直捌』をやるためである。予の補佐役として、小田切備中一人を登用する。もちろん、それだけでは出来ぬゆえ、若手で理財に長けた者を指名し手伝わせる。よって慣例により、皆には今日付けでその役を退いてもらう。冒頭にこのことを承知願いたい」

一瞬、「おー」とどよめきが起こり次の瞬間、水を打ったような静けさとなった。一昨年初入国した時から江戸張りの派手な身のこなし、その前向きな姿勢、言の葉の端々に出る「改革」「前進」という耳慣れぬ語句から、ただならぬものを感じていた家老衆ではあった。

一同はけげんな顔つきで次の言葉を待った。

「予がやろうとしておるのは『延享の改革』と銘打った藩の大改革だ。第一は財政難に対処する金融、第二は米中心の産業から一歩進め金になる産業への転換、第三は文教の充実である。偏《ひとえ》に藩を立て直し、豊かな藩とし民が安んじて食っていける世を作るためである。皆には、今日まで各持ち場でよく働いてくれた。今後とも折に触れて意見を求め支援を願う、よろしく頼む」

一同は首を傾《かし》げて立ち上がり、備中を残して全員退出した。

宗衍が踏み出した延享の改革は、新しい発想を果敢に取り入れた経済政策に特徴があり、別名「御趣向《ごしゅこう》の改革」ともいった。

改革の目玉としたのは「泉府方《せんぷかた》」と称する藩営の金融業であった。大坂や尾道の富商や領内の豪農に出資を求め、この金を、領内で新たに商売を起こそうとする者などに貸し付け利息を得る金融業である。また、「義田方《ぎでんかた》」と称し、耕作放棄地や年貢徴収の出来ぬ荒地を豪農などに斡旋し、長期の年貢の先納者に土地を分与する政策、「新田方《しんでんかた》」と称し、斐伊川河口や大橋川下流域などの未開地を斡旋し、数年分の年貢を先納すれば免税するとした政策で、いずれも藩を運営するための資金集めであった。

産業部門では商品作物の研究と普及を通じて新たな産業を興すための「木苗方《きなえかた》」、木綿、櫨蝋《はぜろう》、煙草などの栽培を奨励する「木実方《きのみかた》」、鉄穴《かんな》流しで得た鉄を鍋や釜などに商品化し、付加価値を付けて販売する「釜甑方《ふそうかた》」などの設置と育成に力を注いだ。

また、宗衍や備中を補助する陣容は、階級に関係なく広く適任者を集めることとし、村上源蔵、稲塚和右衛門、新井助市を、延享三年には隠岐出身の知恵者、村上喜一郎を加え体制の強化を図った。

目玉である藩営の銀行が珍しさも手伝って順調に推移する一方、米のみに頼る農業から脱皮した新しい作物の栽培や製造業が徐々に地域に根付いていった。

だが、開始三年が過ぎた頃から、順調そうに見えていた藩営の金融業の雲行きがおかしくなった。早い段階で米子の後藤屋は手を引き、足場の悪い尾道や大坂の商人を頼らざるを得なくなり、加えて、入った金の大半は藩の運営費として出ていったからだ。

宗衍は、「己が国元に常駐してあれこれと指図すれば備中もやり辛いであろう」などと考え、寛延三年（一七五〇）十月、松江を発ち、しばし江戸藩邸に留まった。齢《よわい》二十二であった。

桜の花吹雪の夕暮れ、栗毛の馬に跨《またが》り、七人の供を従え山吹色の羽織袴の武士が威風堂々と吉原遊郭の門を潜《くぐ》った。

並の武士ならば門の手前にある茶屋辺りで編笠を借り、顔を隠して遠慮がちに潜るのであるが、この武士は馬に跨ったまま胸を張り、いささかも臆するところがない。その武士は……何と、出雲国松江藩六代藩主松平宗衍、その人であった。

日本橋葺屋町にあった吉原遊郭は明暦の大火（明暦三年〔一六五七〕）によって全焼し、浅草の日本堤に近い浅草田んぼに移転した。衣紋坂の突き当たりのその遊郭は「新吉原」と呼ばれ、廓《くるわ》の四方は逃亡や侵入防止のため高い塀とお歯黒溝で囲まれ、入り口は南側の櫓門のみである。間口四間、高さ八間の門は、梁《はり》の持ち送りに海の底に遊ぶ美しい人魚が彫刻され、金銀丹青にして竜宮城を思わせた。

櫓門を潜り、馬から降りた宗衍は、たちまち人々の目を吸い寄せた。編み笠をまぶかに被った侍や、うつむき加減に通路の端を歩く商人などをよそに、家来と談笑しつつ中央を大股で歩き、番頭が集っている会所《かいしょ》に直行した。「江戸町屋」と記された看板の前にいた年増の女番頭に「いつもの紅梅《こうばい》太夫を頼む」と大声で告げ、すたすたと奥に向かった。吉原の遊びには花魁《おいらん》を買う旦那遊びと、遊女を買う素人遊びとあり、やんちゃな殿も家臣の配慮で、十両（約百万円）もする旦那遊びを常としていた。

宗衍は宝暦元年（一七五一）の二月、長男鶴太郎を授かったが、若さにあふれ暇と金のある男の求めるところはいずこも同じ、そのころ大名の間で流行っていた吉原遊郭に興味を抱くところとなった。

宗衍はある日、江戸城に於いて経験豊富な臣に尋ねた。

「近頃、吉原の話を聞きまするが、大名とはいえ吉原に遊ぶことは差し支えありませぬか」

「幕府公認の遊郭ゆえ差し支えありませぬ。ただし人目を忍んでの微行はよろしくない、登城の如く堂々と行かねばなりませぬ」

——おー、これは良いことを聞いた。そうだよなー、幕府公認だ。

　宿老の教えに納得した宗衍は、家臣の反対もよそに、以来、晴天においては栗毛の馬に跨り、荒天にあっては葵の家紋の付いた豪華な駕籠に乗り、御供を従え人目を気にすることなく堂々と櫓門を潜った。

「幕府公認の遊郭であり、登城の如く堂々と」とはいえ、物事には程度がある。宗衍は出自良く、若くて男ぶり良く、酒にも女にも強く、何事も開けっ広げにして動きが派手であったからたちまち人々の噂に上った。幼くして両親を失い、苦難の幼少期を乗り越えて藩主となり、やっと成功の道が拓けようとした矢先であったが、出る杭《くい》は打たれる、老中は「十八万六千石の親藩として自覚がなさ過ぎる、傍若無人なふるまいは民の反発を招く」と厳しい評価をするようになったのである。

二　癇癪《かんしゃく》持ちの若殿誕生

宝暦元年（一七五一）～同十二年（一七六二）　江戸赤坂松江藩上屋敷

鶴太郎（後の不昧《ふまい》）が生まれたのは、宝暦元年二月十四日の明《あけ》六ツ（午前六時）、江戸は赤坂の松江藩松平邸の産舎である。

厳寒期にあっては珍しく暖かい西風が吹き、屋敷の西方遥か彼方には、朝日に照らされて雪を頂いた富士山がくっきりと映えていた。

誕生した子供の父は松江藩六代藩主松平宗衍、母は側室の大森歌木《おおもりうたき》である。

産屋は三間（約五・四メートル）四方で、北側の壁に南向きに神棚が、中央には天井から太さ二寸もある綱が垂れ下がっている。綱は力綱といい、出産時に産婦がいきむために握りしめるのだ。綱の下には、今しがた出産を果たした歌木が汗まみれの顔に笑みを浮かべて藁俵《わらだわら》に寄り掛っている。

夜七ツ（午前四時）に陣痛が始まり、六ツにはさしたる苦しみもなく赤子は生まれ落ちた。ところが、その赤子は普通のお産ではあるはずの産声《うぶごえ》がなかった。

「早く、急いで！　揉《も》んで！　揉んで！」

狼狽した若い産婆は、赤子の体をさすったり揉んだりと手を尽くすが赤子は泣かない。脇で見守っていた年長の産婆が慌てて割って入り、左手で赤子の足を摑んで逆さまにした。

女は宙吊りした赤子の尻を右手の人差し指と親指で数回つねった。その瞬間、赤子の体が「ぴくっ」と動いた。次に女は人差し指と親指を揃えて背中を叩いた。赤子の口から「ひー」と音が漏れ身体が動き始めた。

「オギャー、オギャー、オギャー」

やっと赤子は産声を発したのである。

通常、赤子は母親の胎内にいる間は羊水に浸っているが、体外に出たとき羊水を吐き出し泣くのである。羊水が吐き出せなかったり、空気が吸い込めない状態が続くと死に至るのだ。

「殿、息を、息をされました。泣き声を上げられました。おめでとうございます。世子誕生にございます」

産屋の前に張り付いていた用人の脇坂十郎兵衛が、けたたましい足音を響かせて廊下を走り、藩主宗衍の待つ居室に駆け込み興奮に声を震わせた。

「そうか、息をした！　息を始めたか」

「はい、泣き声が庭にいてもはっきりと」

「死ぬかと思うて手を合わせて祈っておった。いったいどのようにして生き戻ったのじゃ」

「産婆が、逆さにして叩いたりつねったりしたとか……」

「逆さにして叩いたりつねったりだと、ほう、それは、それは。ははは……」

宗衍は整った顔を赤らめ、相好《そうごう》を崩した。

これより以前、鶴太郎には異母兄があった。名前を「千代松」と言い、寛延二年六月十五日に生まれ、その僅か二か月後の八月二十六日に死去した。

あれから一年半、宗衍二十二歳にして授かった第二子であった。

先の子が思いもかけぬ短命であったことから、此度《こたび》は何としても健やかに生まれ育つようにと、前日から産舎に小田切備中を入らせ、古来より不老の生き物で安産の守り神として知られる蟾蜍《ひきがえる》の鳴き声をさせて邪を払うなど、細やかな気配りをした。

赤子は、産婆の機転で危機を脱し自力呼吸を始めたとはいえ泣き声は弱々しく、頭の大きさに比べて体格は貧弱で、目方も七百匁（二千五百グラム）足らずであった。

三人の医師の診察によると、生まれつき身体虚弱な腺病質《せんびょうしつ》で、抵抗力が弱く生き続けるか否かはひと月が山であるという。弱い刺激で皮膚や粘膜が異常をきたすほか、風邪や労咳《ろうがい》にかかり易いとの見立てで、先行きに大きな不安を抱かせた。

江戸時代には、麻疹《はしか》や天然痘の有効な治療法がなく、子供は十歳までに約半数が死んだ。このことから七歳を過ぎるまでは神の子などといわれた。

かような事情から、宗衍は生まれた子供に鶴のような生命力を得させんとして「鶴太郎」と名付けた。

この時代、大名は世継ぎを得ることが家の存続のための至上命題であり、大名の妻は例え男の子を生んだとしても成長過程で死ねば元も子もなく、そのため次の出産に向けた身体の備えに入り、我が子は乳母によって育てることを倣いとしていた。

だが宗衍は、第一子を亡くした辛い体験からそれを許さず、生みの親の歌木に授乳を託した。

歌木の乳の出はすこぶる良かったものの、鶴太郎の食欲にはむらがあり、物音や風のざわめきにも敏感に反応し乳を飲むのをやめた。生後十日目ぐらいから体中が黄色になる黄疸《おうだん》の症状を呈し、二週間を過ぎると体を弓なりにそらして激しく泣き、乳を吸うことを止めた。

医師は「肝臓に障害がある」と言い、祈祷師《きとうし》は「お産の穢《けが》れが取れていない」と言った。

歌木は、繰り返し乳房を口に含ませ、布や綿に乳をしみこませて与えたが飲まず、苦渋の面持ちでじっと神棚を見つめ、急に顔を上げ部屋の外へ。そこで用人の脇坂に見つかった。この時代、出産は不浄なものとされ、子供を産んだ女は一か月が過ぎるまでは部屋の外に出ることを禁じられていた。

「今から半刻《はんとき》出させて下さい」

「いかがな用向きですかな。身共に出来ることならご用命下され」

「体の穢れを取ってきます」

「穢れを取ると？　異なことを……半刻ですぞ」

白い着物を着た歌木の真剣な眼差しに押されて、脇坂はこれを許した。

……半刻後、歌木は白い息を吐きながら授乳室に戻り来た。赤い花柄の着物に着替えると、濡れた髪を火鉢で乾かし手拭いで結んだ。神棚に向かって深々と礼をした彼女は、泣き声も立てず布団にくるまり目玉だけくるくる動かしている鶴太郎を抱き上げた。

丁寧に乳房を含ませると、己の右手でぱんぱんに張った乳房をしぼった。乳は口からあふれ出たものの、何度も粘り強く試みたところ、やがて「ごっくん」と音を立て乳が喉を通った。水ごりにより穢れを取り神に託した歌木の営みは通じたのだ。二日も飲むことをやめていた鶴太郎は、それを境にむさぼるように乳を吸いだした。

翌朝、脇坂は見回りの番人から、「深夜、産屋の脇の井戸で、鶴が水浴びをしていました」との奇妙な報告を受けたのである。

鶴太郎は、病気を繰り返しながらも一歳の誕生を迎えた。痩せてはいたが骨格は徐々に普通の子供に近づき、片言ながら「はーうえ、はーうえ」と歌木を呼ぶようになった。

宝暦二年（一七五二）の六月二十五日、一歳四か月を迎えて髪置の祝を行った鶴太郎に、宗衍は御守役として福岡仙右衛門と福嶋才右衛門の二人を付けた。鶴太郎は人見知りが激しく、些細なことで機嫌を損ねるため、「二福」と呼ばれた二人の守役はあやし方や遊びにも神経をすり減らした。

良いことは永く続かない。鶴太郎が二歳を迎えたあたりから延享の改革が大きな曲がり角に来た。殖産興業である櫨の栽培や蝋の生産、鉄を加工して販売する「釜甑方」はそれなりに成果を収めたが、改革の目玉ともくろんだ「泉府方」が崩れた。債務超過となって金の回転が急速に鈍り、貸し付ける側が腰を引くようになったのだ。

合議制の政治形態を廃し、藩主自ら首を突っ込んでの財政再建策であったが、宝暦二年、遂に「泉府方」の中止を余儀なくされた。また、備中はこのことの責任を取って翌三年四月辞任した。

松江藩の財政事情が火の車の中で、宝暦三年十一月二十三日、鶴太郎の弟「駒次郎」が生まれた。

御直捌の破綻による藩財政の行き詰まり、二児の養育、持病の脚気や痔疾の悪化なども手伝って、このころから宗衍は参勤交代を見合わせるようになった。

一方、頭脳が先行して成長する傾向にある鶴太郎は何事にも興味を示し、人の行動や生き物、植物を注意深く観察するとともに、しばしば二福を質問攻めにするのであった。

宝暦六年一月二十五日、鶴太郎が原因不明の高熱に冒された。発熱は三〜四日目に一旦収まったものの、五日目から頭部、顔面を中心に皮膚色と同じ豆粒状の水膨れが生じ全身に広がっていった。医師の見立てでは天然痘であった。

天然痘はこの頃疱瘡《ほうそう》とも呼ばれ治療法がなく、〝死に病〟として恐れられていた。

迷信が幅を利かす時代、この病の病原菌は赤色を嫌うとの伝えから、鶴太郎は真っ赤な着物を着せられ、産舎の横ににわか造りされた病棟に隔離された。

この時も歌木は屋敷の片隅にある古井戸で毎晩のように水ごりをした。母親の願いが届いたのか発症してから二週間過ぎ、全身に広がっていた豆粒状の水膨れが萎《しば》んで快方に向かい、静まり返っていた藩邸にもようやく明るさが甦った。

宝暦七年、鶴太郎は無事七歳となり神の子から人間の仲間入りを果たした。

鶴太郎は弟駒次郎とは仲が良かったものの遊びが偏《かたよ》るため、側近は他人の子と交わらせることを思い立ち、家臣の子供の中から選んで童二人を遊び友達として付けた。四人の童は、こま回し、かくれんぼ、鬼ごっこ、木登りと遊びの種類も増え、鶴太郎はたちまちガキ大将となった。

或る日の午後、藩邸の庭に穴掘りをして遊んでいた鶴太郎らの声が急に聞こえぬようになり、近習頭の赤木内蔵と脇坂十郎兵衛は慌てて草履をひっかけて庭に飛び出し、手分けをして名を呼びながら走り回った。一万二千坪の広大な屋敷地を隅々まで探したが見当たらぬため、始めに遊んでいた場所へ引き返したその時である。赤木の足元が急に無くなり、赤木はすってんころりんと仰向けに転んだ。

「わーいわーい、赤鬼がこけた、赤鬼がこけた」

四人の童が建物の陰から飛び出し、大笑いをしてはやし立て、大根干しをしていた奥女中もこれを見てキャッキャッと笑い転げた。

「おまえら！」

赤鬼のあだ名のある、直情型の赤木が飛び起きて追いかけようとしたが、腰をしたたかに打っており俄《にわ》かに動けない、それをまたもやはやし立てた。

鶴太郎らは、先ほどまで掘っていた穴を、小枝や木の葉でふさぎ、精巧な落とし穴を作ったのであった。

宝暦七年二月、鶴太郎は、初めて書を細井九皐《きゅうふ》に学ぶこととなった。細井は、仕置添役の田口主馬から、尋常では指導出来ぬと知らされていたため緊張して臨んだが、豈図《あに》らんや鶴太郎は素直に机に着いた。

「身共は若殿の御父上にも書を指導しましたが、父君は書の達人ですぞ、書はまず墨をすることから学ばねばなりませぬ」

細井は、硯に水を注がせ、墨をする要領を教えた。

「この墨とやら、臭いのう。九皐、これは一体何で出来ておる」

「これは、松の木を燃やした煤《すす》と、膠《にかわ》を練り合わしたものであります」

「膠は何で出来ておる」

「動物の骨や筋の油で出来ております る」

「その動物とは何だ」

「牛や鹿であります」

「牛や鹿だと！　この間予が蛙を殺した折『生き物には心があります』と、さんざん説教した奴がおったが、おかしいではないか」

鶴太郎は細井を睨んでいたが突然立ち上がり、硯を手に持つや、たった今己がすったばかりの墨を師の顔目がけて投げ付けた。

「な、なにをなさりますか」

「ははは、罰《ばち》だ、罰が当たったのだ」

墨は細井の顔や白い着物に飛び散り、居合わせた脇坂が慌てて中に入りその場を収めたものの、顔も着物も墨だらけ、散々の滑り出しであった。

だが、書は父親譲りに巧みで、父から誉められたことで気を良くした鶴太郎は書を好むようになり、悪戯の中にもめきめき腕を上げた。


八歳になった鶴太郎は、謡曲や和歌など趣向の手習いも始まった。

これに遅れて、儒臣、濤水《しんすい》こと宇佐美恵助から、世子としての教育を受けることとなった。

濤水は江戸在住の四十八歳、荻生徂徠《おぎゅうそらい》に学んだ篤実な経学者として名をはせており、寛延元年（一七四八）松江藩の侍講として任用されて以来、江戸藩邸はもとより、国元の藩士教育にも熱心に取り組んでいた。

濤水による世子の教育は毎週数回、日を決めて行われた。

善と悪、信と不信、怒と不怒といった人間の基本から入り、先祖を敬うこと、国を治めること、国主としていかに政《まつりごと》を行うか、国を栄えさせることの大切さ、臣民との交わり等々徐々に内容を深めていった。

八歳の夏、鶴太郎は麻疹《はしか》に掛かった。重傷で、医師が手に汗握るほどの病状であったにもかかわらず、頑固な鶴太郎は薬を飲もうとしない。夜も寝ず、枕元で看病を続けていた脇坂が、悲嘆にくれて一人落涙しているのを目を覚ました鶴太郎が訝《いぶか》しがった。

「十郎兵衛、お前、何を泣く」

「……国中が暗夜となることを嘆いておりまする」

「暗夜だと、何ゆえに暗夜となる」

「国中の人民が、直政様以来の名君と頼みにしている若殿様が、お薬を召されず他界されたなら、国中が暗夜となるのでござります」

　じっと考え込んでいた鶴太郎は、きっと顔を上げた。

「予が間違っておった。薬を持て」

　鶴太郎は、脇坂の素直な気持ちを受け入れたのだ。


　鶴太郎にとって灊水の教えは面白くなく、受講態度にもむらがあった。始めのころはまずまずであったもののやがて居眠り、遅刻、欠講などが目立つようになり、注意すると悪態をついて席を立った。

　或る日、業を煮やした灊水が竹の根で作った一尺五寸（四十五センチメートル）ほどの棒を手にして講義に臨んだ。

「これは『精神棒』というもの。鶴太郎殿の弱い心をまっすぐにする道具である。これを使わせぬように今日から受講態度を改められよ」

　侍講自ら決意を新たに臨んだのもつかの間、鶴太郎は半刻もすると居眠りを始めた。

――パチン、パチン
　灊水が精神棒で座机を激しく叩いた。驚いて飛び起きた鶴太郎は、大声を発すると、やにわに灊水の手から竹の棒をもぎ取り、

「貴様！」

と怒号を発し濤水の頭を殴りつけた。

立会いしていた赤木が慌てて棒を取り上げたところ、鶴太郎はあかんべーをし、きゃっきゃっと奇声を発しながら廊下に飛び出した。

かように癇癪《かんしゃく》で粗暴な態度の収まらぬ鶴太郎であったが、理解力や記憶力は抜群で、時として師が教えようとする論点を先回りして答えるなど、濤水としてはやりにくそうであった。

このころ藩邸では、年に数回近隣大名などを招待してお茶会が催された。かような折、鶴太郎も父親に連れられてはにかみながら末席に侍った。やんちゃ盛りの若殿もこの時ばかりは神妙であった。

家老の有澤能登は「ひょっとして若殿は茶の湯が向いているのでは」と直感し、爾来、折に触れて茶道、石州流の手ほどきをした。


そんな四月の午後、国元から江戸に用向きで罷り出た城代家老朝日丹波は、満開の桜の庭を散策していた。

近くで子供の声がする。目を凝らすと八重桜の花の下で、四人の童が蓆《むしろ》の上に行儀よく座り、何やら儀式めいた仕草をしていた。

邸内に子供が居ること自体珍しく、興味をそそられた丹波は足音を忍ばせそっと近寄り、椿の葉陰に身を潜めた。

桜の花の下にはいたずらそうな童が同年代の三人を前に正座し、何やら口上を述べている。三人の童の前には一様に屋根瓦が置かれ、その上に椿の葉、葉の上には花びらが添えられている。口上を終えた童が、左端の子の前でぎこちなく礼をし、手に持った木の葉を渡したところ、その子は両手で押し戴き口にもっていった。丹波はその不思議な光景に目を奪われ、木の枝をかき分けた。

「曲者《くせもの》！　そこの曲者め、顔を見せよ」

突然立ち上がった童が、目を吊り上げ大声を発した。曲者呼ばわりされた丹波は逃げるいとまもなく、葉陰から頭をかきかき姿を現した。

「お主、見たことのない顔だが、名は何という」

「松江藩の家老、朝日丹波茂保にござります」

「朝日丹波とな、身共は松平鶴太郎である」

「若殿様にござりますか。丹波、お初にお目にかかります」

「先ほど来、盗み見しておったところを見ると、どうやらそちもお手前を頂戴したいのであろう。ここへ侍れ、一服つかわす」

「これはこれは若殿様、もったいない」

指示されるまま末席に侍った丹波は、鶴太郎の点てる茶のお点前を頂戴し、うやうやしく椿の葉を捧げ持ち、口に運んだ。

「まことに結構なお点前にござります」

「ははは。美味いであろう。もう一服如何じゃな」

「け、結構にござります」

これが後に七代藩主となる鶴太郎と、家老朝日丹波との運命的な出会いであった。


十三歳になった鶴太郎に、弓、槍、刀術の訓練も加わった。弓を永田源五兵衛に、射法を脇坂十郎兵衛に、剣術を一川五蔵に、槍を松本理左衛門に学んだ。元来腺病質の鶴太郎であったが武術を好み、その上達は常人をはるかに凌ぐものがあった。殊に鶴太郎は形よりも実戦を好み、試合となると真剣そのもので相手に立ち向かった。

学問の習得は濳水をして「一を聞いて十を知り一隅開けて三隅を反する」と言わしめ、読書、講義のごときは常人のごとく苦学を要せずこれを解し、学習を軽視する傾向はより顕著となってきた。

濳水は、世子の教育係という重責を担う立場から、鶴太郎の教育方針について藩邸に厳しい意見を吐いた。

世子としての基本である人間教育、藩主の責任、国造りなどを習得させるためには、まず学問好きにさせることである。武道は定期的に訓練させる必要があるが、書や謡曲、お茶などはこの際辞めさせるべきである。

殊に茶道はもってのほかである。国を治める上では何の役にもたたぬばかりか、任務を忘れて熱中し次第に華美になってゆく。深みにはまらぬ前に止《や》めさせるべきである。何事も事の始まりが大事である、と。

濤水はこのころ、大和小泉藩主で石州流茶道宗家、片桐貞昌に儒学の教授をしており、藩主の同人から「茶道は政治の妨げになる」と直《じか》に聞いていたことから〝茶道反対論〟を力説したのである。

かような周囲の心配をよそに、鶴太郎は輪をかけて行動が活発となり、過ぎたるいたずらや冒険心は相も変わらず、時として他人に害を与えることともなった。

「これはいけぬ、今のうちに何とかせねば」

近習頭として世子の人格形成を任務とする赤木と脇坂は思案の挙句、指導の役割を分担することとした。

「身共は丁寧に諭すゆえ、赤木殿は上から〝がつん〟と厳しくやって下さらぬか」

脇坂の提案によって、その日から赤木は鶴太郎がはみ出した時は厳しく注意し、時としては短気な性格を丸出しにして真っ赤になって叱り付けた。鶴太郎がふてたその後は脇坂の出番である。座らせて優しく自分の子供のように丁寧に諭し頭をさすった。だが、あまり効き目はなかった。

「そちら二人は予に如何せよと言うのだ、予はやりたいようにやる、そちらの小言や猫なで声など聞き飽きたわ！」

二人がそばに近寄ると走って逃げ、前よりもっと悪辣《あくらつ》ないたずらをする、怜悧な鶴太郎は、二人の腹を見透かしていたのだ。

打つ手、打つ手がことごとく外れ、重鎮からは工夫が足らぬと叱られ、二人はほとほと困り果てた。

この過程で近習頭に、知恵者の和多田何右衛門も加わった。

「どげですか、このあたりで戦法を変えて本人の好むことを存分にやらせては」

新たに加わった和多田の提案に考え込んだ脇坂と赤木であった。

「そげだのう、勝手にさせるのも一つの手だ」

「今頃好んで打ち込んでおられーはお茶だ。濤水先生は反対されておるが、内面の充実にも効果があると聞く……幸いなことに近回りに教師もおられー」

「そげよのう、その上で、先々仏道にも親しんで貰えば人間ができーやもしれぬ」

三人の意見に、打つ手を欠いていた重鎮も額に皺を寄せつつ不承不承同意し、茶の湯の指導者として、松江藩茶道頭遠州流の正井道有や千家流の谷口民之丞などをあてがった。

宝暦十四年、十四歳で元服した鶴太郎は、父と共に将軍徳川家治に拝謁し、その場で将軍の「治」の一名をもらい「治好《はるたか》」と改めた。


そんな或る日の午後、突然藩邸から治好の姿が消えた。

青くなって人数をそろえて屋敷の奥から木のてっぺん、堀の中まで探したがそれでも見つからない。念のためにと門番に質したところ「若殿は通っていない、ただ、門から出ていった物売りが子供を連れているのを見た」というのであった。

その無断外出は、治好が自ら求めた茶道研修の第一歩であったのだ。

三　地獄で鬼

宝暦十年（一七六〇）十二月八日〜翌十一年（一七六一）二月十八日　江戸―松江

江戸時代も百年を過ぎたあたりから気候の変動が顕著となり、夏になっても気温は上がらぬ異常な気象が日本中を覆っていた。小氷期とも呼ばれたこの時期は、冷害、干ばつ、大雨、洪水、虫害が相次ぎ、宗衍が生まれた享保十四年（一七二九）から宝暦九年（一七五九）の三十年間に十四回、すなわち二年に一回の割で連年被害を被った。

殊に、宝暦九年の出雲国は、大雨、洪水、地震や落雷による死者が二十四人を数え、民家や橋梁の破壊と流出は甚《はなは》だしく、米の著しい不作により民心は騒然とし、江戸藩邸への送金も途絶えていた。

宝暦十年十二月八日、藩主の江戸城登城の日、宗衍は体調が思わしくなく朝になって急遽欠席を申し入れた。ところがこの日、松江藩に重大な命が下ったのである。

江戸城には、欠席した藩主への伝達役が置かれており、その任にあった下野《しもつけ》国大田原侯は、午後になって赤坂邸を訪れ、休養中の宗衍に命令の内容を伝達した。

「本日、白書院において、松江藩に対して寺社奉行毛利政苗《まさなり》様から手伝い普請の命令が下されました。比叡山延暦寺の山門修復です。対象は、横川《よこお》中堂、閼宮《ひきゅう》、加羅門瑞籬《からもんみずがき》、本地堂の四か所です」

「手伝い普請！　延暦寺の山門修復を！」

手伝い普請というのは、幕府の強制命令による工事施工のことである。施工場所が自国から遠く離れた遠隔の地であることも稀ではなく、経費は全額下命された藩が賄うのである。

幕府は、江戸城をはじめとした公的な建築物や社寺、河川や堤防の設置、改修など、国の事業として行う大規模な建築や開発を毎年のように諸藩に命令した。このことは国を発展させ経済を潤すとともに、国土開発や災害防止などに大きな力を発揮したが、その一方で、地方の大名が財を蓄えて幕府に対抗しようとする、その力を削ぐことにも隠れた目的があったのだ。

命令は絶対であり、吉事として拝命すべきで辞退することなどもってのほかであった。財政に余裕のある藩であれば、〝有りがたき幸〟、とうやうやしく受命するのだが、松江藩の如き財政窮乏の藩にあっては、まさに「地獄で鬼」「驚天動地《きょうてんどうち》」なのである。

宗衍の頭は混乱に陥っていた。自ら乗り出した財政改革は破綻して借金は膨らむ一方で、己はやけになり、しばらく前まで吉原通いにうつつを抜かしていた。

この頃、儒臣の灊水から何の前触れもなしに書状が届いた。侍講で藩のご意見番的存在であるから藩主に対して意見を言うことは当然ともいえたが、それはあまりにも強烈であった。

一　国元では財政が行き詰まり困窮している。このことも顧みず藩主が夜遊びにうつつを抜かすとは不届き千万、速やかに止めよ。
一　政治の良否で臣民の寿命の長短は決まる。良き政《まつりごと》を行え。
一　若殿や弟駒次郎様の教育に手を抜けば取り返しがつかぬ、しかと管理せよ、云々。
宗衍は後ろ頭を槌で叩かれたような衝撃を覚えた。

国元では、債権者の督促から家老さえも逃げ回るありさまで借りることの出来る当てなど何処を掘っても無かった。商人も百姓も搾《しぼ》れるだけ搾った。

だが、宗衍は公儀（幕府）にあってはかような藩の窮状をおくびにも出さなかった。徳川親藩にして母は皇族の血筋にある。名門松平家の虚栄心が、幕臣や他藩大名の同情を買うような惨めな言動を許さなかった。

多くの藩主は、手伝い普請を避けるため知恵を絞った。

藩の経済は堅調に推移し余裕のある藩でも、敢えて大坂商人など他国の豪商から金を借りまくり、城中ではことさらに借金で首が回らぬそぶりを示し、大袈裟に吹聴した。

――予のせいだ。日頃から何の手も打っておらぬ、担当奉行に貢物でもして頼んでおれば二年や三年は先延ばし出来たではないか。

床に就いても、己の素行や無力さが悔やまれてならなかった。

投げられた賽は如何ともし難い。金がないからとて辞退する選択肢などないのだが、もしこの命令を辞退したならばどうなる……とにかく家臣の意見を聞こう。

宗衍はまんじりともせず眠れぬ夜を明かし、夜明けを待って重鎮を集めた。

「……何ということだ、選りに選ってこのような時期に」

「何で、松江藩なのだ、狙い撃ちされる理由でもあるのか」

「昨年の大災害を幕閣も御存知のはず、なのにどげして……」

「やりたくても金がないのだから如何ともし難い。辞退することも選択肢では……」

「処分されーよ、辞退などあり得ぬ、藩が潰れてもよいのか」

ひとしきりぼやきや不満が飛び交い、発言が途絶えたところで宗衍が重い口を開いた。

「予の振る舞いが下手ゆえ押し付けられたのであろう。予も本心は辞退したき処なれど、そうはならぬ。いったいどれほど金が掛かる、工期や経費、施工の段取りは、今少し周辺の様子を探り、その上で国元の御家老衆に問おう」

藩主の指示で、重鎮の面々が重い腰を上げ、その日から、幕府や近隣大名などのつてを頼って事情を把握することとした。だが年の瀬の暗い話、どこへ出向いても相手にしてもらえない。ただ寺社奉行が、「同じ日に仙台藩も延暦寺の山門修復工事を仰せつかっている、工事費用は三万両は下らぬであろう」こう言って気の毒そうな顔をした。そうこうしているうちに年末となり、大きな悩みを抱えたまま、赤坂藩邸は越年を余儀なくされた。

明けて宝暦十一年正月十日、有沢家老は国元の七家老宛に書状を認《したた》め、大名飛脚に託した。

一つ　幕府から比叡山山門修復の命令が下った。これを悦事とし国を挙げて取り組むこととしたいが如何。

二つ　山門修復には三万両が必要の由、かかる費用を内外の百姓や商人から調達し三月から施工したいがその目算はいかに。
三つ　施工に当たる総奉行として朝日丹波茂保を指名する。二月中旬にも江戸藩邸へ罷り越しのこと。

江戸家老　有澤能登

一月二十二日、松江城三之丸は、降って湧いたような幕府の助役命令に上を下への大騒ぎとなった。

「何で松江藩だ、一昨年の大災害が公儀に届いてないのか」

「殿は、幕臣に顔が利かぬな、松平家が潰れてもええのか」

「丹波殿だと？　十五年も干しておいて今になってお呼びか」

時に朝日丹波は五十六歳、四十三歳で宗衍の親政のあおりを受け仕置役から外されていたものの、かろうじて首は繋がっていた。

緊急の評定に臨んだ丹波の肩を、後ろから勢い良く叩く者がいる。笑顔の家老、神谷備後であった。

「いよいよ朝日殿の出番、殿は温存しておられましたなあ」

丹波はこれに答えず、背中に大橋茂右衛門の冷たい視線を浴びながら書院の敷居を跨いだ。

詮議が始まった直後であった。江戸から第二弾の書状が届いた。大橋が目を通し無言で丹波に、丹波が額に皺を寄せ一読して神谷に。

「工事の総額は五万両の見込み　江戸家老　有澤能登」

神谷の低い声が響き、時が止まったような静寂がその場を覆った。

「……三万両が五万両だと！　冗談ではない」

「桁が違いはせぬか、わしは五百両でも腰を抜かすに」

「行ったことも見たこともない山寺にこげな大金、腹の立つ！」

「比叡の山と心中せよだと、あーあ、こーでわが藩も終わりか」

大橋が憎々しそうに呟き、これを打ち消すかのように神谷。

「藩主がやると決めておられる以上進むのみだ。現場に立つものが一番辛い。なあ朝日殿」

齢四十二歳、若い家老の多い中では中堅、腹の座った神谷が丹波を見やって同情し、一同を諭した。

丹波は、江戸表の無力さに腹を立てた顔をしながらも、久々に脚光を浴びる己に内心では湧き上がるものを覚えているようだ。

神谷の意見に異論をはさむ者はいない。だが、一体どこから大金を調達するというのだ。延享の改革の破たん以降大坂も尾道も手を引き、他国で借金が出来ぬとなれば残るは領内の百姓や商人のみだ。百姓は土地で縛られており、良きにつけ悪しきにつけ藩と同体である。どのようにもがいても領内から逃れて生き延びる術《すべ》はない。

「拙者に、名案がありまする」

金集めには定評のある長老の小田切備中が、目を見開き眉を上げた。

備中は延享四年、宗衍が始めた延享の改革の旗を振り、その失敗で致仕したものの、この度、急きょ決まった比叡の助役に対処するため、家老職として復帰を果たしていた。

「ここは下郡《したごおり》に頼み込みましょう。それ以外に手はありませぬ」

寛文六年（一六六六）、松江藩領から、広瀬藩三万石と母里藩一万石が立藩した。これを契機として松江藩領は十郡に分割され、各郡には村、浦、町が作られた。郡の政治体制は、藩の役人である郡奉行の管理下に郡の長として下郡が指名され、その補佐役として与頭《くみがしら》が、その下に村や浦や町を取り仕切る庄屋がいた。

下郡は百姓の身分で、人望のある富農の庄屋から選ばれ世襲されることが多かった。訴訟の軽いものを吟味して採決し、年貢米の賦課や金集めの手伝い、御用金の調達などにも当たった。

「頭を下げて平身低頭、とにもかくにも頼み込みましょう。まず、五万両を郡の大きさに比例して割り付ける、各下郡はそれを庄屋に割り付ける、どのように割り振るか、米か、金か、集め方や時期など細かいことは後回し、まずは下郡に頭を下げて頼み込みましょう」

さすがに藩主に見込まれて改革の旗を振っただけのことはある。金の調達まで頭を巡らして評定に臨んでいる。

「無理を頼む以上、あれこれと制約を設けては〝あぶ蜂取らず〟になります。それと何事も空手形という訳にはまいりませぬ。「木綿合羽《かっぱ》」や「苗字使用」の許可、「二人扶持」などの恩賞を用意し首尾よく事を進めた下郡に授ける、一緒に世話をする与頭、主だった庄屋、商人などにも褒美を取らせましょう」

「木綿合羽」というのは南蛮渡来の雨具兼防寒具で、富裕層の間で人気があったが、贅沢品として一般には着用が規制されていた。また二人扶持というのは家来を持つことが許されるのであって、身分が農民から士分扱いとなり、藩のお勝手方にも従事出来る特権の付与だ。まさに、喉から手が出るほど欲しがっている特権を与えようというのである。五万両の調達と引き換えに藩財政を任せる、これは役所の権力を放棄したに等しく禁じ手ともいえるのだが……。


二月一日、木枯らしの舞う朝、三之丸に国の各地から下郡が集ってきた。

最も遠隔からはせ参じたのは仁多郡小馬木村の嘉一兵衛で、最短距離は城下の隣、島根郡西川津村の正三郎であった。

大半が五十を過ぎた初老の中にあって、秋鹿郡の義兵衛だけは四十歳になったばかり、蓑笠を付け草鞋履きである。歩いて来たとみえ玄関で手拭いを使い雪を払っている。丹波と顔を合わせた義兵衛は湯気の立つ赤い顔に笑みを浮かべ会釈した。

一同が正座したところで、長老の朝日丹波が招集した趣旨を説明し、若い三谷権太夫が各郡へ割り当て金を認《したた》めた「御暮帳目録」を配った。

「六千両だと！　こーは無茶にござります」

「なんで我々にですか、藩士や商人には？」

年明け、うまい話でもあるかとはせ参じた顔役は、凍り付いた。

「昨日も食い扶持《ぶち》を減らすため首をくくった年寄りの葬式がありました。百姓に死ねというのですか」

「江戸表では毎日うまいものを食ってぬくぬくと。百姓は、稗《ひえ》や粟のおかゆをすすり、木の実や草の根をかじって凌《しの》いでおるというに」

「近江の寺の門など我々に関係ない。なんで辞退せぬのだ！」

親方の面々は降って湧いたような難題に怒りをあらわにし、大声で抗議し、泣きべそをかき、割り当て金に不満を述べるなど、さまざまな反応を示した。

頃合いを見て、資金調達の責任者である備中が立ち上がった。

「皆は郡の長として、困難を乗り越え地域の発展に尽力してこられた。だが突き詰めると松平家あっての下郡、松平家になんぞあると皆も我々も今の地位も名誉も失うこととなる。であるからしてこの度は我々も禄を半減させる覚悟だ。皆も相当の覚悟で血を流してもらいたい。降って湧いたような災難とお思いであろうが、この仕事の成就の見通しが立ったなら、苗字や帯刀の許可、郡内の御勝手向きの仕事に携わって貰うことを殿に進言する。何卒、松江藩を助けてほしい。皆に縋《すが》る以外にこの危機を乗り越える術はござらぬ」

言い終わるや、備中は立ち上がって下座に走り、正座して畳に頭をこすりつけた。これを見た丹波ら六人の家老も下座に走った。

「まあまあ御家老衆、そのような、もったいない」

「ちょっと御直り下され。わしらは何も協力さんなどと言ってはおーませぬ」

上座となった下郡の顔色が変わり、ひそひそと相談を始めた。

これまで下郡の勝手向きの仕事は藩の役人に意見を述べること、決められた金額を集めたり立て替えたりという、役人の手伝いが主体であった。それがこれからは身分が士分扱いとなり、自分らで決め、徴収することが出来るというのであり、これほどの名誉と権力の取得はない。

「我々とて藩の置かれておる苦しい事情はよう分かーます。今日のところは持ち帰って、与頭や主だった庄屋と相談し、月の半ばにも各々返事をさせてもらおうと存じ上げます。何卒ご了承下されー」

長老の嘉一兵衛が皆の意見を代弁した。家老連中は、一様に胸をなでおろし安堵の表情で顔を見合わせた。

重苦しい評定が終わったころ城下は一面の銀世界。各下郡は、見送りに出た家老衆に挨拶をして待たせていた駕籠《かご》に乗り込み、それぞれの方向に散っていった。

駕籠が見えなくなるまで腰をかがめ頭を下げていた家老連中は、最後の一挺《ちょう》が門の外に消えるや胸をそらせ、腰を叩きながら屋敷の奥へ戻っていった。

最年少にして、一人徒歩で来た秋鹿郡の義兵衛が、蓑笠を付け丹波に会釈をし雪の中へ駆けだそうとした。

「義兵衛殿、久しぶりにどげですか。家内も顔を見たがっておりまする」

「これはこれは御家老様、もったいのうござります。ではせっかくのお言葉ゆえ参上させていただきます」

義兵衛は父親が引退した五年前、秋鹿町の庄屋となり、二年前下郡に就任した。十代のころ五年間、朝日家老家へ行儀見習いとして奉公し、丹波に読み書きから礼節、藩の仕組みなどについても教わった。二年前下郡に任ぜられるや、丹波に政《まつりごと》を学びたいと申し出たことから、そのころ丹波が同志を募って開講した「光雲塾」に学ぶこの頃であった。

二月十二日、下郡の面々は三之丸に集った。皆暗い表情をして手に風呂敷包を所持している。挨拶もそこそこに各人が風呂敷をほどき恭《うやうや》しく書状を提出した。

集計の結果、仁多、飯石、神門の各郡は割り当て金額の七割、秋鹿を除く各郡は五割程度達成見込みとした。だが、秋鹿に限って、「鋭意努力するものの見込みは立たぬ」と回答した。

これを受けて国元家老は協議を重ね、二月十五日、江戸表へ次のように書状を認《したた》めた。

十郡の下郡において二万五千両の目算が立った。家臣の禄の半減と町屋など出入り商人の寄付で五千両を見込む。不足の二万両については工事内容を吟味し安価な施工にする、国元から人夫を差し出し人夫賃を浮かす、値切る等の知恵を出し乗り切るべし。

宝暦十一年二月十五日　　国元家老一同

四　裸足の小姓

宝暦十一年（一七六一）二月二十四日　江戸赤坂松江藩上屋敷

「お殿様、鶴太郎の薬代を、薬代を……さもなくば鶴太郎が死んでしまいまする」

宝暦十一年二月二十四日の江戸はことのほか冷え込み、赤坂は未明から霙《みぞれ》が降り、昼になっても肌を刺すような冷たい風が吹き荒れた。この大寒の昼過ぎ、松江藩江戸上屋敷では騒動が起きていた。

屋敷の主である宗衍の居室に、奥方の歌木が血相を変えて走り込んだのだ。

「お殿様、鶴太郎が可愛くないのですか、苦しんでいるあの声が耳に入りませぬか」

この日は朝から鶴太郎の具合が悪く、宗衍もこのことを知らされ気にしていた。生みの親である歌木は気が気でなく、小姓に命じて侍医を迎えに行かせたのだ。

江戸屋敷の中でも、常時千人を超す家臣を擁するような大規模な邸にあっては藩医が常駐していたが、松江藩の如き中規模の藩においてそれはなく、家臣が病気になれば邸の外に住まいする藩医へ出向いて治療を受けるのである。もっとも世継ぎであり持病を抱える鶴太郎にあっては、往診してもらうのが常であった。小姓は屋敷の南の堀に架かる橋を渡り東に折れて五町（約五百メートル）先の、芝永井町にある堀医院に急いだ。寒さ続きのこのごろ、屋敷の内外で風邪が流行っており、堀医院の玄関には履物があふれ、待合室では大勢の患者が順番待ちをしていた。小姓は待つ時間ももどかしく、帳付けの女に急を告げ往診を所望した。ところが奥に入った女は散々待たせた挙句、戻ってきて仏頂面を見せた。

「先生は診察が終わったら急ぐ往診先が数か所あり、今日行くのは無理です」

「えー、左様なことは……」

かねて堀医師は、他の往診先は後回しにしてでも屋敷へ駆けつけるのが倣いであった。思いあぐねた小姓は医師に直接頼もうと玄関に居座った。

「いかに出羽様とはいえ、払うものを払ってもらわぬことにはねー」

「薬代だけでも千文（約一万円）も貯まっております。奥方の堪忍袋の緒も切れますよ」

奥の部屋から帳付けの女らの厭らしい会話が聞こえた。

聞き耳を立てていた小姓は顔色を変え、音を立てぬようにそっと引戸を引いて表に出ると、身をひるがえした。

小姓の訴えを聞いた歌木は、一大事とばかりに宗衍の許に駆け込み目を吊り上げたのだ。

「騒ぐほどのことでもあるまいが。銭なら九つの刻まで待て」

狼狽している夫人を見やり、宗衍は穏やかな口調で諭した。

時は遡ること二月十日、久々に表舞台で起用されることとなった朝日丹波は、勇躍江戸藩邸の門を潜《くぐ》った。

その頃、藩主宗衍は体調不良で療養中であったことから、丹波は江戸藩邸詰めの家老有澤能登から、比叡山延暦寺山門修復工事の総奉行役を申し付かった。

若い頃、数度の江戸詰めを経験している丹波は、早速公儀に罷り出で、寺社奉行から任務の概要について承り、準備に取り掛かった。

まず、比叡の山に同行する添奉行役の仙石猪右衛門、番頭役の大河原十蔵、用人役の脇坂十郎兵衛、留守居役の鈴木岡右衛門と顔合わせをし、作業手順を練った。
一　工事個所と作業内容、材料
一　必要とする技術者、人夫の数
一　作業工程と所要日数
一　必要経費と積算根拠、支払い計画
一　出発日と経由地、比叡の宿舎
だが、作業はたちまち頓挫した。現地の事情が分からぬ上、寺社奉行の作成した計画そのものがおおざっぱで先行きしないのである。そこで丹波は、二月十五日、先乗りとして仙石と大河原それに脇坂を比叡に送り込み、自らと鈴木の出発日は二月二十二日と定めた。

ところが予定に狂いが生じた。二十日には国元から送達される筈の当座の入用金が二十二日になっても届かぬのである。

あわてた有澤家老が、急遽、小姓に命じ、江戸の町に金を借りに走らせたのであるが不調に終わった。この報告を受けた宗衍は、止む無く心やすい屋敷などを選定し、家老に借用願を書かせ、二十四日の早朝、御側小姓に金策を指示したのだ。

小姓は、藩主の選定した借用先とあって、新調の草鞋に履き替え玄関に立った。

「昼九ツ（正午）まで待って下され」

大声を発し、雪の降りしきる江戸の町へ飛び出したのであった。

日が登り、小雪模様ながら明るさの出てきた午後、表が騒々しくなった。

──小姓が銭を持って戻ってきたわい。

待ちわびていた宗衍はその労をねぎらおうと笑顔で玄関に出た。

玄関脇の大番所では、出発の準備を整えた丹波らを囲んで、江戸詰の家臣など十余人が歓談していた。

──なんだ、これは？

玄関の板の間に立った宗衍の目に映ったのは異様な光景であった。土間にうずくまり泣いている男の姿だ。頭や肩を雪に覆われずぶ濡れ、しかも裸足の指の間から血を流し、肩を震わせている。……よく見ると小姓ではないか。

「うっ、うっ、うっ、うっ」

かつて目にしたこともない異様な光景である。宗衍は、俄かに事の次第を読み取ることが出来なかった。

「信介、いかが致した」

「……は、はい……面目もございませぬ。うっ、うっ」

用人に支えられ、ふらつきながら小姓が立ち上がった。

「泣いていては分からぬ。ことの次第を話せ」

「は、はい、上野の質屋、浅野屋敷、真田屋敷、米屋、味噌屋、水屋とまわりましたが……」

「それで、いかがしたのじゃ」

「はい『出羽様ご滅亡の由、金子を用立てる訳にはまいりませぬ』と……一両も、一朱も用立ててくれるものはなく……」

小姓の名前は野々村信介、江戸は上野に住まいする下級藩士の子で、屋敷詰めとなり四年、陰ひなたなく懸命に働き、小姓仲間はもとより屋敷内の女中連中にも覚えがよく、宗衍は御側小姓に取り立てて重用していたのである。宗衍が金子の借り入れを指図するのは五十日ぶりで、「五両ぐらいの金はなんとかなろう」と、高をくっていた。だが、事情は違っていた。宗衍の知らぬところで脇坂が度々別の小姓に命じて金策に走らせていた。赤坂邸は僅かな薬代も滞納するほどの窮状にあったのだ。

信介は雪の中を、大名屋敷を専門とする上野の質屋に始まり、浅野屋敷、真田屋敷、各種の町屋を走り廻り、地に頭を擦り付けて頼めども拝めども泣けども相手にされず、歩いているうちに草履が擦り切れ、悪路で足の皮を破いたのであった。

異常を聞いて走り出た有澤家老は、右に涙を流し泣き声を上げている信介を、左に部屋から玄関に出てきた丹波らを見て、咄嗟に大手を広げて丹波らを押しとどめた。

宗衍は、悔しさと恥ずかしさと己の無力さに憤り、顔面を紅潮させ、拳を握りしめ立ちすくんだ。己とて屋敷の厳しい財政事情を肌で感じ、近ごろ外での遊びはもとより、好きな酒も減らし、他の藩との交流も控えめにするなど気を配っていた。銭のないことはどこの藩とて同じこと、手元が苦しい時はお互いに助け合えばよい、親しい藩や出入りの業者に用立ててもらえばよい、そう楽観していた。

——それにしても『出羽様、ご滅亡』とは……どこから出た噂なのか。米も、味噌も、酒も水も掛けで買い、命のかかる薬代すら払えぬところへ助役命令だ。まさに破産状態にあることに相違ない……だが、その噂が江戸中に広まっているとは。誰が、何を根拠に流しているのだ。

あー情けない、腸《はらわた》が煮えくり返る……。

騒ぎがあってからひと時が過ぎた。宗衍の怒りは収まり、急場をいかにして凌《しの》ぐべきかで頭は覆われていた。唇をかみ、天を仰いだその時であった。奥から歌木が鶴太郎に雨具を着せ、手を引きながら玄関に出てきた。彼女は小脇に大きな風呂敷包みを抱いている。

「母上、あー、うー、苦しい……」

「さあ、我慢して、歩くのですよ」

実の母親の強さに勝るものはない。九の刻まで待った歌木に父親の宗衍から何の沙汰もないばかりか、堀医師からは往診を断られた。かくなる上は自ら打開する外に道はない、悲壮な覚悟で嫌がる息子の手を引く歌木のその目が、宗衍のそれと重なった。

――歌木の奴、とんでもないことを、鶴太郎を殺すようなものだ。風呂敷の中身は予が買い与えた「金糸の帯」だな、何としても阻止せねば。

「歌木、何の真似だ。この寒空に！」

「いえ、座している訳にはまいりませぬ。この子を助けねば」

「連れ出せば殺すようなものじゃ、戻れ！」

「戻りませせぬ、鶴太郎、急いで！」

歌木は聞く耳を持たず、嫌がる鶴太郎の手を強引に引いた。

「たわけ！」

咄嗟に宗衍の右手が歌木の頬へ飛んだ。

「あーっ、な、何をなされますか！」

宗衍はひるんだ歌木から鶴太郎を引き離し、小脇に抱きかかえ廊下を走った。後方で泣き叫ぶ歌木の声。宗衍は寝室に飛び込み、乳母に介添えさせて布団の中へ。鶴太郎は荒い呼吸をし、顔を歪めて痛みをこらえ、目は宙を仰ぎ朦朧《もうろう》としている。

「鶴太郎、済まぬ、わしがこのようなざまゆえに……済まぬ、済まぬ」

宗衍は鶴太郎の手を取って悔し涙にむせんだ。

「くっ、くっ、父上、私のことは心配ご無用に……」

――喉から声を絞り出した鶴太郎であるが、父の目にはその苦しさが手に取るように分かった。

――このまま放置すればことによると……。

宗衍の脳裏に、十二年前の千代松の死が悪夢のように過《よぎ》った。次の瞬間、宗衍はきっと前を見据え眉を吊り上げた。

――かくなる上は、最後の手段だ！

無言でその場を離れ、自室に戻り頭巾をかぶり紋付の上に合羽を羽織った宗衍は、小姓二人を伴って行き先も告げず屋敷から走り出た。

それから一刻（二時間）、堀弘伯医師が邸に走り来た。

「藩主様自ら来院され往診を所望されましたゆえ、駆けつけました」

堀医師は、朝、夫人が往診を拒否したことを知らなかった。

「これはいけぬ。浮腫が悪化しておる上に風邪をこじらせておられる。このように重篤になるまで何ゆえに放置したのですかな」

歌木に小言を言いつつ、鶴太郎の胸に手を差し込んだ。


夕方になって疲れた表情で屋敷の門を潜った宗衍は、戻るなり有澤家老を呼び付け、ずっしりと重い巾着を手渡した。

「この中に十両ある、一両は初穂料、三両は諸経費として丹波に渡せ。残りは当座の屋敷の費用だ」

有澤は目を丸くした。これまで宗衍自ら金を用立てたことなど一度もない。

「殿、この金は、何処で工面を」

「……お前が知ることではない」

ここ二、三年、屋敷の経費に事欠くたびに脇坂が小姓を走らせ、二両、三両と借用し、急場を凌いでいた。だがこの頃はそれもままならず、この度、脇坂が比叡に出発するため、金集めの仕事は有澤家老の役目となった。宗衍にこのような大金を調達する力があったとは、いったい何処で……何としても知りたげな目である。有澤の覗き込むような視線を避け、宗衍は硬い表情で黙りこくった。

有澤は、丹波らを送り出し、小康を得たところで宗衍に同行した小姓を呼び、行き先を問い質《ただ》した。

「言ってはならぬと口止めされましたが、実は吉原の入口に我々を待たされ……そこから先は分かりません」

なんと、宗衍による金の調達先は、吉原遊郭の「江戸町屋」であったのだ。

五　朝日丹波と生臭坊主

宝暦十一年（一七六一）三月十五日　比叡山延暦寺―坂本

宝暦十年の暮れ、幕府が松江藩に課せた助役命令、この難局を乗り越える策は、一にも二にも現地指揮官たる「総奉行」その人物に懸かっていた。
松江から八十五里も離れた延暦寺は、山深く冬季は積雪、凍結する比叡の山中である。いつ途切れるともしれぬ民の血を絞るような金を頼りにした期限付きの難工事なのだ。ここはまさに戦場であり並の神経では十日と持たない。そこで宗衍は、独善的に判断し自らの能力と胆力で修羅《しゅら》場《ば》を乗り切るであろう齢五十六の老獪《ろうかい》な知恵者、朝日丹波茂保に託することとした。

丹波は宝永二年（一七〇五）二月十七日、出雲国松江藩家老朝日但見重春を父に朝日家五代として生まれた。朝日家の祖、初代朝日丹波重政の父は、駿州宇津山之城主、袴田加賀守元實、母は、駿遠の間之城主、関口刑部少輔親永の女《むすめ》で、「朝日」の字名は、〝朝日が差し昇る最中に敵を短銃で打ち取った〟、この武勲により徳川家康から賜ったものである。

朝日家は代々家老の家柄にあり、丹波は七歳で千石の家督を継いだ。与力として召し上げられたものの、生来の短気から喧嘩の絶え間がなく、享保十年（一七二五）二十歳の時、仕事中に上役を殴って怪我を負わせ、屋敷の門を閉ざし外部との交流を断つ、九年間の「逼塞《ひっそく》」処分に処せられた。

処分の裁定に当たった上司は、丹波の出自をおもんぱかって家老の大橋茂右衛門に相談した。大橋はなぜか丹波のみに重い処分を課せ、上役は無罪放免とした。後になって、大橋が丹波のことを「意固地なところが父親にそっくりだ、厳しく罰せねば」と主張したことを知った。

腐りきって無気力となった丹波に、母は厳しい愛をもって接した。

「お前には朝日家の血が流れておる、勉学に励み、体と心を鍛えて必ずや見返すのです」

母は、別棟の離れに二十歳の丹波を押し込んだ。

腹を立てた丹波であったが、見渡せばなんとそこは書籍の宝庫。特に丹波の胸を熱くしたのは、朝日家の祖先が子孫に申し継ぐ遺言書ともいうべき古文書を発見したことだ。

以来丹波は、午前中は屋敷内や庭の清掃に始まり、弟、幸七を相手として剣術の稽古、弓や槍の稽古にも汗を流した。

丹波が最も打ち込んだのは書籍と向きあう事であった。孟子や孔子の教え、組織の管理、藩主への仕え方など繰り返し読みこんだ。先祖から申し送りの文書では、何物をも恐れることなく正義を貫け、と教えられた。

また、独学で和歌にも励んだ。格子窓の向こうの松の樹間に見え隠れする千鳥城を仰ぎ、堀に遊ぶ水鳥や魚、亀などを題材とした。

逼塞中とはいえ稀に上司から登城命令があった。

そんな時、丹波をことさらに避けたり後ろ指を指す者がいた。丹波は心の中で〝今に見ておれ、必ずやこの恥を雪《そそ》ぎ、雲藩を率いる大家老になってみせる〟と己に言い聞かせ怒りを鎮めた。

ひたすら耐え忍び、二十九歳で逼塞の解けた丹波は、隠州御用受口や江戸勤番などを経て、元文四年（一七三九）に御仕置添役に、延享元年（一七四四）御家老仕置役に任ぜられた。時あたかも松江藩の財政改革の入口にあり、延享四年藩主自ら松江に乗り込んでの親政とあって、あくの強い丹波は藩主から疎んぜられ、四十三歳の働き盛りながら御仕置家老御免となった。

主流から外れた丹波は、その頃江戸から戻り、母衣町の藩校「文明館」で教鞭を執っていた学者桃源蔵《ももげんぞう》の門を叩き、改革政治の在り方に独自の見識を有するに至った。

丹波は、丈五尺七寸（一七五センチメートル《センチメートル》）広い肩幅と逞しい筋力を持ち、色黒の偉丈夫にして曲がったことが大嫌い、太い眉、人を射抜くような巨眼から発する眼力は、悪に手を染めようとする者をしばしば震え上がらせた。厳《いか》つい外見は初心者を遠避ける半面、律儀にして人を大事にしたところから、一度交わった者はいつまでも彼を慕った。

律儀者の子沢山という言葉を地で行くように、妻を愛し、十二人の子持ちでもあった。

年明け早々の一月十日、江戸屋敷から丹波に比叡山山門修復工事総奉行の大役が下された。

とはいっても藩に金はなく道中の入用金は自己調達なのだ。蓄えなど一朱もない朝日家であったが、気丈な妻満《みつる》は、長男で藩士見習いとして丹波の御側役を仰せつかっていた千助と親戚中を駆けまわり、かろうじて二両の金を調達し、一家総出で送り出した。

一方、江戸屋敷は、宗衍の奥の手によってようやく当座をしのぐことが出来た。

丹波は二月二十五日の朝、出発に先立ち宗衍の部屋を訪れた。

「丹波、此度の仕事は我が藩の命運が掛っておる。徳川親藩、松江松平家の危機を乗り切るため、敢えてそなたを起用した。何としてもこの大役、成就させよ」

久々に向かい合う宗衍の顔は青白く、生気に欠けていた。

延享の改革を始めた頃の得意絶頂期、月夜の宍道湖上で町人の囃子方《はやし》に自ら加わり、小舟の上で踊りながら嬉々として太鼓を奏でたあの頃の勢い、丹波に致仕を命じた頃のあふれるような情熱も張りのある声も失せていた。丹波の力量は認めながらも、真正面から異論をもって噛みつくこの男を疎《うと》んじ遠ざけた、その己を悔いてでもいるかのようである。頭を下げ拝むように頼むその姿に、丹波は積年の恨みも和らぎ、宗衍が痛々しくさえ思えるのであった。

「殿、もったいないお言葉にござります。丹波、喜んでお受けいたします。命に代えても大任を果たす所存にござります」

「丹波、済まぬ、頼んだぞ。わしを、わしを助けてくれ」

二人だけの部屋、丹波の手を握りしめ、涙を浮かべる宗衍の目を正面から見つめ、丹波の胸は熱く高鳴った。

「殿、いよいよ出発にござります。大船に乗ったお気持ちでお体をおいといトさりませ」

「かたじけない。比叡は山の中、厳しきところゆえ堅固に過ごされよ。それと……」

宗衍は瞬《まばた》きをし、しばし思考していたが、やがて手文庫に歩み寄り錠前に鍵を差し込んだ。

「これはお守りだ。役に立たねば幸いであるが」

宗衍は手文庫の奥から木綿の布袋を取り出して大事そうに丹波に手渡し、やんちゃな小僧のように口元を上げて笑った。

比叡山は標高八百四十八メートル《メー トル》、京都と滋賀の県境に位置し、『古事記』にもその名の見える山岳信仰の山である。延暦寺は、比叡山全域を境内とする寺院で、平安時代初期の僧「伝教大師最澄《さいちょう》」（七六七〜八二二）により拓かれた天台宗の本山寺院で、山上から東麓にかけた尾根や谷に東塔《とうどう》、西塔、横川《よかわ》など百五十ほどの堂塔がひっそりと佇《たたず》んでいた。

最澄は、鎮護国家（仏教により国を守り安泰にする）のために、真の指導者たる僧侶を育成しなければならぬとして、修行僧が比叡山に立てこもって就学修行に専念する、十二年間の教育制度を確立した。平安末期には法然、親鸞・道元・日蓮など、仏教各宗各派の祖師方を生み、比叡山は大和仏教の母山と仰がれるところとなった。

一方、延暦寺は、王朝貴族らの寄進を受けた巨大な荘園領主でもあり、その権益を守るために武装した僧、いわゆる僧兵が現れるところとなり、中世には大名並みの武力を擁するようになった。

戦国末期、全国統一を目指す織田信長が京都に進出すると、僧兵は朝倉、浅井などの連合軍を匿《かくま》うなど、反信長の行動を起こすに至った。信長は延暦寺の武装解除を再三迫ったが断固これを拒否されるや、元亀二年（一五七一）九月十二日、延暦寺の焼き討ちという暴挙に打って出た。堂塔や僧坊はことごとく炎上し、多くの僧兵や僧侶が殺害された。

信長の死後、豊臣秀吉や徳川家康らによって堂塔や僧坊は再建され、延暦寺は再び鎮護国家の寺院として朝廷の崇敬を受け、江戸中期ともなると安定した地位にあった。

山深い比叡の沢も三月半ばとなると雪解け水が春の足音を立て、木々は鶯色の新芽を付け東風《こち》を待ちわびている。

山頂から東麓にかけた巨大な寺院集積地を下った山のふもとは「坂本」と称する門前町で、延暦寺の里坊が点在し、日吉大社、西教寺を擁し栄えていた。里坊や寺院周辺には、諸国から訪れる修行僧や信者が行き交い、旅人を受け入れる旅籠《はたご》や料理屋などが軒を連ねていた。

比叡山入りした丹波らは、まず横川中堂の手前に設置された幕府の現地役所を訪れた。寺社奉行の毛利政苗、松平乗佑に挨拶、作業の打ち合わせなどを行った。また、横川中堂の代表で宗興《しゅうこう》館《かん》館長を兼ねる法忍《ほうにん》和尚など寺院の幹部との面談、更に、同日付けで別の山門修復の命を受けた仙台藩の内藤家老らとも顔合わせし、協力方針を確認した。

仕事始めの三月十五日、丹波らは勇んで比叡の山に分け入った。曲がりくねった参道の左右には寺院が立ち並び、衣を纏《まと》いせわしなく作業する若い修行僧の姿が目に付く一方、早朝というのに経を唱えつつ下山する旅の僧ともすれ違った。

息せき切って上ること半刻半《はんときはん》（一時間半）、坂を上りきったところに突如聳《そび》える威厳に満ちた山門が目に飛び込んだ。横川中堂である。

遠目には重厚な山門であるが、近寄って目を凝らすと門の屋根は剝がれ、壁は朽ち果てて穴が開き、柱はかろうじて敷石に届く程にやせ細り、倒壊の危険が差し迫っていると認められた。

昼下がりの八ツ（二時）、丹波らは横川中堂山門の前にしつらえられた「斧始の儀《おのはじめのぎ》」に臨んだ。施工の安全を祈願するこの儀式には、幕府の寺社奉行三人、横川中堂の幹部、大工、左官、彫刻師、松江藩の丹波以下四人、それに仙台藩の内藤家老ら五人、総勢二十人が顔を揃えた。

儀式が終わると幕府の寺社奉行、仙台藩と松江藩の面々は法忍和尚の先導で寺院の脇にある僧坊に案内された。坊の前では若い僧三人が待ち構え、客人を丁寧に招き入れた。二十畳ほどの部屋には、既に料理と酒が持ち込まれている。ここから法忍和尚の出番となった。

「工事に預かる横川中堂の法忍です。いよいよ今後二年間、当延暦寺山門修復の大仕事でありま す。実は私、二十代の半ばまで髷を結っておりましたが、期するところあり僧の道に転じました。元をといえば諸兄と同じ侍です。この法忍は、皆様方の工事が安全にして滞りなく運びますよう、微力ながら助力仕ります。申し述べるまでもなく比叡の山は女人禁制、酒はご法度にござります が、今席は安全祈願の流れゆえ、特別に薬水《やくすい》を用意させております れば、仏の御心に感謝してゆるゆるとお召し上がり下されれ」

これはまたなんという粋な計らいであろうか。戒律厳しい比叡山の僧坊で真っ昼間から祝宴とは、いやいやこれは安全祈願、目の前の飲み物は薬なのだ、丹波は笑いをかみ殺して杯を押し頂いた。

法忍和尚の出自は信濃国松本藩で、髷を切った法忍和尚は、懸命な修行の末横川中堂副住職に昇進し、付属の僧侶修行道場宗興館の館長に上り詰めたのだ。その幅広い識見と人脈が買われ、このごろは住職に代わって対外的な業務を一切任されているという。

一同が真面目腐って挨拶を交わし、工事に懸ける心意気などを述べたところで、法忍和尚が丸々と太った若い僧を従えて立ち上がった。

「こちらは私の片腕、信濃は松本の然平寺《ぜんぺいじ》から修行に参っておる妙珍《みょうちん》和尚です。気が利きますのでこれから先、お困りのことはこの妙珍にお申し出下され」

「妙珍にござります。法忍館長を補佐して皆様のお役に立てるよう誠心誠意努めます。何程よろしくお願い致します」

一大普請の恩恵に預かる二人の和尚は、一人一人に酒を注ぎ、談笑し盛んに場を盛り上げた。法忍が竹筒の銚子を手に丹波の脇に坐した。

「さあさあどうぞ、生臭とお思いでしょうが、たまには息抜きを致しませぬとな。まあ私の生臭はせいぜい酒ですが……若い者を七十人も世話をしておりますといろんなことがありましてな」

「いや、わが藩の藩士とて同じ、人間の欲に戸は立てられませぬ」

「左様、藩士だけではありませんぞ、あの道は……聞き及びまするに、松江の殿様もその方では名を馳せておいでとか」

「うっ……何のことにござりますか」

丹波には思い当たる節があった。宝暦元年の夏、二十二歳で三度目の松江入りを果たした宗衍はすでに側室を擁しており、鷹狩で宿泊した海潮温泉に側室を呼び寄せて逗留し、家老職にあった丹波など重鎮を戸惑わせたものだ。

「いや、わが殿は真面目にて……」

「知らぬは国元ばかりなり、吉原通いの話はとみに有名ですぞ」

「吉原？　どうも合点が行きませぬが、わが殿の話、いかような流れでお耳に？」

「ははは、私めも元はといえば藩士、耳は長いですぞ。ま、ま、ここは酒の席、毛利奉行殿もおられますれば、ささ、飲んで飲んで」

法忍が言葉を濁し、横から妙珍和尚が徳利を差し出した。

「御家老、妙珍にござります。今後のことはこの私に、ささ、どうぞ一献」

「これはこれは、朝日丹波にござります。私から注がせて下され」

「いやーもったいない、では、遠慮なく」

青々と剃りあげた頭、童顔にして人懐こい笑顔は四十代前半であろうか。法忍と同じ松本の出で、修行に来て七年、この頃では若い僧の躾のほか、法忍に見込まれて外向けの手伝いもしているという。妙珍はよっぽど酒が好きらしく、丹波の酌に気分を良くし、立て続けに三杯飲んだ。

「坂本に宿舎をお取りとか、実は私、この後和尚の使いで町まで参ります。よろしければ御同道させて下さりませ」

「それはありがたき幸せ、我々も今日のところは下山し、坂本の様子でも見てみようと……」

やがて宴が終わり、丹波が大工と打ち合わせをしているところへ妙珍が近付いた。衣の上から羽織を身に着け、頭には金糸の刺繍《ししゅう》をあしらった粋な頭巾を被っている。

登りに比べて下山は足が軽い。妙珍和尚の先導で丹波らは慣れぬ坂道で転倒せぬように杖を用い、一歩一歩踏みしめながら下山した。

「この山には蝮《まむし》が居るのですか」

「蝮に注意」の看板を見つけた脇坂が和尚に問うた。

「土用の頃には出没いたします。殺生はご法度なのでこちらの方で踏みつけぬように気を配るのです」

「気を付けるといわれましても、この狭い道では？」

「あの毒蛇には独特の臭いがありましてな。この臭いを覚えればよろしい。大方は向こうの方で姿をくらまします」

和尚の案内で山や谷の名称や伝説を聞きながら麓《ふもと》の町、坂本に降り立った。坂本は琵琶湖を擁し、延暦寺や京都に向かう物資の陸揚げ港としても栄えている。里坊の建ち並ぶ表通りを横切り、旅籠や料亭などが軒を接する下町に入り、松江藩の宿舎が近付いてきた。

「私共の仮宿はこちらにござります。まだ片付いておりませんゆえまたの機会にお越しを。御同道ありがとうござりました」

丹波ら五人は和尚から離れ、宿の前に立ち和尚を見送った。妙珍和尚は一瞬立ち止まり何か言おうとしたが、思い直したように首を振りながら、一人露地に消えていった。

「御家老、和尚の『用事』というのは酒では？」

「御家老と飲みたかったのではあーませぬか」

よく気の付く脇坂や仙石が和尚の気持ちを読み、丹波に問いかけた。

丹波も同じ思いであった。だが、四人を置いて和尚と飲むわけにはいかぬ。始まったばかりで何よりも手元不如意なのだ。殿が苦心して算段された金を一文でも無駄には出来ぬ。

五人は宿舎に入り脇差を外し、釣瓶井戸で水を汲み交互に足を洗った。気の早い脇坂は竈《かまど》に向かって火打石を叩き、夕食の支度に掛かった。

丹波は茣蓙《ござ》を敷いた大部屋の片隅で横になると、昼間の疲れからうとうとと眠りに落ちた。

半刻も経ったであろうか、表が俄かに騒がしくなった。

――ドンドン、ドンドン
扉を激しく叩く音がする。丹波は夢うつつでその音を聞いた。

「お助けを～、お助けを～」

表で哀願する声がし、その声に被せて、びしっ、びしっと殴る音がした。

「ひゃー」

男の悲鳴と重なって、引き戸を叩く音が激しさを増す。四人の中でも向こうっ気の強い大河原が土間を走り行き、引き戸の蝶番《ちょうつがい》を外した。その途端、開いた引き戸から裸の男が転がり込んできた。褌《ふんどし》のみ付けた丸裸の男で、頭髪はない。

「た、助けて！　助けて！」

丸々と太った身体、青々と剃りあげた頭、たれ目に二重顎、胸や背にも黒々と毛が生えている。

「そ、そなたは……妙珍和尚」

大河原の声を聞いた丹波は、これはただならぬ、と土間に走り出た。

「貴様、ようやく捕まえた」

土間の中央に、褌一枚の和尚があおむけに倒れ、大男が和尚の腹をわらじの足で踏みつけ、長身の男が樫の棒を振り上げている。和尚は鼻から血を流し、血の付いた両手を顔の前で合わせ哀願しているではないか。

「待て！」

大河原は大声を発し、男が振り上げている樫の棒をもぎ取った。

「待て、止めぬか。いったい何があった」

「やかましい、貴様！　邪魔立てすると怪我をするぞ」

「この生臭坊主、どこの坊主や！　寺の名を言え」

鉢巻、法被、尻っぱしょり、どこから見ても職人である。すごんでいる男の後ろに、同じ身なりの仲間と思しき男二人と、それに赤い帯を付け男好きの面をした女が一人いる。

「どこの寺や、さあ、寺の名を言え、住職をここへ連れて来るさかい」

「寺ではありませぬ。旅の僧です。名前は妙、いや良寛です。ご、ご勘弁を、ご勘弁を……」

丹波は、裸の男の顔を覗き込んだ。鼻血で汚れてはいるものの、まぎれもなく妙珍和尚だ。大河原を押しやり割って入った。

「待て、この僧はそれがしと先ほどまで酒を飲んでおった。いったい何があったというのだ」

「見れば分かるやろ。この坊主が儂の女房を宿屋に連れ込んで裸にしておった。盗人猫だ。貴様ら仲間か」

　ということは、妙珍和尚は我らと別れた後、立ちんぼの女でも買わんとして宿屋に連れ込んだ？　美人局《つつもたせ》にあったのか？

　素っ裸で顔から血を流し泣き声を上げているのは宗興館の館長を補佐する和尚、今後二年、いや、三年かかるやもしれぬ松江藩の大仕事の管理者なのだ。

――なんとしてもここは助けねばならぬ、身分を知られてはならぬ。

「待て、身共は出雲の国松江藩家老朝日丹波だ。延暦寺の山門修理に参っておる。この方は修行僧のようで今日初めて酒を飲んだ。いったい何があったかは存ぜぬが、裸にして三人掛けで殴る蹴るの狼藉《ろうぜき》、お前ら、この僧に指一本でも触れてみろ、首がふっ飛ぶぞ」

　丹波の周りには四人の侍が脇差を構えて仁王立ちしている。さすがの荒くれ男も、丹波の野太い声と巨眼に気圧《けお》された様子だ。

「松江藩だ、工事に来ておると……」

「左様、お前たち、なんぞ無んなったものでもあるか、後のお女中はお主のご家内とみたが、その方、この僧を知っておるのか」

　女は丹波を見て強く頭《かぶり》を振った。

――ということは、この女、亭主の稼ぎが悪いため辻に立って客を取っていたということか？

　亭主はそれを知らぬのであろう。どうやら美人局ではなさそうだ。

「分かったか。何も無んなってもおらず、災難を被ったのは殴られて鼻血の出た旅の僧ということだ。番所に出れば怪我をさせたお前らの負けだ。さあ、お前ら、番所に行くか、それとも宿屋からこの方の着物を取って来るか」

丹波の勢いに圧倒された首領格の男が目配せをし、仲間の一人が外に飛び出した。先ほどまですごんでいた男は急に大人しくなり、ばつが悪そうにしていたが丹波の顔を直視した。

「お武家はん、松江から寺の修理でっか。こないな所で言いにくいんやけど、儂らを使ってもらえんですやろか。儂ら大工職人やけんど、仕事にあぶれておりますねん……」

そこへ、仲間の男が着物を持って戻ってきた。大河原が男から着物を受け取り、陰に隠れていた妙珍和尚に渡した。

「使ってほしいだと。図々しい奴だ……鈴木、ま、念のため名前を控えておけ」

丹波には敵の多い半面、一度交わった縁は大事にした。

大工のうち、兄貴格の男は朝市と名乗り、丹波に丁寧に礼をすると仲間を引き連れて去っていった。

宿屋から持ち帰った着物を着た妙珍和尚は、脇坂の汲んだ手桶の水で顔の血を洗い落とし、腫れた顔を手で覆いながら無理に笑みを浮かべた。殴られたためか鼻が左に曲がっている。

六　坊頭の恩返し

宝暦十一年（一七六一）四月〜翌十二年（一七六二）十月　比叡山延暦寺―坂本

比叡の山の桜の蕾《つぼみ》が膨らみ、山全体が薄紅色の化粧をする頃になって、松江藩の工事はようやく動き始めた。

横川中堂脇に架設された幕府の現地役所には、御奏者として土田攝津守、大目付として筒井・大和・池田・筑後の各要人が配置され、兜のような被り物をして早朝から詰め、作業の監督をした。

施工対象の四施設は、前年の春から幕府の寺社奉行が坂本の技術者を指名し、図面引き、材料の調達、作業計画などを先行させており、大工、左官、石工、屋根職人、彫刻師などの職人も配置されていた。

丹波は、国元や江戸屋敷との連絡要員として鈴木を京都に常駐させ、最も規模が大きく、難工事の予想される横川中堂を自ら受け持ち、閟宮《ひきゅう》に仙石、加羅門瑞籬《からもんみずがき》に大河原、本地堂に脇坂を張りつけ、同時並行で作業を開始した。

問題は三百人に上る作業員の調達であった。幕府は過去の経験から、土地勘があり、寺社建築に慣れた坂本の人夫を使えと指導した。だが丹波は、出発前、家老衆との協議で、「作業員は可能な限り国元の下士や百姓を使い人夫賃を浮かす」としており、土田奏者の指導に首を縦に振らなかった。

四月十日になって、国元から大野舎人、青沼東兵衛、畑六右衛門の三人が作業員百人を伴って入山した。百人のうち三十人は足軽、七十人は百姓で、一日に二食付きの「ただ働き」であった。

「まずは出雲人の結束だ」

作業員が入山して一週間が過ぎたころ、丹波は飯場に濁酒《どぶろく》を運び込ませた。全員が出雲弁を使う同国人とはいえ、村の異なる寄せ集めである。顔や名前を知り冗談の一つも言える仲でないと作業の息が合わず、怪我のもとともなる。

各現場からほぼ等距離にある山中の仮設小屋に集った面々は、茣蓙《ござ》の上に、煮しめと干し魚、それに濁酒があるのに目を丸くした。

人の気持ちを摑むことに長けた明るい脇坂が会の趣旨を説明し、丹波に挨拶を促した。

「まずは、松江藩の名誉を懸けたこの仕事に参加してくれたことに敬意を払う。工事の成功はひとえに出雲人の結束に懸かっておる。仙台藩は全員現地から募っておるが、どちらが良い仕事をするかが試される。この会を「比叡出雲会」と銘打って出雲人の結束を図りたい。明日からの仕事の安全と成功を祈って濁酒を用意した。今宵は楽しくふるさと自慢をしてくれ」

時として目をむき、時として目じりを下げ笑顔を作って語り掛ける家老に恐れをなしながらも、ある者は生唾を飲み込み、ある者は涎《よだれ》を垂らしている。

丹波に盛大な拍手をした一同は、震える手で盃を押し頂いた。やがて四つの仕事現場に分かれて酒盛りが始まり、国元や名前を言い合い、ほろ酔い気分になったところで、各班から交互にお国自慢の民謡などが飛び出した。出雲会は大いに盛り上がり、一夜のうちに馴染みが出来るなど早い結束が図れた。


四月二十五日、丹波が横川中堂の現場を終え手荷物を肩に下山しようとした時である。樹木の陰からこの頃現場に顔を見せぬ妙珍和尚がひょっこり姿を現した。顔の傷は見えなくなったが、鼻は左に曲がったままである。

「御家老、先日は大変なご迷惑をお掛け致しました。急なことですが館長殿から坊に寄ってほしいとの案内です」

妙珍和尚は、手短かに告げるとそそくさと丹波から離れていった。

三月十五日、坂本で繰り広げられた騒動の後、館長とは何度か現場であった。丁重に礼をされたため、妙珍が報告したものと直感したが、丹波は敢えて何も口にしなかった。

山門の工事現場から一町ばかり東寄りに法忍和尚の僧坊はあった。

海抜五百メートル《メー トル》、僧坊の東斜面から南東に広がる琵琶湖の彼方に、近江富士と呼ばれる三上《みかみ》山が浮かび、その上空を黄色い月が上らんとしている。

「朝日殿、来て下さりましたか。その節は、妙珍が大変なご迷惑をお掛け致しました。お陰で表沙汰にもならず無事今日を迎え……」

　斧始めの日の事件は、和尚にとって屈辱的な出来事であったが、幸い、丹波らの機転によって明るみに出ることなく終息を見た。

「いやいや、我々のところへ駆けこまれたゆえ不幸中の幸いにござりました。誰にも知られておりませぬ、ご安心下され」

　出雲の侍は口が堅い。幸い、あの夜のことは、寺社奉行や寺の関係者、仙台藩にも気付かれることなくひと月半が過ぎた。

　丹波は招かれるまま屋敷に上がり、奥八畳の床の前に坐した。

「もっと早くお招きして礼を申し上げなければ、と気にしておりました。今日は珍しい魚と薬水が入りましてな。ささ、一献どうぞ」

　丹波は勧められるまま盃をあけ、魚を口に。

「おお、とろけるようです。して、この刺身は？」

「ビワマスといいます、今が旬の魚にござります」

「ささ、和尚、一杯注がせて下され」

「松江のお人は注ぎ上手ゆえ……おっととと」

　和尚は久しぶりに気の休まる酒であったのであろう、痩せた身体の隅々に酒が回ったように多弁になってきた。

「ところで、松江藩の財政はいかがですかな、かなり厳しいとは聞いておりまするが」

「度重なる飢饉や災害ゆえ凶作続きですが、これはどこの国とて同じ。ただ、この度の助役はまったく寝耳に水にござりました」

「大坂商人も手を引き、江戸でも金を貸せるところが無くなっておるというではありませぬか」

「えーそれは！　何を根拠にそのような……」

――この和尚、いったいどこでかような話を聞きつけるのだ、油断ならぬぞ。

「法忍和尚、めったなことを言われると承知いたしませぬぞ！」

丹波は盃を置き、真顔で和尚を睨みつけた。

「まあまあ朝日殿、この席は私がお礼にお招きをしておる。そう目をむかれまするな。正直言って、私は心配を致しております」

「正直言って？　なぜに……」

「うーん、では、何もかも申し上げましょう」

和尚が座りなおし、丹波に正対し頬を引き締めた。

「実は、幕府は、松江藩を潰《つぶ》そうとしておりまする」

「な、なんですと！」

「近年における松江藩主の乱れは目を覆うばかりと、参勤交代も滞りがちの上に江戸城への勤めも病を理由に登城せず、そうかと思えば吉原で豪遊、財政の危機はその舵取りに問題があるというのです」

「誰が左様なことを、藩主は体がお弱い、それは致し方ない」

「馬に跨り行列を仕立てての吉原入りは、あまり例がないとか」

駕籠に春画を忍ばせて参勤交代、江戸に戻れば近隣大名と連日連夜の豪遊、わけても、家臣を従えての大名行列さながらの吉原通いは江戸の町人のど肝を抜いた。たまにはお忍びのこともあった。そんな時、家臣と主従の装束を取り換えて入った。ある雨の日、到着すると大方の者は着ていた羅紗《らしゃ》の合羽を丁寧に畳んで片隅に置いたが、一人だけ何の躊躇《ためら》いもなく濡れて雨の滴の垂れるのを意に介さず金屏風に投げ掛け、すたすたと奥に入る者がいた。下足番や案内人は、「あれが藩主様だ」と見抜いたといわれる。

このような豪快奔放な遊びも、お国の財政立て直しが思うに任せぬ昨今は影を潜めているのであるが……。

——いったいどこで殿の色事の噂を知ったのか、この山深い比叡までいかようにして伝わっているのか、おかしなことだ。

「どうも合点がいきませぬが、わが殿の話、いかような流れでお耳に？」

「幕府のお偉い方から……」

幕府は近年、数年おきに延暦寺の大修理を下命している。今回も現地に「役所」を仮設した。和尚は、工事を請ける側の責任者として幕府の役人はもとより、工事を復命する諸国の藩士とも親しく交わる。

「で、幕府が松江藩を潰そうとしておるとは？」

「此度の手伝い普請、幕府は、敢えて財政困窮の松江藩に下命したようです。もし命令を辞退すればその場で国替、施工の途中で投げ出したならば藩領の半減、他藩への見せしめとすること、そこに狙いがあるとか……」

江戸二百六十余年の間に、五百余家中二百四十八家が改易されており、内九十五家は反乱や不正、刃傷事件、勤務怠慢、御家騒動等によるのだ。

寛保年間、播磨姫路藩主榊原政岑《さかきばらまさみね》は倹約令を無視して吉原で派手に遊興にふけり、三浦屋の名妓、高尾太夫を身請けするなど奢侈《しゃし》を好んだ。これが将軍吉宗の怒りを買い隠居させられ、榊原家は姫路から越後高田へ国替え、例え藩祖が徳川四天王の名門であっても厳しい処分が下された。

――他の藩への見せしめ……このことは家臣の想像の域を超えておる。

「……和尚はそこまで分かっておりながら、なぜに松江藩に肩入れを？」

「血がそうさせるのです。松江藩に何としても立ち直ってもらいたい、その切なる願いからです」

「切なる願い、血がそうさせる？　なんぞ訳でも？」

「先日は幕府の役人の前ゆえ申し上げませんでしたが、実は私の祖先は信濃国松本藩の家臣で、曽祖父は初代松平家藩祖松平直政公に仕えた身です。私は二十五歳で髷を切りましたが、松江藩とは切っても切れぬ縁があります」

「ほう、初耳です、それはそれは、このような山中でかような嬉しい話が聞けるとは……」

「私は、松江藩がこの大役を仰せ付けられた時からお役に立てればと……そのような折に、貴殿から逆に救われました。よって私に適《かな》う限りの応援を致す所存にございます」

丹波は和尚の顔をまじまじと見た。出自を明かされてあらためて注視すると、どことなく松江藩の雰囲気が伝わってくるのであった。

「うーん、さようでありましたか、人の縁というものは分からぬもの……何とぞ、大任を遂げるまで応援して下さりませ。なにとぞ」

「御意にござります。ただ、そうは申しましても、金が滞って撤退を余儀なくされるとか、十二年末の工期に間に合わぬようなことがありますれば、私の力ではいかんともしがたく……」

「……承知つかまつりました」

比叡という何の縁もゆかりもない山中でこのような強い味方が得られるとは……今後いかような難問が待ち受けていようと、出雲人の持ち味である律儀と我慢強さをもってすれば不可能はない、久しぶりに心の沸き立つ思いの丹波であった。

心配していた国元からの送金の滞りは思いのほか早く訪れた。

年の瀬も近い十一月、待てど暮らせど八千両の金が届かぬ。松江藩差し出しの百人を除き、現地調達の技術者と人夫数百人分の労賃と材料費である。払えねば坂本からの材料供給はたちまち停止する。資材が現場に届かなければいかに名工、達人であっても腕の振るいようがない。既に、手持ち無沙汰となった職人は里へ引き揚げ、別の現場に行ってしまったようだ。

眠れぬ夜を過ごした丹波は十二月一日、脇坂を従えて一か八か大坂へ飛んだ。

松江藩が大坂商人から相手にされなくなってから七〜八年、かつて丹波が金策のためこの地を訪れていた延享年間から、既に十数年の歳月が流れている。

丹波は身分を明らかにするため、松江藩大坂蔵屋敷斎藤五郎右衛門を案内人役に立て、堂島の問屋街に足を踏み入れた。

懐かしい門構えに僅かの望みを託し、まず訪れたのは繊維問屋である。既に代替わりしており、懇意にしていた番頭の姿は見えない。

次に訪れたのは油屋である。ここでも〝松江藩の蝋燭は高く評価しているが、破たん状態の藩と話しても仕方がない。そんなことより早く元金を返してくれ〟と逆襲された。

そして、鋳物屋、次に陶器屋、いずれも門前払いを食らった。

宵闇迫る浪速の問屋街を、三人は重い足取りで彷徨い、米問屋「上方屋」の暖簾を潜った。

「松江藩には六千三百両貸せてありますねん。米でも木綿でもよろしいさかい、年内に少々入れてもらえんでっしゃろか」

諦めて店を出ようとした時だった。外から戻ってきた六十がらみの品の良い紋付着の男が丹波の顔を覗き込んだ。

「あれ、御武家はんひょっとして、松江のお人やおまへんですやろか」

「いかにも、松江藩の家老朝日丹波茂保にござりますが……あっ、番頭さん、佐々右衛門さん」

「いやー、よう名前を憶えていてくれはりましたなあ。今は代替わりしたよって、わてが仕切ってますねん」

「えっ、旦那さん！　それは失礼を、その節はお世話になりました」

「いや、わてこそ、松江見物させてもらい、そのうえ和歌の手ほどきまで……ほんに、懐かしゅうおますなあ」

そういえば、番頭が松江の米問屋との商談を終え松江泊まりの夜、宍道湖畔の料亭で丹波が接待したのであった。その際丹波が、趣味の和歌を吟じたところたいそう気に入り、それがきっかけで佐々右衛門も和歌を始めたというのだ。

二人の話が弾み、昨今の松江藩の窮状打開のため丹波が駆り出され比叡の現場から来たこと、比叡の仕事は今が山場であり、この山を乗り切れば松江藩は立ち直れる、投げ出せば藩は潰れる。融通してほしい八千両は年内に松江藩から送達させる、丹波の熱弁に耳を傾けていた佐々右衛門が立ち上がった。「四半刻（三十分）お待ちを」と言い、番頭らを集めて相談を始めた。しばらくして佐々右衛門が奥から出てきた。

「松江藩が立ち直ってくれはりませんことには借金、返してもらえんさかい、朝日さんに免じて融通いたしましょう。ただし、二千両だす。あとは何とかなりまっしゃろ」

「うっ、二千両ですか……い、いや、結構にござる。これはまさに天のお助け、朝日丹波、このご恩は一生忘れませせぬ」

丹波は、佐々右衛門から借用した二千両をより緊急性の高い人夫賃に用い、残額は国元からの送金を待って凌いだ。

かようにして松江藩は、宝暦十一年の厳しい年の瀬をかろうじて越すことが出来たのだ。

明けた十二年の五月、本地堂、閟宮《ひきゅう》、加羅門瑞籬《からもんみずがき》の工事が完工した。三か所の工事は松江から派遣した人夫の見事な連携作業が功を奏した。丹波はここで、松江派遣の人夫を国元に戻した。彼らの仕事は単純労務で、技術を伴う横川中堂の現場では不要であったのだ。

残る横川中堂の山門は、縦横の柱と屋根の取り付けがようやく終わり、いよいよこれから佳境に入る。透かし彫りの美しい古材を利用した開閉門の組み立て、更には百間に及ぶ高さ一間半の塀の建設など、全ては坂本からの材料待ちとなった。

作業にしばしの隙間が出来た六月初旬、丹波は大坂へ飛んだ。大坂蔵屋敷の斎藤五郎右衛門との意見交換、更には上方屋の佐々右衛門と旧交を温めるためであった。殊に、佐々右衛門には昨年の暮れ、二千両を用立ててもらった大きな恩義があった。丹波は、比叡の山で仕事の合間に詠んだ山の美しさや厳しい山門工事の歌、二十首を携えて上方屋を訪れ、夜中まで和歌談義に花を咲かせた。久しぶりに充実した日々を送った丹波は、六月十日早朝、十余里の道を坂本へと急いだ。

丹波がしばしば現場を離れている間に、坂本では大問題が起きていた。脇坂に任せていた国元からの一万二千両の送金が手違いで届かず、給金を貰えぬこととなった職人が業を煮やし山から下りたという。奉行もこのころになると松江藩の台所事情が尋常ではないことを察知したようだ。

「年内の完工が絶対要件だ。なんなら仙台に肩代わりさせてもよいが」

奏者番の土田が丹波に囁《ささや》いた。

――冗談ではない、ここで降りれば既定路線の厳しい処分が待っている。

祈るような気持ちで日を過ごしていた丹波の許へ、国元からひと月遅れで七千両が届いた。

――五千両の不足か。まずはこれで勝負だ。今再開すれば何とか年内に間に合うだろう。

丹波は大急ぎで業者廻りを始めた。だが、困ったことに今度は棟梁がごね出したのである。

「三十日も待たせた挙句耳をそろえて払えぬとは、しかも速やかに再開せよとは何事だ！　田舎侍のくせに図々しい。今度ばかりは言いなりにはならぬ」

困り果てた丹波は、何とか請負業者をその気にさせる手立てはないかと頭をひねっていたところ、大河原が進言した。

「朝市に相談しましょう。あいつはなかなかの利口者です。何か良い知恵を出してくれるかもしれません」

朝市というのは仕事始めの日、坂本で妙珍和尚を襲った三人組の兄貴分で、以後、本地堂などの現場で働かせていたのだ。

早速、坂本の屋敷へ朝市を呼び、二人して相談を持ち掛けた。

「さよか、親方がねー、親方も下から突き上げられていたしいさかい。顔を立ててやれば機嫌は直りましょう。それより今一番の問題は、資材が山へ上がってこぬこと、運搬人がおらぬことでっせ」

「資材運搬人だと。それはなぜおらぬ。何人役いるのだ」

横川中堂の現場はこれからが本番、材木、竹材、板、壁土、縄、屋根材、飾り金具などが上がってこぬ限り前に進みようがない。

「百人役で三日は必要でっしゃろ、このごろ港での荷積みや荷揚げが忙しいさかい人夫は全部そっちに。足場の悪い山には金を倍払っても、来ーしまへん」

「倍払っても？　うーん、国元の人夫は帰した後だし……」

「職人は資材の運搬をせぬのか」

「よほどの場合でないとやらしまへん。足をくじいたり手でも怪我したら、大工も左官もお手上げですよってに」

大八車も牛馬も使えぬ比叡の山の八合目だ。資材を搬送する男は山歩きに慣れ、強靭な身体を持った若者でないと務まらぬ。

「うーん、山歩きなら僧のものだが……修行僧はどうかなー」

「えっ、修行僧！　お坊さんの資材運搬なんて聞いたことあれしまへん。そやけど……上の命令があれば、案外……」

朝市は、済まなさそうな顔をして首を振りながら出ていった。

——上の命令か……法忍和尚だが、館長といえども作業を命令することは出来ぬであろう。となると住職だが……。

国元の出雲には全国でも著名な天台宗の古刹「鰐淵寺《がくえんじ》」、安来の「清水寺」があり、丹波は両方の寺の住職とも親しい関係にあった。

——同じ天台宗だなー、鰐淵寺の住職から頼んでもらう手があるぞ……だが、飛脚でも往復十日、一時を争う今、余裕はない。うーん、困った……仕方ない、当たって砕けろだ。

切羽詰まった丹波は大河原を従えて、夏草のおい茂る山道を息せき切って宗興館に走った。

館長の室にはたまたま打ち合わせ中の妙珍和尚も居り、笑顔で応じ出ていこうとした。が、丹波はこれを押しとどめた。

「妙珍和尚も聞いて下され。ずばりお願い申し上げます。修行僧を貸して下され」

「修行僧？　何のことですか、唐突に」

驚く二人に丹波は、坂本から資材が上がらぬこととなり工事が再開できぬ、是非とも修行僧の力を貸して欲しい、そう率直に懇請した。

「うーん、建築資材ですか、運搬人が居らぬと……事情は分かりますが、修行中の僧を資材運搬とは、先例がない……座主《ざす》（最高位の僧）の許しを得ぬことには……」

「身共の国の『鰐淵寺』や『清水寺』は同じ天台宗の名刹です。住職から協力の要請文を徴したいが急なことで間に合いません、身共の要請文で如何でしょうか」

「やむを得ぬでしょう。私からも口添えして何とか座主に首を縦に振ってもらいましょう。次なる問題は、修行僧をその気にさせることですが……」

黙って聞いていた妙珍和尚が身を乗り出した。

「七十人の中に鰐淵寺から一人、それに伯耆《ほうき》国の大山寺から派遣の僧もおります。如何でしょう、御家老に講堂の壇上から直接呼びかけてもらっては……それにお国の二人の僧からもお願いさせましょう」

「それは名案だ、御家老、如何ですかな？」

「藁《わら》をも摑む思いです、身共からも是非お願いさせて下され」

「よし、決まった。善は急げだ。御家老、ここで要請文を書いて下され。次に座主のところへ同道願います。それと、妙珍和尚は午後のかかり掛けに全員を講堂に集めて下され」

世の中に神仏に仕える組織ほど結束の固いものはない。方針が決まるまでは紆余曲折があっても定まったならば「右へ倣え」一斉に動き出す。要請文を手に、丹波は法忍和尚に連れられて座主の許へ急いだ。

「鰐淵寺の慶弁住職は私も知っております。出雲の国の御家老がお困りということであれば要請文などいりません。許可致しましょう」

かくして、即日七十人の僧が坂本に繰り出し、僅か二日にして横川中堂山門前の空き地いっぱいに建築資材が並べられたのである。

「修行僧が手伝いを！」

この様をま近に見た棟梁は目を丸くして驚き、翌日から職人や人夫を復帰させた。気を揉み、いらついていた幕府の奏者番土田も、工事の急展開を目の当たりにし、俄かに機嫌を直して持ち上げた。

「さすがは朝日殿だ！　終わり良ければすべて良しですぞ」

六月の時点で越年は必至とみられていたものの、突貫工事により九月下旬には仕上げに入り、初雪と時を同じくして、十月十二日、比叡の山に見事な山門が聳《そび》えるに至った。ここにめでたく松江、仙台藩による延暦寺山門修復工事は竣工をみたのである。

松江藩を試す幕府の荒療治は、すんでのところで最悪の事態を免れたのみならず、その工事の手際よさ、地元や寺院との協力の麗しさなどが寺社奉行から幕府に報告され、松江藩の面目は大いに高まるところとなった。

七　食えぬ土産

宝暦十二年（一七六二）十一月　江戸赤坂松江藩上屋敷

江戸の初期、紀州藩の江戸に置かれた徳川家中屋敷に向かう坂は「紀伊国坂《きのくにさか》」と呼ばれていたが、中期になると「赤坂」と呼称されるようになった。「赤」は、かつて紀州藩において染料となる茜《あかね》を産出した「赤根山」という山名に由来するといわれている。赤坂付近を東西に分断して幅約十間の堀があり、堀には南北に赤色の橋が架かり、北に向かって緩やかな上り坂となっている。

北方突き当たりが赤坂門、門を潜り西側が紀州藩徳川家の中屋敷、東方が松江藩松平家の上屋敷で、その東隣は和泉国岸和田藩邸が、北方には信濃国高島藩邸がそれぞれ隣接している。

松江藩邸は敷地面積一万二千七百坪、建坪二千二百坪、南側は堀を隔てて赤坂田町の町屋が軒を接している。

宝暦十二年十一月上旬、江戸はこの時節にしては珍しく長雨続きのところ、この日は一転、朝から雲一つない小春日和となり、松平藩邸の前の堀には水鳥が遊び、陽気に誘われた亀が甲羅干しをしていた。

昨年の早春、赤坂邸を出発してから一年九か月、十月十二日、比叡の山で幕府による山門修復工事の検閲が終わり、京都、大坂を経由して江戸藩邸に戻り来た丹波ら五人であった。一同は出発時の重苦しい雰囲気と一転、日焼けした顔に白い歯を見せ、足取りも軽く赤い橋に差し掛かった。

道幅十間のこの坂道は、大名屋敷と商家や庶民の住まいなどを結ぶ主要な路線となっており、大風呂敷を背負った丁稚と思しき若者を従えた法被姿の旦那、商売を終えて軽くなった桶を天秤棒に担ぎ鼻歌で坂を下る魚屋、これら商売人に交じって駆けてくる童の姿も見えた。

丹波は、胸の高まりを覚えながら赤坂門を潜り、松江藩上屋敷の玄関に足を踏み入れた。仙石が門番に入門の手続きをしていたところへ、近習頭の赤木内蔵が笑顔で走り来た。丹波らが藩主へ凱旋報告に訪れるのを、今や遅しと待ちわびていたのである。

五人は赤木に先導されて屋敷の中へと歩を進めた。忙しく立ち振る舞う藩士はいずれも若く、丹波の如く五十代半ばの士は見当たらぬが、あちこちから聞こえてくる言葉は紛れもなく「ズーズー弁」である。懐かしさに思わず相好を崩しつつ廊下を渡り、通されたところは黒書院であった。五人が畳に正座し待つこと束の間。

「殿のお成り」

小姓が声を張ると四人は頭を垂れた。ずしっ、ずしっ、ずしっ、重々しい足音が近づいてくる。

この足音は紛れもなく殿の足音だ、丹波の胸の鼓動が高鳴った。宗衍に付き従ってしずしずとした複数の足音が付いてくる。

上座の席に衣音をさせて宗衍が着座し、複数の従者も傍らに正座した気配が伝わってくる。

「面《おもて》を上げよ」

威厳にあふれた張りのある声だ。

「はっ」と答え、丹波が面を上げ、他の四人もそろりと後に続いた。昨年二月、出発の時に見た青白くやつれた宗衍の顔はそこになかった。

「朝日丹波など五名、無事、比叡山山門修復の任を果たし帰藩いたしました。慎みてご報告を申し上げます」

丹波は、折々に大名飛脚に託して仕事の進捗状況を江戸屋敷と国元へ報告した。一方宗衍は、江戸屋敷への登城日、手伝い普請を指揮する寺社奉行から声を掛けられたり、仙台藩主などとも作業の進み具合を話し合うなど、久方ぶりに存在感を発揮し気分を良くしていた。

「よくぞ難工事を成就させてくれた。心から礼を言いますぞ。皆の仕事ぶりは城内の噂にもなっておる。まずはその苦労話からとくと聞かせてくれ」

その時、廊下を走りくる複数の足音がして書院の前で止まり、小姓が甲高い声を上げた。

「おそれながら、殿、若殿様がお戻りになりました」

「おお、戻ったか、どこにおったのじゃ」

「寺にござります。方々探し、やっとのことで見つけました」

「寺だと？　ここへ侍らせ」

やがて、紅顔の美少年とでもいうべき治好が足音を立てながら広間に入ってきた。丹波は座を外そうとしたが宗衍が制した。

——おっ、このお方がお世継ぎか。童とはいえなかなかの面構え。……そうだ、思い出した。四、五年前の桜の時分、屋敷の庭で茶の湯のお手前をちょうだいした、あの時の若殿だ。

世継ぎにはどこの屋敷でも一挙手一投足に目を注ぐ。治好の場合生まれつき虚弱で、その成長にことさら意を用いたのであるが、それにもましてこの若殿は時として重臣や近習の予測をはるかに超えた物言いや行動に走り、目が離せぬのであった。

「治好、許しも得ずにいったい何処へ行っておったのじゃ」

宗衍は厳しい口調で問い詰めた割には目は笑っていた。

「品川の東海寺にござります」

「寺だと？　仏に興味があるのか、で、何を教わった」

「仏道を極めることは武道と茶道に裨益のあること、和尚様からこのことをとくと学びました」

「左様か、良いことを学んだようじゃな、だが掟破りは厳罰ぞ。ちゃんとことわりをいたせ」

江戸屋敷で働く藩士の大半は屋敷内の長屋に住まいし、仕事で屋敷の外へ出る場合のほか、個人の外出は月に四度と決められていた。だが国元から参勤交代などで江戸屋敷へ罷り出たお上りさんともいうべき勤番侍は、祭礼など催し物がある度に「急な病の手当て」との口実を付けては外出した。外出の門限は暮れ六つ（六時）であったがこれに遅れる者も多く、さような折は先に戻った者が門番に話しかけて閉門を遅らせるなど、同僚が駆け込むのを手助けした。それでも遅れる者は密かに門番に銭を握らせるなど奥の手を用いた。

「ところで治好、これなる御仁はいつも噂を致しておる朝日丹波だ。比叡の山門修復の大役を見事果たし先ほど帰還した。挨拶を致せ」

「何年か前に庭でお会いしております。それと先ほど橋の上ですれ違ったお方ですな。朝日丹波殿、治好にござりまする。此度は大役大儀にござりました」

そういえば橋の上で童とすれ違ったがそれが目の前の若殿であったとは、丹波は治好の勘の鋭さに脱帽した。

「もったいなきお言葉、誠に恐悦至極に存じ上げます」

広い額、色白にて切れ長の目、骨太の体格、引き締まった口元に天資怜悧さと気品をも感ずる丹波であった。

やがて治好が退室し、これに続いて脇坂ら江戸定府の四人が席を外し、丹波は宗衍と差しで向かい合った。

「ところで、比叡では何か面白い話は？　土産話を聞かせてくれ」

宗衍の相が崩れ、丹波も親しみを込めた笑顔となり、脇に置いていた風呂敷包みを引き寄せた。紐を解き、七寸程度の丸い壺を手に軽くゆすった。液体の入っている音がする。丹波は壺の口を縛っている棕櫚《しゅろ》の縄を解き板の蓋を取った。

「これが比叡の土産にござります。万病に効く薬にござります」

丹波が差し出した壺を手にした宗衍は、けげんな表情でこれをゆすった。

「どうぞ、匂ってみて下され」

宗衍が顔を近づけて掌で風を送り、壺の中の液体を嗅いだ。次の瞬間、その端正な面立ちが大きくゆがんだ。

「うわっ、これはなんじゃ」

「ははは、何か当てて下され」

「うーん、この生臭さ、酒の臭いではあるが、それにしても強く鼻を突くのう」

宗衍が顔を近づけて壺の中を凝視した。

「比叡の山におる長いものにござります」

「なんだと、長いものとは？　蛇か、気味の悪い縞が見えるのう」

「蝮《まむし》にござります」

「蝮だと」

「比叡の山は仏の山ゆえ殺生はご法度にござります。よって生け捕りにし、和尚から貰った焼酎に漬けたもの、すなわち『蝮焼酎』にござります。万病に効能のある貴重な薬にござります」

「ほう、それはそれは。早々にも試してみることといたそう」

丹波は比叡の山中にいても藩主の健康を気遣っていた。

この夜、丹波ら比叡の山で共に闘った五人と藩邸の連絡員を務めた近習頭の赤木内蔵が、藩主の肝いりで祝賀の宴に招かれた。

有澤家老が御座の間に特別にしつらえた宴席には、近郷から取り寄せた海の幸、山の幸が所狭しと盛られ、藩主の手ずから金杯にて酒をいただいたあと宴会に入った。

丹波らは宗衍の計らいで無礼講を許され、江戸の美酒を心ゆくまで堪能し、土産話に花を咲かせた。

殿を囲んだ宴が終わったところで、有澤と赤木の案内で、丹波は屋敷の向かい側にある長屋の小部屋に場を移した。

「折角の祝宴の後で、あまりお聞かせしたくはありませぬが、国元の松江では食うに困った足軽連中が百姓家の米蔵を荒らして捕まったり、漁師が仕掛けた網を破って魚を横取りして番所に突き出されておるようです」

「それにこの頃、豪農や豪商が道端などで飲み屋や茶屋を始めて、百姓に下働きさせておる様子だ」

「比叡の負担金の徴収が始まり、今でも食っていけぬ水呑百姓は加重された年貢が払えず、農地を没収されて食うことができず、家を捨てて彷徨する者が出だしたとか」

有澤と赤木が眉を顰《ひそ》め声を殺した。

丹波は、頭から冷水を掛けられたような思いがした。大任を果たして幕府の鼻を明かしたい、年内に工事を完成させたい、この一念で、金の調達が貧民の飯にも命にも関わること、そのことを忘れていた。不快さが頭を覆い、酔いが一気に醒めた。

一夜明け、気を取り直した丹波は宗衍の部屋を訪れた。出立の前に殿から「お守り」と称して預かった包みを返すためであった。

「ああ、お守りをなあ、あれはお主にやるつもりであったが……で、役に立ったのか」

「役に立ったものと思います。比叡の山で追いはぎに襲われもせず、蝮にも噛まれず……」

「ということは、丹波、袋の中を見ておらぬな、お守りを」

「はい、見てはおりませぬ」

「ははは、それでは役に立ってはおらぬ。どれ、久しぶりに予が対面するといたそう」

宗衍は、丹波が返した布袋の紐を丁寧にほどいた。そして和紙に包んだ数枚の紙を取り出し、ゆっくりと食い入るように見つめ、口元に下品な笑いを浮かべた。やがて我に返ったようにその紙を丹波に手渡した。……なんとそれは男女のもつれるさまを描いた春画であった。

「な……これは……」

「どうじゃな、なかなか見事なものであろう。比叡の山では役に立たなかったというが、役に立てなかっただけだ。これはそちに土産としてつかわす」

「………」

「身共もようやく気持ちにゆとりが出来たゆえ……わっはははは」

――何だと、お守りとは、かような下劣な物であったのか。

今日の今日までつゆ知らず、仲間にも指一本触れさせなかった。命が無くなる程困った時はじめて紐解こう、そう心に誓いじっと耐えてきた。何度もその危機に直面したのだが耐えに耐えてきた。それが、なんと春画であったとは……。大任を果たし幕府の覚えめでたきを得たとはいえお国は破綻しておる。飢えた人々がのたうち回っておる。かような折に春画だと！　気持ちにゆとりだと。冗談ではない！

――ここで殿を正さねば、ちゃんと伝わるように意見し襟を正さねば。

「殿、冗談が過ぎます！　丹波は怒っておりまする」

「？　な、なんだと……」

「幕府は何ゆえに松江藩を比叡の山へ行かせたのか、真意をご存知ですか？」

「何だ、丹波。唐突に。……幕府がいかがした」

「幕府は、松江藩を、殿を試した、潰そうとしたのですぞ！」

「潰そうとした？　試しただと、何のことだ」

「いい気なもんだ。幕府の狙いも知らず……春画ですか」

「なんだと！　分かるように言え！」

「もし辞退したり、途中で投げ出したならば、姫路の榊原家のように処分しようと……他の藩への見せしめにと」

「……見せしめだ！　榊原家だ！　何を言う、丹波、口を慎め！」

「比叡の山でも殿の女遊びはもっぱらの評判、乱れておると、遊びの度が過ぎると」

「何！　いったい何があった。何があったのだ」

「幕府の役人が寺の坊主に喋ったとのこと。この工事を松江藩に下命して藩主を試す、潰すことも念頭に……。寺の坊主にですぞ！」

「坊主に？　幕府の役人が？　丹波、作り話を言うな」

丹波は、昨夜の殿の格別の計らいで、比叡の山における法忍和尚の話は胸に収めておくつもりであった。延暦寺での仲間の命を縮めるような苦労話は曲がりなりにも殿に伝わった、このことで丹波は満足した。この上、法忍和尚の明かした宗衍のよからぬ噂を、敢えて耳に入れることはなかろう、以前の殿と今は違う筈だ。そう己の胸に言い聞かせていた。だが、風呂敷の中身が現れ、男女のもつれあった艶めかしい春画を目にした途端、愕然《がくぜん》とした。突如怒りが込み上げてきた。

「殿！　かかる折、まだ春画ですか、吉原ですか、藩の置かれた立場をお考え下され。国元で飢えておる百姓のことを、家臣のことを！」

「うーん、このー……丹波！」

春画を手にした右手を高く掲げ、体を震わし、丹波を睨みつけ真っ赤な顔で叫んだ。

「貴様！」

目をむき、歯を出し、高く掲げた震える手を丹波めがけて打ち下ろした。まるで、やんちゃそのものだ。十枚もあるであろう春画は、ひらひらと舞い四方に飛び散った。そこへ、宗衍の大声を聞きつけた側近が足音高く走り来た。部屋に飛び込んだのだ。

「殿、いかが致しました！」

「うっ、お、お前ら、入るな！　入るな！　下がれ！　下がれ！」

狼狽した宗衍は、絵を拾おうと立ち上がりかけ、袴の裾を踏み、畳の上にばったりと大きく両手を突き転倒した。畳に顔をいやというほど打ち付けた。

「何事もない、下がれ、下がれ、控えておれ」

さすがの宗衍も、飛び散った男女の艶めかしい春画を小姓に見せる訳にはいかなかった。

「何事もございません、悪ふざけです、心配ございません」

丹波は、部屋の中まで駆け込んだ三人の小姓を両手を広げて制止し、落ち着き払って膝行《しっこう》し、飛び散った絵を素早く拾い集めた。

「この絵、土産に遣わすと仰せになりました。身共、戴いて国元に持ち帰りましょう」

絵を揃え、風呂敷に包んだ丹波は、宗衍を睨みつけて礼をし、立ち上がりかけた。

「ま、待て、朝日、予は気が動転しておった。許せ。今しばらく、今しばらく留まれ。話を聞かせてくれ」

さすがに君子の変わり身は早い。己の失態に気付いた宗衍は、汗を拭いもせず相を整えた。

「その絵、独り歩きしても困るゆえ、予の手で始末する。江戸の土産は、奥方思いのそちにふさわしい『大内人形』などを取り寄せることといたそう」

「めっそうもありませぬ。絵を始末していただける由、丹波、安心いたしました。なにとぞ失礼の段、お許し下されませ」

「実は、幕府から目を付けられておることは予も気付いておる。で、朝日、この後、いかがしたら良かろうか」

「……単刀直入に申し上げます。以後、外での遊びをお慎み下され。また、やむを得ず登城や参勤交代を取り止める折は、丁重なる手続きをお取り下され」

「うーん、分かった、心しよう」

宗衍は頭を何度も振り、真剣なまなざしで丹波に対した。

「それと、今一つ聞くが、予はここ十余年、わが藩の財政立て直しのために小田切などを使い様々な策を講じてきたが、このことについて朝日はいかように思っておる」

丹波が四十三歳で御仕置家老を外され十五年の歳月が流れた。十九歳であった宗衍は自らの舵取りによって財政を立て直そうと、丹波らを脇に追いやり、一介の小田切備中を抜擢して延享の改革を始めた。

宗衍が力を注いだのは、米に頼る財政体質から脱却するための藩営の金融政策や、殖産興業への転換であった。

だが、もともと収入に対して支出加重のところへ、支出を見直すことなく無理な投資を続けたこと、一時的な資金集めのために年貢制度を損なったこと、更には、相次ぐ大凶作などで、早いうちに藩財政の健全化策は吹き飛んでいた。

丹波に言わしめれば、延享の改革は功を焦った根無し草であって、一時花は咲いても実はならぬのであった。

——さんざん殿の行状について意見したばかりだ。今、ここで延享の改革の不出来を畳み掛けることは……。

「恐れながら、身共は仕置役を外れてから早や十五年、その後復帰したとはいえ勝手向きのことはとんと疎くなり、殿のなされておる政治の中身を十分存じあげておりませぬ。折角のご意向でありまするが、論評する意見を持ち合わせておりませぬ」

「なんと、異なことを……」

宗衍は拍子抜けしたといった顔をして丹波の目を覗き込み、次の瞬間目を釣り上げた。

「たわけ！　予を侮辱する気か。先ほどあれほど意見をしておきながら今度は分からぬと、とぼけるな！」

「………」

「千助《せんすけ》という男を、知らぬとでもいうのか」

――しまった！　千助は、紛れもなく己の息子だ。

千助は、丹波が干された後の宝暦五年、十七歳にして召し抱えられ、延享の改革の使い走りなどをしていた。息子が疲れ果てて帰宅し、時として愚痴をこぼすのを傍目に、「やっぱり俺が言っていた通りであろう」などと漏らし舌打ちをしていたのである。口の堅い千助だが、その雰囲気は殿に伝わっていたのかもしれぬ。

「まこと、千助は我が子にござります。が、我が家では仕事の話は致しませぬゆえ……」

「ははは、まあ良い、言い訳はせずと申してみよ、ずばり評論せよ」

――ここまで見透かされておれば知らぬ存ぜぬでは通らぬ。仕方がない。はっきり言おう。

「では申し上げます。物事の順序が逆にござります。まず内輪を改めしかる後外に打って出るべしと。内向きのことは何ら改めることなくうっちゃっておいて利子の付く金を借りまくり、借りた金を貸せ、利で藩を立て直そうなど、どだい無理な話です」

「……続けよ」

「それに、義田や新田は悪政の最たるもの。一度に大金を収めた者には永久に年貢を免ずる、ですか？　自分で自分の首を絞めておるようなものでありましょう」

「うーん、言いたい放題」

「功を焦り、人の褌《ふんどし》で相撲を取ろうなど虫が良すぎます。根無し草には一時は花が咲いたとしても実はなりませぬ。……ただ」

「ただ、なんだ？」

「『実はならぬ』と申し上げましたが、土を相手の木綿、櫨蝋《はぜろう》、鉄製品、それに数年前から試作されておる薬用人参などは、やがて実がなるものと存じ上げます。百姓に、米以外の生業があることを気付かせたことは大きな成果と存じます」

「……左様か、分かった」

丹波の歯に衣着せぬ直言に、宗衍は喉から声を絞り出した。そして落胆したような、納得したような複雑な目をしてじっと宙を見つめた。

八　前後裁断

明和二年（一七六五）十一月　松江寺町―朝日家老屋敷

「入るを量《はか》りて出《い》ずるを制する、これは政《まつりごと》の基本である。初歩的なことであるが、実はこれがなかなか難しい。破綻した大名の多くはこれによる」

桃源蔵《ももげんぞう》の低く力のある声が妙光寺の庫裏《くり》に響いた。

宗衍が発足させた延享の改革は文教政策に力を注ぎ、宝暦八年（一七五八）、藩は母衣町に藩校文明館を開校した。

朝日丹波は文明館で学ぶ一方、向学心旺盛な同志を募って寺町の妙光寺の一角に光雲塾を開いた。塾の呼称は、塾生が中心となって「雲州を光り輝く国にする」その決意で丹波が命名した。

講師は、平素は丹波が務めたが、時として江戸から帰郷した学者桃源蔵を招致した。

桃は、石見国川合村の医師坂根幸悦の子で、若くして江戸に遊学し、江戸幕府直轄の教学機関昌平坂学問所で学び、儒学者桃東園の養子となった。湯島聖堂で経書を講じていたところを、宗衍によって呼び戻されたのである。

光雲塾の塾生は、朝日、神谷の両家老のほか、轟歌右衛門、富村竜太郎、池新之亟、玉野林太郎、屋敷国右衛門、高城覚一、梅木三蔵、篠原彌兵衛、高畑太郎兵衛、荒井助市、山根惣助、丹波の長男千助などの若手家臣、それに農民で下郡の義兵衛、紅一点は料亭「美保屋」の仲居、栗原八重の総勢約二十人であった。

暮れ六つから始まり、前半の講義が終わったところで世話人で番頭《ばんがしら》の轟が挙手をした。

「御承知の通り、近年わが藩は飢饉に見舞われ、そこへ泣き面に蜂と追い打ちをかけたのが比叡の山門修復である。財政の破綻や百姓の無気力などは目を覆うばかりにして問題が山積しておる。本日の後半は、ざっくばらんに『松江藩を斬る』といきたい。まず先生にお伺い致します。松江藩の政《まつりごと》の最大の問題点は何でありましょう」

「……私の口からそれは言わぬ。ここは共に考える場、皆がそれを見つけるのです」

髪を一束に結び、あごひげを伸ばした桃は、一同を見渡し穏やかに答えた。

「御意にござります。今席には家老衆もおられますが、ここは学びの場ゆえ無礼講にて願います。何方《どなた》からでも結構、ずばり藩の問題点を指摘して下され」

徒《かち》にして馬潟番所の責任者である屋敷が口火を切った。

「実は、今朝、侍の子が四十間堀で亀を獲っておった。親から指図されたというのだ」

驚いた表情で玉野が続いた。

「なに？　堀の亀を！　この前は鯉だったがとうとう亀か」

「下級藩士はそれが出来る。世間体のある我々には出来ぬ」

目付として、藩の法令や通達などの立案や発信を所掌している池があきれ顔をした。

家老の神谷が首を傾げた。

「話が見えぬのだが、亀をどげしようというのだ。飼うのか？」

「ははは、神谷殿は金満家ゆえ分からぬであろう。食うのですよ、食料にするのですよ」

「何ですと！　亀を殺して？」

「そげです。仏教の世界では魚は食っても四つ足はご法度、普段は食いませぬが、当節、食わねば此方《こちら》が飢え死にするのです。我が家は十二人家族、その辺の事情は手に取るように……わっははは」

丹波が笑いながら解説をし、横にいた轟が口をはさんだ。

「昨夜は津田の大百姓の蔵から、米が三俵盗まれたようだ」

「早い話、ここ数年、食えぬ者が増えてきたということだ。今夜の飯がないから草の根をかじり、堀の亀を殺して食する、それでも足りぬから盗みもする……。これも比叡の後遺症でありましょう」

「比叡の後遺症といえば、義兵衛殿、下郡は大変な難儀をされたようですなあ｜、金集めに」

ただ一人、下郡として秋鹿《あいか》から馳せ参ずる義兵衛に視線が集まった。髪も着物も質素にまとめているが、そこらの百姓にない品の良さが漂っている。

「はい、秋鹿は、蓄えのある地主に負担をさせ、田地一町歩以下の百姓に無理強いは致しておりませぬ。よって、かつがつ食い繋いでおります。鍬や鎌を捨てるような百姓は今のところ出ておりませぬ」

父親の死により下郡を拝命して二年の義兵衛であったが、比叡の助役に充てる、目から火の出るような高額な割り付け金には冷静に対処した。義兵衛は、父親が生前口を極めて説いていた「無い袖を振るな。弱い百姓を守るのが庄屋、富や名誉を追うな」、この原理原則に徹したのだ。

その結果、出雲国十郡十一人の下郡にあって最低の集金額で、高額な集金を果たした者に付与される苗字もなく、ただ一人士分扱いとなっていない。

「義兵衛殿のように真面目なお人には縁のない話でありましょうが、悪らつな下郡は、比叡の工事費の分担金名目で零細な百姓から米や金を搾り取っておる。その結果、食ってゆけぬこととなった百姓は困り果てて首を吊ったり、娘を人買いに売っておるとの噂です」

破損方奉行の篠原が解説し、高城がこれに続いた。

「売る娘も、頼りになる親戚もない百姓は、終《つい》には鍬や鎌を捨て着の身着のままで村を離れ食い物を求めて町に出る。この頃松江の神社や寺には、そげなものがごろごろしておる」

過去、例のない莫大な資金調達に、始めのうちは尻込みしていた下郡の面々は、会合を重ねるうちにはみ出し者になることを恐れるとともに、苗字使用と士分取り立ての餌に釣られて、次第に割当額の調達に舵を切った。

約束に従い士分扱いとなり、年貢の高を決める特権を得た下郡は、そこから徐々に振る舞いが変わり、零細な百姓にまで比叡の分担金名目で過大な負担を課せるようになった。無理を頼んだ藩は見て見ぬふりをせねばならず、これに勢を得た下部は、付け届けで役人を骨抜きにし、日増しに増益していった。

「奉行がしっかりせぬから好き勝手なことをするのだ」

屋敷が、数年前まで郡奉行をしていた玉野を睨んだ。

「ちょっと待てよ、わしは癒着などしておらぬ。この目を見ろ」

「分かるもんか、お主は違うかもしれぬが、この頃下郡を利用して飯や金にありついちょる奴がいっぱいおる」

「そげかと思えば、一部の庄屋は、旅の絵師を逗留させて屛風絵を描かせたり、庭にわざわざ滝を築《つ》いて、風流人を気取っておる。有るところには腐るほど金が有る。金が金を呼んでおる」

郷へ足を向けることのある、神谷家老は詳しかった。

「そげそげ、馳走に晩酌付き、温泉付きで絵を描かせ家宝にするつもりとか、ふざけた庄屋だ」

「家宝なら許せるが、ただ同然で描かせた絵を蔵に寝かせておいて、値が出たころに古物屋に売らせる、こげなやりかたで大儲けを企《たくら》んでおるようだ。地主は名誉と権力を手にし、町の商人と結んでどんどん金膨れしておる」

それまで、目をつぶり、腕組みをして聞いていた桃がつぶやいた。

「富の集中です。唐の中期、中国にはしばしば見られた」

丹波が、白髪交じりの髷をつかみ、眉間に皺を寄せた。

「身共がかかわった比叡の助役、たしかに、下郡には大変な負担を強いた。問題は、そのために特権を付与したことで、残念ながらそれが悪用されて富の集中に拍車をかけておる」

その時部屋の障子が開き、和尚が顔を覗かせた。

「皆さん、熱心に学問をしておいでですが、珍しいお客さんですよ」

和尚が案内したのは、紅一点の女学士、栗原八重であった。蝋燭の明かりに照らされて、色白の八重の頬が赤く染まり輝いている。

八重は三十五歳、妙光寺から一町東側、和多見の川端にある料亭美保屋の仲居をしていた。

八重の夫、栗原小五郎は五年前の宝暦十一年六月、浪速で死んだ。丹波が比叡の山で奮闘していた頃、国元から追加の作業員を比叡に送り込む役目を負った。栗原は使者の格式にあり、有望な士であった。往路、浪速に差し掛かったあたりで突然の高熱に見舞われたものの、その強固な責任感から医者に掛かることもせず、作業員を坂本に引率し脇坂に引き継いだ。その帰途、苦しさのあまり京都で受診したが時すでに遅く、来院二日後に死んだ。医師の見立ては赤痢であった。

一人息子を抱える八重は背に腹は代えられず、丹波の世話で料亭美保屋に雇われ、女将の手伝いをしていた。

「晩ずましして（こんばんは）。皆様お食事もとらず高邁な議論の様子、お疲れ様です。ささやかですが、女将の許しを得て差し入れに参りました」

口角泡を飛ばしていた一同の面前に、風呂敷を解き重箱を広げた。出てきたのは、色も鮮やかな蒸した薩摩芋であった。

「おっ、芋だ。これは馳走だ！」

「しばし休戦としよう」

腹の減っていた十一人は、遠慮もなく重箱に手を突っ込んだ。むしゃむしゃと芋を頬張る音だけが庫裏の廊下を渡り、庭の虫の音と同化している。

腹の虫の収まった男らは、艶やかに丸髷を結い桃色の友禅染の小袖に、水木結びの帯も艶やかな八重に目が移った。

「なんと八重さん、今夜はまたおめかしをして誰に会いに来ました？」

轟が笑顔で問うた。

「朝日様です。私ら親子の恩人ですもの」

八重が含み笑いをしながら、丹波に目くばせした。その途端、泣く子も黙る丹波のぎょろ目が小さくなり目尻が下がった。

「えー、御家老も隅に置けませぬなー」

妻帯者の多い中にあって、四十になっても独り身の玉野が大声を上げた。一同が爆笑し庭から聞こえていた虫の音が止まった。

一同を見渡した轟が語調を強めた。

「よろしいか、先ほどの続きだ、問題は富が偏《かたよ》っておることだ」

「そげそげ、一握りの庄屋や商人に偏り、百姓も藩士も職人もその日暮らし、これを何とかせぬ限り松江藩の明日はない」

梅木が甲高《かんだか》い声を発し、篠原が続けた。

「先生、何とか方途はないものでしょうか」

桃は、しばしの間顎鬚を手で撫でていたが静かに言い放った。

「前後際断《ぜんごさいだん》あるのみです」

沢庵禅師の著「不動智神妙録」第十二節において「前後際断と申す事の侯。前の心を捨てず、また今の心を跡へ残すが悪敷侯なり。前と今との間をば切ってのけよと言う心なり。是を前後の際を切って放せと言う義なり。心をとどめぬ義なり」と説いている。

「分かり易く言うと、過去にとらわれず、今に集中することです」

桃は八重が持参した風呂敷を手にし、くるくると絞り、一本の縄にした。そして、その真ん中あたりに一か所結び目を作った。

「この一本の縄を松江藩の歴史に見立てます。この結び目のところが現在、右側は過去、左側は未来と致します。前後際断とは、過ぎ去ってやり直しのきかぬ過去を切り離し、今、現在に打つ手を集中するのです。分かりますか。過去にとらわれず、未来を憂えず、理想的な今を創るのです」

目を皿のようにして額を寄せ合っている十五人の、ある者は納得顔で頷き、ある者は首を傾げている。そこで轟が突っ込んだ。

「先生、理屈は分かりますが、過去があるから今があります。過去を切り離すなど、到底不可能ではありませぬか。できぬと思います」

「過ぎ去った過去を引きずっていては世の中は変わりません。しがらみを断ち切る、極論すると過去を無かったことにする、それくらいの荒療治も必要でありましょう。大事なことは知恵であり勇気です。断ち切る勇気です」

桃は珍しく厳しい表情で一同を見渡した。その時寺の鐘が鳴り、本堂から和尚の読経《どきょう》が流れてきた。

「先生から改革についての示唆がなされたところで、ちょうど時間になりました。大きな課題をいただきましたゆえ各人が考え、知恵をもってまた来週集いましょう」

轟の締めで塾が閉じられ、塾生は雪洞《ぼんぼり》の明かりを頼りに寺の門を潜った。

遅れて門を出た丹波を義兵衛が待っていた。

「御家老様、お急ぎのところ恐縮に存じまするが少々時間をいただけませぬか」

「ああ、よろしいとも。一緒に大橋を渡りましょう」

二人は肩を並べて寺と寺が軒を接する幅一間ほどの玉砂利の道を北に向かった。一町ほど進んだあたりで目の前が大きく開けてきた。大橋川に出たのである。

大橋川は、西に周囲約十里の宍道湖、東に二里下ると汽水湖の中海に至り、その三里先で日本海に注いでいる。

宍道湖はこの時代、日本海との落差が大きかったものの、満潮時ともなると海水が中海を経て矢田の瀬戸を超え大橋川など六本の川を遡り、松江の町にほのかな潮の香りを運んできた。

対岸の京店の明かりが川面に揺れ、川幅一町半の大川に架かる大橋を映し出す。見事な湾曲の線を描いた大橋の擬宝珠の上空を、今、まさに月が煌々と昇りゆく。

丹波は、和歌を詠むべく歩を緩め月を仰いだ。

その時、橋げたの下あたりから猫と思しき泣き声がした。近寄ると、橋の下の波打ち際より一段高くなった僅かの空間にうごめくものがいる。そこから泣き声は発していた。

「あーあー、あーあー」

それは猫ではなく、力のない赤子の泣き声であった。

目を凝らし声の方向を見ると、蓆の上に座ったみすぼらしい女が、胸をはだけて乳を与えようとしている。張りのない乳は垂れ下がり、それでも赤子は吸おうともがいているのだ。

二人は無言でその場を離れ足早に大橋を渡った。

自然は分け隔てなく人々に美しさと恵みを注いでいる。だがこの地にあっては、恵みを露程も感ずることが出来ず、もがき苦しみ死してゆく人々の何と多いことか。この出雲の地を一刻も早く正常な姿にし、神のもたらす恵沢を人々に享受させねばならぬ。丹波は厳しい目をして月を仰いだ。

朝日家老の屋敷は大橋から京町を通り抜け、武家屋敷街を北方へ四町進んだ松江城の東、堀を挟んだ広大な家老屋敷群に位置した。

北隣に乙部家、南隣に有澤家、その西隣に脇坂家、東方に柳多家が位置し、朝日家は松江城本丸を見上げるように門の付いた長屋があり、庭を隔てて東側に屋敷があった。長屋は入母屋造りの中二階建てで、門を挟んで南側が用人の詰所兼作業所、階段を上がった中二階が休憩所、門を挟んで北側は丹波らの書斎として使われていた。

「義兵衛殿、ようお越し下されました」

一足先に帰宅した千助が、書斎の行燈に火を灯し待っていた。

「千助殿も同席して下さらぬか」

義兵衛の要請で三人は書斎の座卓を囲んだ。

「御家老、わたくしは下郡から仲間外れにされております」

義兵衛は座に着くなり切り出した。

「それはまたいかがして」

「はい、比叡の寄付集めの折、他の下郡役と足並みを揃えず別行動をとったからにございます」

宝暦十一年三月から発足した比叡の山門修復工事の資金集めに、秋鹿を除く各下郡は足並みを揃えた。その計算は、藩の割り当て金達成に鋭意努力し、期限までに集まらなかった金は下郡や大庄屋や豪農で立て替える。藩の指示通り役目を果たした暁には下郡には字《あざな》が許され、年貢調達等の特権が付与される。よって立替金は二年目以降年貢に加算して百姓から吸い上げる。これにより三〜四年先には全額回収出来る、このような目論見であった。

ところが、これを受ける百姓の方は尋常ではなかった。宝暦十二年以降、年貢のほかに二割程度の返還金が加わったところから零細な農家はたちまち困窮した。そして四年後の今年はその立替金が払えぬ百姓が続出し、夜逃げや娘売りに、食い扶持減らしと称する年寄りの自殺や、生まれ落ちる子の間引きへと深刻化していった。

「なるほど、で仲間外れというのは？」

「はい、この頃、下郡の集会に声が掛からぬことがしばしばで、郡奉行からの触れまでも滞ることがあります。また、集会の席であからさまに嫌がらせを受けたり、藩の役人からも同様の仕打ちを受けております」

「役人からも？」

「はい、私のところは比叡の金は任意の寄付方式をとりました。よって他の藩より若干少ない六割の拠出に止まりました。しかし、小作人など貧乏な百姓を困らせてはおらぬので、潰れて夜逃げをする家は一戸もありません。ところが、このことを知った一部の郡では、『困ったら秋鹿に行け』と触れをしているらしく、この頃急に他の土地から乞食や一家離散した百姓が来るのです。私の分家にも一昨日、大原から親子七人が転がり込んだ有様です」

「なるほど、今日の勉強会でも出ておったがその経緯がよく分かった。これは、奥の深い問題だ。千助はいかが思う」

「はい、元はといえば、比叡の金五万両を下郡に無理やり集めさせた藩に責任があります。義兵衛殿の困っておられる事情は分かりまするが、これは小手先の対策でどうにかなるという案件ではないと存じます」

「その通りだ。秋鹿を除く他の郡は、藩の要求に抗しきれず無理な金集めをした。それがここにきて弱いものを追い詰めるとともに、一部の者を利する悪弊となっているようだ。話の筋はよう分かった。遠からず何らかの手を打たねばならぬ。その段階で、秋鹿の下郡であるお主の面子も回復するであろう」

「…………」

「この問題はしばしこの丹波に下駄を預けて下さらぬか」

丹波のぎょろ目が、糸筋のようになって義兵衛に注がれ、青白かった義兵衛の顔に幾分か生気が甦った。

九　犬猫のいない松江と丹波の出番

明和二年（一七六五）十二月　松江―江戸赤坂上屋敷―松江

冷たい雨の師走、乳飲み子を背負った女が歩いていた。髪はぐっしょり濡れ、着物は破れ裸足である。女の後から三人の童が泣きながら付いてゆく。女は、朝日家の前で立ち止まり、恐る恐る石段を上がり屋敷の庭へと足を踏み入れた。

「こら！　出ろ、出ろ。あっちへ行け、乞食《こじき》の来るところじゃない」

「食べ物を、この子に食べ物を……死んでしまいます」

朝日家老家の正門は常時門番が警戒し不審者は寄せ付けなかったが、その日は門番の目をかいくぐって乞食の親子が屋敷に立ち入った。

「門番さんどげした？　まあ可哀想に、さあ、こっちへ入りなさい」

朝日家には八人の子供がおり、家臣への心配りも欠かすことが出来ず、暮らしむきは決して楽ではなかった。だが、丹波の妻の満《みつる》は、情が深かったから乞食の親子に残り物を与えた。親子は飢饉の奥出雲から逃れて来たと言い、母親は病気で、三人の童と乳飲み子を擁していた。以来、この親子は毎週のようにやってきた。満が施しをした日、この親子は決まったように屋敷の周りの草取りをした。

一年が過ぎたころ、三人の男の子がふらふらして入ってきた。満が年長の童に訳を尋ねたところ「赤子は死に、母ちゃんも死にそうだ」という。満が炊事場から丼茶碗に芋粥を入れて持ってくると、三人の童が競って取り合い、土の上に茶碗を返した。三人は土の上の粥を手ですくい、土に口を付けてすすった。満が急いで奥に入ったとき、門番が子供をつまみ出し、激しく殴りつけた。

「お前ら、二度と来ーな、今度来たら、堀へ叩き込むぞ！」

「あー、痛いよー、あーん、母ちゃーん」

それ以来、乞食の親子が朝日家に姿を見せることはなかった。

数年後のある日の昼下がり、城の北側の赤山で犬の悲痛な叫びがした。それから半刻（一時間）犬の鳴き声の発したあたりから怒号が飛び交った。

焚き付けの枯れ枝を探していた千助は、異変を感じ声のした藪へ分け入った。

「貴様ら！　わしの犬を取ーさがって」

「違うよ、おらのもんだ」

「何を、この縄が目印だ！　罠をかけたのはわしだ。肉を戻せ」

「逃げろ、肉を持って逃げろ」

「待てー、泥棒、逃がすもんか」

前方から裸の童が三人、これを追って、足の悪いぼさぼさ頭の男が走ってきた。千助の目の前で一人の童が転び、手にしていた犬の首が藪の中へ飛んだ。童と男が藪へ分け入り、童が犬の首を見つけて逃げようとしたが、男にもぎ取られた。

「返せ、おらの肉だ！」

「ふてー野郎だ、人の犬を横取りしおって、泥棒が！」

恐ろしい形相の男は、千助には目もくれず、血だらけの犬の首を手に藪から出ていった。

「あーんあーん、返せ！　泥棒、あー、あー」

「坊や、どげした」

「犬を……肉を、取られた。あーあー」

犬を殺した少年は、数年前、母親に連れられて朝日家に無心に来ていた童であった。今朝、北堀で罠にかかっている犬を見つけ、赤山に引いて来て丸太で殴り殺して刃物で皮をはいだ。そこへ罠をかけたという男が現れ、肉を横取りしたというのだ。

童はその日の食い物がなく、犬や猫や鶏を捕まえ山で殺しては小屋に持ち帰り、これを食い生き延びていたのだ。

異様な臭いがする。千助があたりを見回すと、そこら中に犬や猫の首が転がり、木の枝には蛇の骨や鶏の首、犬の足がぶら下がっている。そこは動物の屠殺場であった。

親がいなかったり病気であったなら、子供は食べ物を得ようと悪たれた。そんな時、猫や犬が目を付けられた。例え飼い犬でも屋敷の外にいる犬は糧だ。人間の腹に入ってしまえば野良も飼い犬も同じ、明和三年の松江からは犬や猫が消えた。

百姓は、不作の年でも少ない米や麦粟や稗を粥にしてすすり何とか生き延びた。だが、武士はそうはいかぬ。体面を捨てて納戸の武具を売り払い、空いた納戸に竈《かまど》を置き煮炊きをした。また、お城の御厩《おうまや》には馬が一頭もおらず、家老の息子でさえ馬がどのようなものであるかを知らぬ有様であった。当然のことながら御舟屋には損じた舟はあったが、水に浮かぶ舟は一艘《いっそう》もなかった。

松江藩はお取り潰しの危機を脱したとはいえ藩の財政は破綻の極にあった。国元において財政を預かる役人は、収入はないのに借金取りに追われ、返済の約束期限が近づくと三の丸から姿をくらました。突然の訪問を受け面談が回避できぬとなると大袈裟に咳をつき、苦しそうな表情で詐言を重ね凌《しの》いだ。かような勝手方の辛い立場を承知していたから、藩は毎年のようにくるくると役人を入れ換え、責任の所在を不明にした。

だが、大坂の蔵元にはそれは通用しなかった。ある時、大坂蔵元四軒屋の面々が船に乗って松江に大挙し押し掛け、大橋の下へ居座り続けた。そこへ家老の柳多四郎兵衛が一人進み出て「明日の朝、拙宅へ来い」と告げて解散させた。翌日、約束の時間に押し掛けた蔵元。柳多は大幅に遅れて縁側より浴衣一枚、大脇差一本で悠々と現れた。

「その方たちの催促はもっともである。が、今、殿には金がない。これより斐伊川の武志土手に薬用人参を栽培するゆえ資金調達は可能である。一両年待たれよ」

踏み倒すのでもなく、さりとてまだ栽培もしていない薬用人参によって返済を請合うと、そう言い放ったのだ。さすがの蔵元たちもその奇襲に押されて、止む無く退却せざるを得なかった。

明和三年初夏、江戸では宗衍が悶々とした日々を送っていた。

参勤交代は宝暦十年以降六年も見送っており、「痔病が悪化し駕籠《かご》に乗れぬ」との苦し紛れの言い訳もこの頃では通用せず、「家臣が顔を忘れぬか」などと嫌味を言われたり「出羽様はどうやら潰れたようだ」などと陰口を叩かれた。

――言いたい奴は勝手に言え。わが藩は片道三千両もの金を行列に掛けられぬ。だが、これ以上国入りを回避することは……まずい。

そこで、自らに代えて十六歳になった治好の国入りを思い立った。

治好は十三歳を過ぎたころから、体格も並の者と変わらぬほど成長し、風邪を引き易いひ弱な体質からも脱却していた。かつての無謀さや短気や学を軽んずる傾向も収まり、徐々に人格も備わってきた。

宗衍は、治好の国入り決め、明和三年八月の出発を前に藩主の心得十一項目を紙に認《したた》め、数次にわたり諭した。

今一つ、かねてより考えていたことを実行に移した。近年その人物を再評価した朝日丹波茂保を治好の後見役として起用することである。やがては藩主となる治好のお国入りだ。己の名代が、家臣はもとより民百姓から広く歓迎され、希望の星となるためには後見人役が肝心だ。その人物は、先に比叡の山で松江藩を見事に救った朝日丹波をおいて他にはおらぬ。宗衍は、二十余年前初めて入国した己の姿に治好を重ね、笑みを浮かべながら国元の丹波に筆を執った。

治好は八月二十八日、颯爽《さっそう》とお国入りを果たした。

藩主の参勤交代とは異なり、行列は百人以下の質素なものであった。先頭に鉄砲、槍持、立弓、長刀などの武者に囲まれて馬に跨った治好が悠然と進んだ。津田街道を西進し天神橋を渡り、白潟の商人町を北進し松江大橋に差し掛かったあたりでは、若殿を一目見ようと町は人波であふれた。

丹波にとって治好は、宝暦十二年、比叡の山から凱旋し江戸藩邸で言葉を交わして以来丸四年ぶりである。

殿の御前で茶目っ気たっぷりに受け答えをしていた童が、今では五尺六寸の偉丈夫となり、初々しい若者に成長しているのだ。

治好は世子として入国すると、丹波を居室に召し、祝儀として袷《あわせ》一枚を授けた。

「若殿様には初の長旅、お疲れにございましょう。家臣はもとより民はこぞってお国入りを歓迎いたしております」

「朝日家老殿には此度、後見役を引き受けいただき嬉しく存じます」

「勿体無いお言葉恐悦に存じます。朝日丹波茂保、不束者にございますが誠心誠意大役を務めさせていただきます」

「初めて見るこの国は聞きしに勝る風光明媚、それに出迎えた民の柔和な笑顔は神代の国より伝わりしものと感じ入りました」

「仰せの通り、この地の民は穏やかにして若殿思いにござります」

「左様か、一日も早う国内の方々を巡りたいものです」

「それにつけて少々申し上げねばならぬことが……」

「なんでありましょう、遠慮のう申して下され」

「実は、国内巡視のことにござりますが……」

丹波は、若殿が松江入りされたならば速やかに国内の巡視を願い、はつらつとした姿を民の目の前へ登場願おう、そう考えていた。ところが八月十八日、江戸から再び宗衍の直書が届いた。

朝日丹波には用があるゆえ、治好松江入り以後四〜五日過ぎに松江を出発し、出府致されたく申し付け候
宗衍
――これは如何なることだ、若殿には速やかに国内巡視をしていただくのが筋、その案内役の丹波に江戸へ罷り出でとは？　国内の案内は別の者にさせよと？　おかしなことだ。

「殿の仰せにつき身共は江戸に向かわねばなりませぬ。若殿様の国内巡視は家老衆と相談をし、時期や先導者を決めましょう」

「……父上は時として奇想天外な思い付きをされる。それほどの火急の用向きとはいったい何でありましょう」

「身共にも想像がつきかねまするが、月が変わりましたなら出発することといたしましょう」

「予は、まず御家老殿を始めとした家臣を知り、城下の護りや武道訓練なども見て、しかる後外へ参ろうと思う。丹波殿が戻られた後巡視をすればよい」

――さすがに若殿は肝が据わっておられる。まずは身辺を固め、じっくり腰を据えて外に打って出ようというのだ。

「ついては二つ頼みがある。余は無類の蕎麦好きである。聞けばこの地には方々に美味い蕎麦があると聞く。外に出た折には、名物の蕎麦を食わせて下され。今一つは予に茶道の手ほどきをしてくれる家臣を付けてほしいのだが」

丹波は一瞬驚いた。十六歳の若殿が入国間もないというのに茶の湯を所望するとは……。

「蕎麦についてはお安いことにござります。今一つは茶道、茶の湯にござりますか？　如何して茶の湯を？」

「左様、後見役の丹波殿が留守になれば予も手持ち無沙汰であるぞ」

――うーん、まあよかろう。まだ幼き若殿だ。蕎麦だけでは足るまい、慰みの一つもいるであろう。

「ははは、松江も茶所、家臣にも好き者が居ります。早速、人選を致しましょう」

「だんだん（ありがとう）、だんだん、頼ーましたよ」

「ははは」

「はははははは」

治好の覚えたての出雲弁であった。丹波は早速家老衆と図り、数年前江戸藩邸で少年の治好に茶の湯の手ほどきをした松江藩茶道師範正井道有を指名した。道有は遠州流を極め齢七十歳を超えていたものの、矍鑠《かくしゃく》としていた。

丹波は、若殿にしばしのいとまを請い九月五日松江を出発し、脇目もふらず駕籠を走らせ、九月二十七日には江戸藩邸に罷り出でた。

翌九月二十八日午前四ツ（十時）、丹波は黒書院で宗衍の前にかしこまった。

宝暦十二年の暮れ、比叡の山から凱旋報告に訪れて以来、実に六年ぶりに拝む殿の顔である。

「朝日、急遽お呼びたてしたのは他でもない、仕置役に復帰願い、その上で藩の改革をやってほしいのだ」

宗衍は事もなげにすらすらと言ってのけた。

丹波は殿から呼ばれてこの方、まんじりともせず考えた。若殿の国入り、その最中での急遽の呼び出しとは尋常ではない。いかように考えても並の用件ではない。

「うっ、身共に改革を！」

やんわりとした殿の切り出しに大袈裟に驚いて見せた。が、心の中では「やはりそうか、予感が的中した！」と冷静であった。

思い当たるのは六年前、殿と論を交えた際、延享の改革について口を極めて批判したことだ。宗衍によって蚊帳の外に置かれ、力を発揮する場のないまま十余年、であるから突如任命された比叡の山門修復においては、己の力を見せ付けるが如く獅子奮迅の働きにより大成功を収めた。そして殿に言いたい放題を言った。その時点で、延享の改革はとうに潰れていたのであるから、白羽の矢が立つとすればもっと早い時期であった。だがあれから六年も経ち、還暦を迎え老人の域に達した今「旗を振れ」とは合点がいかぬ。

「殿、誠に申しかねまするが、拙者には出来ませぬ。持病を抱えた六十二歳の老人にこの大役は無理でありまする」

丹波の返事を予想していた如く、宗衍は優しい目を向け頭を下げた。

「初めに詫びるべきであった。今から二十年前、小田切などを登用して改革を行うに当たり、そちら優秀な仕置役を外した。誠に申し訳なく思っておる。この通り謝る、許せ」

延享四年（一七四七）八月、宗衍は延享の改革を断行するに当たり、朝日丹波、大橋茂右衛門、有澤能登、三谷権太夫などの仕置役家老を一掃し、小田切備中や若手の革新的な知恵者を抜擢した。

「滅相もございませぬ。御直り下さりませ……正直申し上げあの時は腸《はらわた》が煮えくり返る思いが致しました。だが過ぎたことにございます」

「予も二十年前は未熟であった。後悔しておる。その上で改めて頼む。力を貸してくれ。汝を治好の後見役に指名したのもそのためだ」

「……以前ならともかく馬齢を重ねた今、元立ちとして旗を振るその体力も気力もありませぬ。助役ならば話は別にござりますが」

「助役だ？　助役などで改革が出来るか。そのことは丹波が一番良く知っておろう。比叡もすべてを任せたからお主が独断で道を拓いた。頼む、予は何としても藩を立て直したい。このようなぶざまな恰好で治好に引き継ぐ訳にはまいらぬ」

――この改革は果たして何年かかるのか、その道筋も出口も見えぬ。真っ暗な洞窟に蝋燭《ろうそく》一本で分け入るようなもの、生きて改革を成就させる自信など……ない。

「報告いたしておりませぬが、腎臓も悪くしており、体力が……」

「異なことを、丹波の躰は五十代前半。誰も病気の一つや二つは抱えておる。腎臓が悪い？　わっははは。お主の力であれば改革は二、三年もあれば出来よう。病気で死ぬも死、藩を救って死ぬも死、同じ死ぬのなら藩を立て直し弱きを救う、その道を選んでくれ」

――さすがに考え抜いた上での命令だ。治好のお国入り、後見人の指名、丹波の呼びつけ、改革命令、一本筋が通っている。如何する？

丹波自身、改革の道を模索してきた。それに義兵衛との約束もある。何よりも息子千助は後継者として若殿の身の回りの世話を任されているのだ。朝日家のため、己のため……。それは分かっているのだが…。

目を閉じて思案する丹波の脳裏に、突然母が浮かんだ。

――茂保！　何をぐずぐずしておる！　何のためにこれまで苦労してきたのだ、勉強したのだ、目を覚ませ！　雲藩を救う、それしかないであろう。まず一歩踏み出せ、この名誉ある仕事に命を懸けよ！

丹波は俄かに背筋をピンと張り、目をむき下唇を突き出した。

「御意にござります。誠に大役なれど朝日丹波茂保、全知全霊をもって殿のご期待に応えるよう取り組む決意を固めました。我が命に懸けて、松江藩を立て直します」

「おう！　引き受けてくれたか。これがそなたの運命だ。この仕事、松江藩の今後百年を決する大仕事、三千人の家臣を思う存分使い、意のまま進めるがよい」

「ははー、有り難きお言葉、恐悦至極に存じ上げます」


翌九月二十九日、丹波は殿の御前において、二十年ぶりとなる仕置役家老復帰の辞令を拝受した。

その夜、丹波は比叡の地で共に汗を流した分身の脇坂、そして若殿の近習頭赤木と意見を交わした。二人は丹波より二十歳も若く江戸屋敷の屋台骨である。当然のことながら殿が丹波を呼び寄せた理由について承知しており、丹波がその重責を応諾したことに大きな賛意と喜びを示した。

「朝日殿が先頭に立たれたなら、みんな付いていきますよ」

まだ三十代で武道家の赤木は正義感旺盛で、その竹を割ったような気性が丹波は好きであった。

「奥女中は怖がるでしょうな。それに商人などから甘い汁を吸っておる連中も」

脇坂は江戸詰が長く、他の大名屋敷に友人も多かったから、江戸屋敷をどう改革していくかについて持論を持っていた。

「改革を喜ぶのは今冷遇されておる者だけだ。自分の身を削ることには誰も反対する。藩の収入の半分を使っておるこの屋敷の出費を三分の一にせねば。考える時間はあまりない、二人でよく相談してくれ」

三人の真剣な議論は日が変わるまで続いた。

十月末丹波は松江に帰り来た。若殿の国内巡視は十一月五日からと決められており、丹波はその前に若殿と話がしたかった。

丹波には二十年前、宗衍が初のお国入りを果たした時の苦い経験があった。家老をはじめ並みいる重鎮が、めでたい新藩主のお国入りとして「恐悦、恐悦」と繰り返し、破たん寸前の藩財政や都合の悪い情報を封印したのだ。

いずれ殿となるお方に国の置かれている厳しい財政事情を正しく認識してもらおう、二十年前の轍《てつ》を踏んではならぬ、若殿には必ずや分かってもらえる、そう考えたのだ。

出発の前日、丹波は若殿を天守に案内した。治好が望楼の間から四囲を眺め一息ついた。

「若殿、此度の殿からの指示は藩の改革でした。……ここから見る景色は美しく何事もないようですが、実は藩の勝手向きは火の車、それに、実に八割の民がその日の食糧に事欠いております。此度の国内巡視、何卒かようなことも頭の隅に置きご視察を賜りたく願い上げます」

「予も父の気持ちは薄々気付いておった。藩が窮状にあることは、七年前、比叡山出発の朝、薬代にも事欠くありさまを目の当たりにして承知致しておる。此度の視察、何でも貪欲に勉強致そう。遠慮なく説明して下され」

地球規模の小氷期にあったが明和三年は小休止し、松江藩の年貢高は凶作の前年から持ち直して、やっとのこと三十万石を確保した。人々は久々の平年作に「若殿様に出雲の神が味方した」と喜んだ。

十一月五日、治好の初の国内巡視は始まった。扈従《こじゅう》の家老はもちろん朝日丹波茂保である。各行き先地では丹波が責任者に若殿を紹介した。比叡の助役から六年経ったとはいえ、藩の窮状を救った丹波の名は知れ渡っており、豪農や豪商、顔役は今更のように丹波を凝視し敬意を払った。

若殿の初の国内巡視は、六年も藩主の顔を拝んでいなかった民には新鮮で、行く先々において歓待を受け、一行は十日に帰城した。

出発に先立ち丹波が願い上げた如く、若殿は巡視の先々で木綿、蝋燭、鉄穴流し、鉄製品造りなど殖産興業の広がりについて大きな関心をもった。一方、これら新しい産業の陰で、復旧の進まぬ被災地や荒れ果てた農地、食べ物を求めて彷徨う貧民にも目を背けることなく己の心に焼き付けようとした。

若殿にそのような真剣さのあることを、丹波は見てとった。

十　七人衆と丹波の秘策

明和三年（一七六六）十一月　朝日丹波家老屋敷

若殿の初巡視が終わると、丹波は改革構想策定に着手した。

この改革は、二十年前のそれと異なり、失敗すれば藩そのものが消滅する絶体絶命の闘いなのだ。何をどのような手順でやるか、構想づくりは誰を使って何処で練るべきか、早くも丹波は思案した。

平時ならば藩の分掌に応じて一斉に練らせるところだが、組織を削り、人を切り、権力や財産をも剝奪するのだ。人の命が懸かっている。着手前に漏れることは即、失敗を意味する。となればここは小人数、しかも密行せねばならぬ。

――頼れるのはやっぱり光雲塾だよな。

まず丹波が選んだのは、番頭《ばんがしら》で平素は組士を指導して高い信頼を集めている轟歌右衛門、次に、奥列《おくれつ》で用人として緻密な頭脳により藩政を動かしている富村竜太郎、目付《めつけ》として誠実に藩の通達などを起こしている池新之亟、昨年九月の藩の入れ替えにより「御立派付《おたては》」として「御用所」に配置した山根惣助、丹波の長男で若殿の身の回りの世話をしている千助、それに民の代表、料亭美保屋に働く仲居頭の栗原八重の六人であった。

初の評定は、銀杏の落ち葉の舞う十一月上旬の夕刻、朝日家老屋敷の離れである。日が暮れて人の顔が見えなくなるころ、六人は三々五々、別々の入口から屋敷に入った。

全員が揃い、緊張の挨拶が終わったところで丹波が口を開いた。

「過日、江戸に呼びつけられ殿から藩政改革を命ぜられた。そこで拙者は、最も信頼を寄せるお主らと運命を共にすることとした。今夜はその基となる構想づくりだ。まず、この組織の呼称であるが『御立派方』と定める。御立派とは〝先例にとらわれず王政の根源を踏まえ立て直す〟そういう意味だ。計画内容が漏れぬよう当分の間秘密の組織だ。いずれ人数を増やし、執行段階では戦闘部隊をも付置する」

丹波の低く野太い声は、並々ならぬ決意を感じさせた。

轟が手を挙げた。

「質問。構想づくりを秘密にする意味と六人の役割は？」

「初めに言うべきであったが、『世直しの詮議は密なるをもって良しとす』だ。誰も自分の身を削るような改革はしたくないからなー。よって、構想づくりは皆で議論して決める。次に、個人に託す仕事として、轟はこの会の世話人代表にして身共が事故あるときの代行、富村は藩組織が機能しているかの検討と家臣の仕事ぶりの調査、池は、指示徹底の手順と決まったことの文書化、山根は轟の補佐と御用所との事務連絡、千助は身共の補佐役で手薄なところの支援、八重さんは下郡や商人などの動きや風評の入手だ」

用人で新組足軽などを動かしている富村が質問をした。

「家臣の仕事ぶりの調査とは？　何ゆえに？」

「竜太郎殿の質問とも思えぬなあ。仕事ぶりの悪いものは首を切るのだよ」

轟の言葉に、丹波が無表情に首を縦に振った。富村が頭を掻《か》き、笑い顔の八重が黄色い声を挙げた。

「私の役目は易しそうで難しい。下郡や商人は美保屋のお客様、風評にもいろいろありますが？」

「金儲けや藩の役人を接待する時の話だ。悪だくみは酒の力を借りてやる。顔ぶれが分かるだけでも価値《ねう》ちがある」

「夕べも二組見えました。途中で藩の役人が合流され……」

「顔ぶれと何が話されたかが問題だ。この節ただ酒を飲ませる者など居らぬ。場合によっては千助を応援に行かせる。なあ、千助」

「はい、身共は身が軽いゆえ便利に使って下され」

千助は丹波の長男で二十八歳の独り身、丹波とは体形が異なり、長身のやせ形で機敏であった。

横にいる池が浮かぬ顔で呟いた。

「身共は通達作りですか、もっと面白い仕事もさせて下さいよ」

「この改革は立ち上がりが勝負だ。評定を開いて協議するという生ぬるい手法ではない。密かに法令や通達を造り、『御用所』の名のもとに一斉に命令し執行に入る。高札場に張り出し、瓦版を作り町や村に流す、一気呵成にやる。正確にして単純明快な文書が勝負だ。考えようによっては最もやり甲斐があるぞ」

池は納得して笑みを浮かべた。

「では御家老、本論に入って下さりますか」

初回のこの日は、丹波により大改革の方針を示すことにあった。

日頃から「光雲塾」で学習しているとはいえ、民の生きた生活に手を突っ込むとなると話は別だ。何を目的にどこを叩きどこを削り何を残すのか、その依って立つ論拠は何か、旗を振る丹波の腹の中を知り、足並みを揃えて突き進む、このことが何よりも肝要であった。

「改革の柱は五本だ。身共はここ二十年、わが藩の退廃するさまを目の前で見てきた。そこで考えたのが『御立派改革五本の柱』だ」

以下、丹波の示した改革の大方針である。

一つ　組織の刷新と人員の削減。

戦《いくさ》のない時代となり、新たに異国船などによる沿岸侵略が問題となっておる。時代に合わせた軍事体制とするため、番頭《ばんがしら》、者頭《ものがしら》を減らし諸奉行に兼務を命じる。近年、急速に増えつつある下級藩士など不採算部門の人員を大幅に削減する。

また、弊害の多い銀札の発行を停止し、「札座」は閉じる。

寛延元年以降実施している、対価を収めることにより年貢を免除する「義田」、開発した土地を豪民に売却し無税地とした「新田」についても同様破棄する。そのほか、組織を整理統合するとともに、郡奉行など藩の役人と地方役人の乱れた関係を断ち切るため、下郡や与頭、庄屋を更迭《こうてつ》するなど、農村管理の体制を一新する。

二つ　藩財政の健全化を推し進める。

「入るを量りて出ずるを制す」この基本の下に藩の年間収入を厳密に推し量る。利息の付く借り入れは如何なる理由をもってしても厳禁とする。徹底した倹約により支出を抑える。組織の見直しと人員削減に沿ってすべての組織の支出を厳密に推し量り、収入以下で支出計画を立てる。節約した経費を蓄えて幕府の公役や飢饉対策に充てる。

華美となっている江戸屋敷の各種の慣習や交際を見直し、経費を三分の一に圧縮する。

大坂商人への借金については返済の計画を立て、返済方法について交渉し、明年を初年とし完済するまで払い続ける。

三つ　政策の軸足を商業から農業へ戻す。

農民は田を耕して米を得るが凶年には利を失う。しかるに商人は、豊作の時は安く買い、凶作の時は高く売り、米で損をすることがない。もし農民が鍬や鎌を捨てて商売に走ったならば田畑は荒れ、年貢は入らず国は立ちいかない。よって商を抑制し農民を農に復させる。

また、米の売買は藩が直接行う。米の価格については藩がこれを定め、年間、藩内で収穫する三十四万俵は藩でこれを買い上げることとし、毎年、準備金を用意する。藩の米を売買する商人は清廉な人物を選び、仲介手数料以外に利潤を与えない。

四つ　豪農、豪商に集中している富を吐き出させる。

豪農や豪商はさまざまな特権により領内の富を蓄え、その皺寄せは藩はもとより、貧農をはじめすべての民に及んでおる。よって与えている特権、「苗字御免」「帯刀御免」「小算用格以下御目見格」「二人扶持による士分扱い」「藩財政を取り仕切るお勝手方特権」などのすべてを召し上げる。

前述した「義田」「新田」の制度も豪農の年貢免除など富の集中を後押ししており、同様これを破棄する。

また、お勝手方を任され、年貢目録を自由に支配して権威を振るってきた下郡には規模に応じて課徴金を課す。出雲十郡の領民に、厳しく倹約を申し付ける。

五つ　藩の財政運営は内に厳しく外には律儀《りちぎ》であること。

この改革は、世を経《おさ》め民を済《すく》う「経世済民」がその根幹にある。

他領より金を借りれば、すべて利息を付けて返済することとなるが、自国の百姓の金銀は取り切りにて挨拶の必要もない。百姓は、藩が栄えれば恩恵を受けるのであるからこれは仕方がない。

大坂商人など、他国からの借金については、信義誠実を旨とし何年掛けても完済する。

丹波の長い説明が終わった。五人は目を輝かせている。

「御家老、話の筋は概ね分かりました。確かめさせていただきたいことがあります」

「おう、竜太郎、何だ、怖い顔をして」

「百姓の金は取り切り、確かにそうかもしれません。しかし、それではあまりにも惨《むご》い、可哀想ではありませぬか」

「そちの気持ちも十分分かるが、百姓は藩が立ち直ったならばその恩恵に預かる。生産者であるから、米をはじめとした作物が出来れば一番先に恩恵を受ける。農地もなく、縄ないや笠張りをして凌いでおる下級藩士こそ最も可哀想かもしれぬぞ」

「御家老、仰せの通りですよ。亀を取った身共の知人の下士の子供が先日死んだそうです。亀が可哀相だといって食わずに放したそうです」

家来のことを言っているのであろう、富村の目に涙が光った。

「軍事態勢を見直し人を減らすと仰せでしたが、どの程度の規模をお考えですか」

徒《かち》などにも知り合いの多い千助が心配顔をした。

「近年戦もなく、徒の役割が大きく変わっておる。二千人近くもおる人数頼みの今の体制は不要、半分程度にする。

千助が額に皺を寄せ、紅一点の八重が手を挙げた。

「銀札発行の廃止とはいかなる理由から？　私の店でも重宝しております。それとこの廃止は金持ちに矛先が向いておりますが、そのあおりを受けて農民や町人にも大きな影響が出ると思います」

八重は、料亭の女将見習いらしく、市井《しせい》の生活に直接関係の深いことについて切り込みを入れた。

「近年、商人も町人も札で物の売買を行っておる。だが、藩の財政が苦しくなると硬貨と交換出来なくなり紙くず同然だ。そこで狡《こす》い商人はこれに目を付け、勝手に空札を発行して商品の売買をしておる。藩札が詐欺の道具に使われておる。よって廃止はいの一番にやる」

「そうは申されますが急に廃止すると、札を摑まされている百姓や町民は潰れませぬか？　財産や田畑を手放すことにもなりかねないのでは？」

「そげだ、我が家も家内が藩札を大事にしておるが、これが紙くずになったなら……」

山根の顔が青ざめた。

「そのことがあるゆえ別の手も考えておるが、それは後回しだ」

轟が手を挙げた。

「藩の運営を商から農へというご意見ですが、商人も松江藩の民、不満が出ると思うのですが」

「当然だ。商を抑え農に重きを置けば商人は不満を訴える。その時は次のように答えることだ」

「米の売買を商人に委せれば商人は利益を上げ、その余財を以って田地を購入するであろう。だが、農を営むものに利益がなければ百姓は農業から離れ、田地は荒れ国家は困窮する。商人を悦ばす時は農に不利である。政道は乱れ、米蔵は空になり、仁義は崩れる。米は四民の食である。よって商売を悦ばす政は好ましくない、この理屈だ」

丹波が、延享の改革で最も嫌ったのは、利子の付く金を借りまくり藩営の金融業を開設するなど、商を優先し米作りをないがしろにしたことである。その結果、農民は田を捨て、辻で酒屋や茶屋を営むもの、商家で働いたり足軽に走るなど、楽をして金を得ようとする風潮が高まったのだ。

霰《あられ》が瓦屋根を叩く音がする。だが、部屋の中は熱の籠もった意見が飛び交っている。大火鉢に炭を継ぎながら、千助が心配顔で呟いた。

「それがしは若殿のお世話をしておるゆえ気になるのですが、江戸表の人減らしとか、経費を減らすことについての名案はあるのですか」

丹波の顔が真顔になり、他の四人もしばし沈黙した。やがて皆の目が轟に注がれた。

「身共は江戸藩邸で三年仕事を致しましたが、年中行事だけでも五節句あります。正月、上巳《じょうし》、端午、七夕、重陽《ちょうよう》です。それぞれに厳格なしきたりがあり、祝いの品、着るもの、作る料理までも決まっております。大名屋敷間の交際も派手で、相手のあることゆえ屋敷中が神経を使います。交際範囲を減らすつり合いとかもありますのでこちらが一方的に質素にする訳にもいきません。交際範囲を減らすとか、儀式の仕方を簡素化するとか、経費を節減するとかは、口では言えても容易《たやす》いことではありませぬ。それと大きい声では言えませぬが、殿の遊びが……」

「殿の命令でやる改革だ。江戸屋敷の重鎮自らが考えぬと……それと、後回しにした貧民を救う手立てだ。誰か室町幕府の『徳政令』を知っておらぬか?」

歴史好きの富村がニヤッと笑った。

「徳政令というのは、飢饉の年に百姓の年貢を免除する制度のことです。米が出来なければ百姓は年貢が払えない、無理に払わそうとすると暴動が起きる、これを防ぐうえにおいても徳政令は藩による粋な計らいともいえましょう」

丹波が相好を崩し三人が感心した。

「さすがは竜太郎だ。よく学習しておる。実は、身共は、藩校の桃先生と毎月差し向かいで藩の在り方について意見を交えておる。その中で今最も大きな関心事がこの徳政令、これを御立派の改革でいかように使うかということだ。劇薬であり、しかも特効薬でもある」

四人が身を乗り出した。

「それは徳政令から思いついた『闕年《けつねん》』という仕組みだ」

「『けつねん』初めて聞く言葉ですが」

「そもそも『闕年』という意味は、借金の利息の支払い停止、ないしはその破棄を意味する」

一同が首を傾げ、丹波の下唇が突き出た。

「今、豪農や豪商の手元では黙っていても日々金が金を生んでおる。一方零細な百姓や町民は借金が借金を生んでおる、この悪しき循環を解消するための苦肉の策だ。藩と民間人の貸借はもとより、豪農や百姓、商売人と町民の貸借に至るまで、すべてを帳消しにする、早い話、借金を返さぬとも良いという決まりを作りたい。みんなどう思う」

日常的に通達とか法令を造っている池が縦皺《たてじわ》を寄せた。

「闕年？　目から火の出るような考え方ですね。竜太郎殿の言われた百姓を飢饉の時に助ける『徳政令』なら異論は少ないでしょう。が、士農工商すべての貸し借りを帳消しにするとは、強引極まりない。慎重の上にも慎重に検討せぬと」

池は、日ごろから何事も慎重で「石橋を叩いてさすってそれでも渡らぬ」と陰口をたたかれていた。それだけに仕事の間違いはめったになかった。

「銀札を急に廃して銅銭としたならば、価値のない空の銀札を握らせられた農民の多くは田畑までも失うであろう。職を解かれた藩士もしかり。一時に多数の窮民を生む。そこでこの闕年が威力を発揮する。すなわち豪農や豪商、質屋などから借りている金を返さなくてもよい、とすれば、貧民は救われ、百姓一揆などの起こる危険性もどーんと減る」

八重が池の慎重論に異を唱えた。

「足軽の皆さんなど大人数をやめさせたり、銀札を廃止すれば、貧しい人たちは食べてゆけなくなります。上を下への大騒ぎになると思いますよ。そんな折、借金が帳消しになるとなれば大助かり、地獄で仏ですよ」

「貸し借りが〝ちゃら〟(なかったことにする)ですか。そげな凄いことが出来ますかねー、金持ちは、『冗談ではない、そげな仕組みには従わぬ』と大反対することでしょう」

山根が額に皺を寄せ、丹波が続けた。

「そこで、闕年に異を唱え、貸した金を強引に返済させようとする者を封じ込めるために令を作り、返済を求めることを厳禁とする。なおも取り立てしようとする者があれば法令違反として断固処罰する、ここまでやりたいのだが」

池は不安な表情で首を振っているが八重は目を輝かせた。

「下郡などから金を借りておる百姓や、商人から米代だの豆腐代などを借りておる町人や足軽は大喜びするでしょう。私も白潟の呉服屋につけがあるので、それがちゃらになれば大いに喜びます」

一同が、声を上げて笑った。その後で富村が真顔になった。

「一番喜ぶのは藩でしょう。泉府方が出来た時豪商から大金を借りた？　御家老、これは藩の借金を帳消しにしようとの秘策では？」

丹波がニヤッと笑ったが、池は頭を横に振っている。

「身共の責任は大きいですね。どのようにして国内の隅々まで知らせますか。奉行所から下郡に通達し更に民に下ろさせる？　それにしても、債権を放棄させられる下郡が民に説明出来ますか？　どげな顔をして説明するのでしょう」

「うーん、そういう手続きの問題もある。身共はこれを何としても導入したいが弊害も大きい。よってこの問題はこれからじっくり話し合おう」

一同が納得の表情をしたとき、離れの入口の引き戸を引く音がした。女の明るい声である。

「おお寒い、霰《あられ》が降って。お前様、お茶ですよ」

顔を出したのは丹波の妻の満であった。

満は仙石城之助の妹で柳多四郎兵衛の養女であった。丹波と同じように体格が良く、色は黒かったがぱっちりした目と肉好きの良い腰付は、十二人の子供を産んだ女傑そのものであった。

年は丹波より十も若く思慮深い反面、楽天家で腹が据わっており、時として弱音を吐く丹波を叱り付けた。十二人中四人の子は他界したものの、千助を筆頭に八人の子がこの屋敷にひしめき、飯時となると戦場のような賑やかさであった。丹波も満も、筋の通らぬ品物を他人から貰うことが大嫌いな性分であったから、屋敷はいつも火の車で、家老とはいえ決して裕福ではなかった。

母の横から赤ら顔の童が書斎を覗いている。

「よし、では、お茶とするか。綿理《わたり》、こっちへ来い」

母親の後ろから様子をうかがっていた童が、父親の許しが出たことから母親について座敷に上がり、ちょこんとかしこまって手をついた。

「晩ずまして。父上と兄上がいつもお世話になっておーます」

「あら、ご挨拶が上手だこと、お名前は」

八重が相好を崩して童を褒め、みんなも口々に褒めた。

「綿理です。八歳です」

「偉い偉い、上手に挨拶が出来ました。今度来るときは何かお土産を持ってきますからね」

「御家老の躾がよろしいから、さぞ立派に成長されーでしょう」

轟が驚きの表情で褒めた。丹波は目じりを下げ、両手を広げてその子を抱え、可愛くてたまらぬといった表情で膝に抱いた。

十一　苦悩する御立派方

明和四年（一七六七）三月〜五月　朝日家老屋敷・美保屋・三之丸

明和三年九月、丹波の仕置役復帰と時を同じくして柳多、三谷、有澤の三家老が仕置役を外された。

「いよいよ丹波の出番だ。あの男何をやるか分からぬ、気を付けろ」

噂は三千人の家臣に止まらず、下郡や豪農、豪商にまで及んだ。

年が明け若殿が江戸へ出発した二月、丹波は上士による定例の評定で「御立派の改革」と銘打った藩政改革を行うことを明言した。

宍道湖の水ぬるむ三月、細部にわたる詰めの必要から専従の六人を二十人に増やした。もちろん秘密主義は貫いていた。

御立派方ではこれを出発点として、最重要課題である「収入の安定と支出の縮小」「江戸藩邸の改革と支出の縮小」「大坂商人などへの借金の返済」「豪農豪商の特権と富の剝奪」この四点について五人一組で集中的な検討に入った。だが、江戸藩邸の改革については議論が停滞し展望が開けなかった。その任の責任者である富村は言った。

「改革をやれと指示しておる張本人が江戸藩邸の経費の三割を使っている。殿自身が『この大名とこの大名の付き合いはやめて交際範囲を三分の一に絞る』とか『謡や能はやめる。すべての行事の経費を三分の一にする』などと宣言されぬ限り先行きさせぬ。上屋敷の経費は公務であれ奥向きであれ不透明な部分ばかり……そもそも松江にいて改革構想を練るには無理がある」

このように半ばさじを投げているのだ。

そうこうしているうちに四月となり、江戸藩邸から封書が届いた。

殿は、朝日家老に命令された改革の実行を待ち望んでおられる。早い着手が望まれる。　脇坂十郎兵衛
丹波には殿のいらついている顔が見えるようであった。国元からは何の報告もなく、お国入りから戻った若殿に問いただしても要領を得ぬ。やむなく脇坂に「様子を探れ」と催促したのであろう。

昨年の秋から既に七か月、丹波は表立ったことは何もやっていない。若殿の国内巡視の後「倹約令」を出したものの藩士でさえ平気でこれを無視した。場当たり的では何事もなし得ぬと悟った。そこで御立派方の構想に入ったのであるが……。

あと二、三か月で細部についても論が積む、時間がほしい。

だが殿が待てぬというのであれば完璧でなくともよい、急ぐものから手を付けてとりあえず江戸を安心させよう。丹波の心に理屈を付けて易きに流れようとする悪魔が忍び寄った。「予断を与

えぬほどの勢いで一気呵成に着手し有無を言わせず断行」、この当初の方針に迷いが生じてきた。

――何を、己らしくもない、殿のためにやるのではない、意志を貫け！　初志貫徹だ。

激しい葛藤の中で〝己の周辺に表に立つ骨太い側近がいない〟、そのことも気掛かりになってきた。秘密を貫こうとするあまり力強い側近をつくっていなかったのだ。

延享の改革のように殿が側にいるわけでもない。いざ、着手という時に逞しくついてくる、立ち向かってくれる家来がいるであろうか。藩を引っ張る強い大きな力が、きっかけがほしい、それがない。改革構想は江戸屋敷のそれを除いてほぼ出来ているのだが……次第に焦りを感じる丹波であった。


五月も二十日を過ぎたある日の夕七ツ（四時）、三之丸の家老部屋で仕事を終えた丹波は、迎えに来た千助と連れだって帰途に就いた。腎臓病で浮腫《むく》んだ重い足を引きずる丹波を千助はかばい、気を遣いながらゆっくり歩を運んだ。家老屋敷の門を潜ると、そよ風に吹かれて枝垂れ桜の若葉が頬を撫でた。

初代が植えたといわれるこの桜は、幹回り五尺の大木となって屋敷いっぱいに枝を広げ、今年も見事な花を咲かせて散っていった。

石畳を踏みしめ、屋敷の玄関の引き戸に手をかけたとき後方で女人の声がした。

「御家老、丹波様、丹波様」

それは桜の若葉の向こうから聞こえた。八重である。

離れの縁側に立ち風にそよぐ若葉を眺めている。この夕暮れに待っておるとは、なんぞ急な用であろうか。

「おお八重殿、晩ずまして。今宵は桜の花の生まれ変わりの如く映えておりますなあ」

「まあ御家老ったら、お上手ですこと」

「ははは、で、何ぞ変わったことでも」

「実は、今夜いつもの庄屋さん方がお見えになります。夕べ連絡が入りました」

いつもの庄屋とは、大原の与倉好右衛門、意宇の太田原権兵衛、飯石の神倉太助のことで、毎月二十日に松江の楽山で催される謡曲の会に臨み、その後美保屋で酒を飲むのが慣わしとなっていた。

この三人は庄屋といっても格の高い「下郡」で、比叡山山門の資金調達の功労で士分扱いとなり、その権威を笠に、百姓から無理な金集めをしているとの悪評が立っていた。当然のことながら、丹波がやろうとしている改革に神経を尖らせていた。先月の飲み会の席には途中から藩士とおぼしき男が二人加わったという。誰が招かれいかなる話が出たのか、丹波は気掛かりであった。

「今夜も連中が行くかもしれぬな」

「はい。私ども仲居は始めにお酌をするだけで途中で席を外させられます。どなたかを遣わされれば何か分かるのではと……」

「よし、なら顔の知れておらぬ千助だ。千助、良いな」

横で目を光らせていた千助が拳を上げた。

「合点だ！　暗くなったら密かに……、身共には忍者の心得もござる」

「ほほほ、頼もしいこと。では、奥方様に挨拶せず帰りますゆえ……」

八重は美保屋へ戻り、千助は黒い着物に着替え、ほどなく屋敷の裏口から出て行った。


千助が和多見の美保屋の脇の路地に身を潜めて間なし、大原・意宇・飯石の各下郡の駕籠《かご》が門に横付けした。三人とも紺や小豆色の羽織を粋に着こなしている。迎えた女将や八重、仲居のお玉、お富などとにこやかに挨拶し、二階の大橋川の見える客間へ通されたようだ。露地からその客間は見えぬ。千助は周囲を見渡し、ニタッと笑った。料亭の向かいの蕎麦屋「せんぷく」に目を付けたのだ。

千助は酒を飲まぬ代わりに蕎麦好きで「せんぷく」の亭主とは面識があった。

――蕎麦屋は一、二階とも客間、だが夜は二階を使わぬ。縁側に身を潜め見張ればなんとか窺えよう、会話も聞けるやもしれぬ。

「旦那、色町の雰囲気を和歌にしたいのだが、二階を少々貸せてくれませぬか」

「えー、お武家さんが和歌を、結構な御趣味ですねー、どうぞどうぞ」

まんざら出まかせでもなかった。千助は父親譲りで和歌を嗜《たしな》んでおり、夜の色町の雰囲気をものにしたいと考えていたのだ。千助を案内して二階に上がる亭主は一杯機嫌であった。

〽松江大橋　流りょと焼けようと
　和多見通いは　船でする

亭主の歌う安来節を聞き、縁側に腰を下ろし向かいの客間を覗き込んで驚いた。なんとその間隔はわずかに四間（七《メー》《トル》）、目と鼻の先だ。

美保屋の東側の水路は、大橋川から天神川に繋がる水上交通の要所で、屋形船も浮かび花街の風情を引き立てていた。

松江藩は存亡の危機に瀕しているというのに、美保屋は上客を迎え明々と贅沢に行燈を灯し外から丸見えである。

三人の初老の男が仲居の酌でちびりちびりやっている。

明かりを消して密かに窺うこと半刻、静かだった客室が俄《にわ》かに賑やかになり、客を案内する仲居の甲高い声。目を凝らすと濃紺の羽織を着た二人の侍が刀を外し上座に座った。髷や着物、それに鷹揚《おうよう》な身のこなしは紛れもなく藩士であろう。

八重が気を利かせたのか、客室の障子をいっぱいに開け放ち、客は外の賑わいを肌で感じながら酒を愛で、料理に舌づつみを打っている。

目と鼻の先にいる向かいの間の、人物の顔も声も手に取るようだ。

藩士とおぼしき男の一人は五十歳位、白髪に赤ら顔の二重顎で、腹が出て貫禄がある。もう一人は背が高くやせ型で手が長く、顎がしゃくれた三十代後半とおぼしい。

やがて仲居が三味を弾き、旦那の一人が歌い、一人が踊り出した。しばらくすると賑やかであった宴会場が静かになった。千助が目を凝らすと、八重など三人の仲居の姿が見えない。

――しまった。座を外させられたか。うーん、仕方ない、こうなれば俺の目と耳しか頼りになるものはないか。

千助はまだ独り身である。仕事では家老職の父と距離を置く必要から現場廻りが多く、大声で喋っている小太りの二重顎も、のっぽのしゃくれ顎にも面識がなかった。今宵初めて見る顔だ。千助が緊張し聞き耳を立てると、とぎれとぎれに会話が聞こえた。

「あの『ぎょろ目家老』は……」

「よっぽど好きと見えて子供が掃いて捨てーほどおー」

――？　おっ、父のことを言っておる。子供が掃いて捨てるほどだと、うーん、朝日家のことを好き勝手に、こいつめ！

二人の侍は仲居を外し小声で喋っているが、酔いのまわってきた旦那の方はおかまいなしだ。

「比叡の山には口がない……」

「御立派は油断がならぬ」

「……早めに飲ませて潰して……」

「……金は心配さんでも我々の付けに」

――「御立派」と言ったぞ、「油断がならぬ」と言ったのは言葉からして藩士であろう。「金は我々の付けで」？　一体何のことだ。

御立派という明快な言葉が聞かれたことから、話題が藩政改革に及んだことは疑う余地もないのだ。千助は明かりを消していたが、蚊はお構いなく襲ってきた。大事な会話を聞き漏らすまいと耳をそばだて、顔や手を襲う蚊を追い払うこともせず耐える千助であった。

やがて宴会は終わった。千助は急いで二階から降り美保屋の玄関の脇の垣根に身を隠した。二人の侍は仲居から土産を受け取り、見送る旦那衆に丁重に礼を言い、千鳥足で大橋の方向に姿を消した。

翌朝、千助は八重に会い二人の藩士の名前の書かれた紙片を受け取った。早速、文字を頼りに男の仕事場を探り当て、男の顔を覗き見した。二階から見た顔と昼の顔は違ったが特徴のある顎の形はごまかせなかった。

年長で太った男は奥列の落合仁三郎と判明、落合は譜代組や新組足軽を支配し、役組外の頃は郡《こおり》奉行《ぶぎょう》も務めていた。

若く背の高い男は目付の小石川忠太郎である。願届、諸通達等を扱う実務派で、かつて郡奉行の下働きを務めた実力者であった。

昼過ぎ、千助は家老の部屋を訪れた。昨夜美保屋を見張った様子、客の顔ぶれやとぎれとぎれに聞こえた意味ありげな会話などを、暗がりで書いた文字をたどりつつ報告した。

丹波は一人唸った。

藩士とおぼしき二人の男、すなわち奥列の落合、目付の小石川は、札付きの下郡から美保屋へ呼び出され酒食の接待にあずかった。このせちがらい時節、金回りの良い豪農とはいえ、よほどの狙いがあってのことであろう。土産などけしからぬことであった。

話題が朝日家老から入り、比叡山のこと、御立派のことへと展開している。

「比叡の山には口がない」は、丹波が成功に導いた山門修復工事は金で始末出来たが、藩の改革はそうはさせぬ。藩士や下郡には口があるから抵抗し骨抜きにする、ということか。

「早めに飲ませて潰して……」とは、丹波に、いや、丹波を取り巻く周辺の人物に酒を飲ませるなど篭絡《ろうらく》して計画の中身を探りだし骨抜きにしてしまおう、うまく利用しよう、そのような企みか？

何たることだ。敵は謡曲にかこつけて松江に集い、藩士を呼び出し手なずけて内情を探っておる。危ない、危ないところであった。

大原の与倉と意宇の太田原は、近年、商売に手を出す一方、年貢の上乗せなどとかくの噂のある下郡で、「光雲塾」でも悪らつな庄屋として名前が挙がっていた。

また、客となっている藩士の落合仁三郎は、下郡や豪商とつながりが深く、ただ酒を飲み、絵や焼き物を貰って私腹を肥やしているとの報告もあり、丹波自身がその昇進を阻《はば》んでいたのだ。

丹波は俄かに表情を引き締め、目をむき筆を握った。

走り書きに息を吹きかけ、墨の乾くのももどかしげに控えていた千助にこれを託した。

暮れ六ツ（夕六時）八重を除く轟、富村、池、山根、千助が朝日家の離れに参集した。挨拶もそこそこに丹波が切り出した。

「お主らの中で落合仁三郎や、小早川忠太郎と親しくしている者がおるか」

「落合殿は元の上司、親しいというほどではないが出会えば話をします」

轟が答えると富村が続けた。

「屋敷が近いので正月には神社で酒を飲むが……」

「小早川殿は郡奉行の下働き、触れなどを配るとき取りに見えますので話はしますが、何か？」

「我々の計画作りについて聞かれたことは？」

「ありません、御立派方に我々がおるということ自体秘密。誰も知らぬ筈です」

轟が答え四人は一様にかぶりを振った。だが富村の顔色が冴えない。

「……実は、今日の昼、落合殿から酒を誘われました。今度の土曜の晩、美保屋へ」

「美保屋！」

丹波と千助が同時に大声を発した。

——落合が富村竜太郎を酒に誘った、富村を誘ったことは偶然かもしれぬが美保屋である。これは仕掛けにほかならぬ！　丹波は目をむき、大きく息を吸い込み言い放った。

「当初の方針を貫く、ぎりぎりまで極秘でいくぞ！」

「うっ、理由は？　理由は何ですか？」

「一体何があったのでありますか？　とんと分かりませぬ」

山根と富村が説明を迫った。

「実は、かねて警戒をしておった大原の与倉らが夕べ落合と美保屋で飲んだ。与倉らが藩の改革について探りを入れ、落合に情報提供を頼んだ。それを受けた落合が今日お主を誘ったという訳だ」

「……うーん、分かりました。危ないところでした。落合とは一線を画します。飲むことは止めます」

「飲んでいけぬとは言っておらぬが、金は与倉らから出るのであろう、君子危うきに近寄らずだ」

富村が目を白黒させ、丹波は続けた。

「考えてみろ。改革の初日を期して藩札の凍結をするが、このことが事前に奴らに漏れてみろ。巷の金銀銅の硬貨はたちまち豪商などに占領される。改革などひとたまりもない！」

いつにない丹波のいらだちと性急な物言いであった。

「今は悠長に評議しておる時ではない。身共は早速江戸へ飛び殿と協議する、よいな」


夜が明けるや、丹波は屋敷を抜け出して北堀橋を渡り、四十間堀の周囲を散策した。

立ち止まり堀を眺めていると、子亀が一匹足元に寄って来た。このところ親亀がめっきり減ったのは人間の食糧になったのであろう。藩士の子もさすがに子亀にまでは手を出さない。子亀は丹波を見上げて餌をねだっている。丹波は手にしているくず芋を水に投げ入れた。

これまでは五合枡一杯の餌でも足りなかったのに今朝は親指大の芋で済んだ。

――ポン！

丹波は勢い良く手を叩いた。驚いた子亀が水の中に隠れた。

丹波の表情に笑みが浮かんだ。

「これだ！　亀だ！　殿との闘いは……亀の餌だ！」

ニタッと笑い、大声を発した丹波は、下唇を突き出し、俄かに反転した。その日丹波はいつもより早く御殿入りして家老部屋に入り、筆を執った。

藩政改革につき殿のご指導を仰ぎたく六月中にも江戸表へ罷出《まかり》でる。

朝日丹波
丹波が書き終えた直後であった。近習頭の曽田伝兵衛が書状を手に慌てた面持ちで入室した。

「御家老、殿からの書状にござります。たった今届きました」

「殿から？　何であろう、身共の方から送ろうと今書き終えたところだが……」

丹波は、巻紙の封を切るのももどかしく目を注いだ。

昨年指示した藩政改革につき協議したい。朝日殿には小田切備中を伴い、七月初旬にも江戸藩邸へ罷り出でられたし。

五月一六日
松平宗衍
何ということだ。まさに偶然の一致であろう。昨夜、五人を前に「江戸表へ飛び殿と協議する」と宣言したのも束の間、逆に江戸から呼出されたのである。しかも、小田切備中と同道せよという。丹波にとって願ってもない機会到来であった。

丹波は、出立を前に番頭以上の上士、四十余人を一堂に会した。

「手前がなかなか腰を挙げぬゆえ殿からお呼びがあり、小田切と一緒に上ることになった。実は、この八か月、命を授かった改革につき構想を練った。御家老については説明をしておるが、江戸へまいり殿の御指示を仰ぐ。命が下り次第神谷家老に連絡をする。その時点で、持ち場持ち場に計画を下ろし執行の準備となる。改革の方向が気になるであろうが、藩の命運を懸けた大改革であり極秘だ。すべては殿の御意思に懸かっており、予断を排して臨まれたい」

丹波の力強い決意表明で集った面々に緊張が走った。神谷家老から「いつ命令が下りても対処出来るよう平常業務を万全にこなせ」との指図があり散会した。

丹波は保秘に徹し、中身には一切触れなかった。藩士とて家に戻れば貧しい一介の領民である。ここで中身を示唆すれば口から口へ、いかなる邪魔が入らぬとも限らぬ。それを恐れたのだ。

上司への指示の後、丹波は神谷家老、塩見家老を自室に招き、そこへ轟、富村、池、山根を呼び入れた。留守中のことについて協議するとともに、「御立派方」の四人には詰めの作業を急ぐよう指示した。

丹波は、江戸行きの随員として、我が子千助を選んだ。

十二　江戸藩邸との闘い

明和四年（一七六七）七月〜八月　江戸赤坂松江藩上屋敷

赤坂藩邸の脇の外堀は、ギンヤンマをはじめとした昆虫の格好の生息地である。屋敷の庭には今年もたくさんのギンヤンマが飛び交っている。

七月十四日、丹波と備中と千助は殿の御前における評定の場へ出席を命ぜられた。黒書院で執り行われるこの評定に出席を許されたのは、家老有澤能登、家老斎藤丹下、近習頭脇坂十郎兵衛、赤木内蔵、團仲、末席に丹波に同行した千助である。改革の主役である丹波と備中は殿の御前にかしこまった。

「殿のお成り」

小姓の甲高い声と共に、重々しい足音が近づいてきた。

これまで何度も聞いてきた殿の足音だ。平伏した丹波の胸の鼓動が高鳴った。

「面を上げよ」

宗衍の張りのある声に丹波はゆっくりと頭を上げ、正面からその顔を見つめた。昨年九月、改革を命ぜられたときからすると心なしか頬がふっくらしている。

緊張を解こうとの配慮からか、宗衍が優しい声を発した。

「此度、二人を呼び立てしたのは他でもない。藩の財政改革のことだ。備中には延享の改革で苦労を掛けたものの、十分な成果を収めることが出来ぬまま既に二十年が経過した。只今、丹波に御立派の改革を命じておるところであり、ここで備中のやった改革の検証をしておきたい。采配を振った者としてどのように思っておる？　申してみよ」

延享の改革は、農政一本から殖産興業に打って出るという新しい発想で、抜擢した備中にこれを任せた野心的な改革であった。

だが、度重なる風水害等による支出の増大もあって、大坂商人や国内の豪農などから借金をして試みた藩営の銀行業の泉府方が崩れ、五年目にして立ち行かなくなった。備中は内外の信用を失墜したことから、宝暦三年責任を負って職を辞した。その後、比叡の大門修復支援の命を受けて再び仕置役に返り咲いたものの、明和二年高齢のためその職を退いていた。

備中が深々と礼をし、大きく息をして藩主を正視した。

「殿の期待を裏切った者として、この席に出る資格はありませぬが、せっかくの思し召し、有り難く意見を述べさせていただきます。身共は、目的とした財政改革に失敗いたしました。が、取り組んだことの数々は決して間違いであったなどとは考えておりません。残念なことに藩営の金融業で得た利益は、度重なる飢饉対策や江戸表の経費増大に充てねばならなかった、これが財政改革失敗の原因であります。

また、殖産興業については、木綿や櫨の栽培と加工、鉄に付加価値を付けての鋳物販売などは今まさに成果が出つつありこれから着実に伸びていくものと確信致しております」

「分かった、そちはよく頑張ってくれた。だが、多分に運に恵まれなかった。さて、かかる現状を踏まえて丹波に第二期の改革を託しておるところであるが、どうじゃな。十か月が過ぎたというに何の成果も報告されておらぬが……」

宗衍の語調が変わった。丹波は柔和な表情で殿の目を見つめた。

「殿、四十間堀の亀をご存じでありましょう」

「千鳥城の北側の堀だ、知っておるが……亀が如何した」

「このごろ子亀が数匹居るのみで、親亀は居りませぬ」

「いかがして？」

「藩士の子が親亀を競って獲っております」

「何のためじゃ」

「食うのです。食糧にするため親から命令されて獲っておるのです」

「うーん、亀まで食らうとは……」

「身共は亀の観察が好きで、以前からくず芋を与えておりました。しばらく前まで大小十匹もの亀が群がっておりましたが、今では一、二匹の子亀が顔を出すのみ。お陰で餌は僅かで済むようになりました」

「餌が僅かで？　それが如何した」

「殿は七年もお戻りになっておらぬゆえお分かりにならぬと存じまするが、このごろ下士が、川津や忌部の百姓家の米や芋を盗んで袋叩きにされたり、半島の漁村で干し魚を盗んで海に投げ込まれるといった情けない出来事が増えております。橋の下や寺や神社の軒下には、村を捨てて町場に逃れた百姓が乞食となって住み着いており、町場の子供は犬や猫を獲って……」

宗衍がイライラして険しい表情をし、体を震わせている。

「何も今に始まったことではない。それを改革するのがお主の……」

「ところが、一方においては倹約令もなんのその、絹の着物を着、米の飯を腹いっぱい食い、美酒を飲み魚を食らい、一匹十両もする錦鯉を愛で、謡に能にお茶に謡曲……」

「何ゆえに放置しておるのじゃ。それを正すために丹波を指名した。そちの積年の思いを以って果敢に打って出ればよいではないか」

「それがやりたくても出来ぬのであります」

「出来ぬだと、何だ、その理由を言ってみよ」

丹波の目つきが険しくなった。立ち合いの家老らも居住まいを正し表情をこわばらせた。

「江戸屋敷にござります。この屋敷から改革をせぬことには、三千人の藩士や民に厳しい命令は出せませせぬ。緒に就きませせぬ！」

「異なことを！　なら聞くが丹波、お主、一度でも〝この行事はこうして、経費はこのように節減を〟と予に進言したことがあるか」

「……いえ、藩邸はその程度のちまちましたことでは変わりませせぬ」

「ちまちまだと、ならいかようにすれば変わるというのだ。一度も申さずにおいて江戸屋敷が邪魔をだと……たわけたことを申すな！」

「しからば、ずばり申し上げましょう……」

「……………」

「殿！　藩主をお辞め下され！」

丹波はぎょろ目を見開き、宗衍を真正面から睨み、低く、しかも明瞭に響く声で言い放った。場が水を打ったように静まり返った。

「な、な、何だと！　予に辞めよだと！」

殿がこぶしを握り締め、わなわなと体を震わせている。家老の有澤が「うっ」と声を上げて目を見張り、他の面々も驚きのあまり「うお！」と声を立て、上体を揺らし固唾をのんだ。

「若殿に譲って隠居して下され。殿がこのまま居座り続けられる限り、藩邸の物入りは変わりませぬ、改革は出来ませぬ」

「丹波！　貴様、何をもってかようなことを！」

昨年の九月二十八日、殿は同じこの屋敷で丹波に改革の采配を指示した。その折、「予は何としても藩を立て直したい」「このような無様な恰好では終われぬ」「何年か先は治好の時代だ」と言った。三十八歳の男盛りに致仕などという選択肢などさらさらないのだ。

つり上がった目、青白い顔、小刻みに震える頭、宗衍は怒りを必死に抑えている。

「殿の命令された藩の大改革、行き着くところはこの屋敷を変えることが出来るか否か、そこに懸かっておりまする。年頭の拝賀をはじめ五節句、月々の行事、将軍を囲んでの能や謡、権門への贈物、近隣大名屋敷との付き合い、藩主の格式や対面を維持するための交際、奥向きの華美な生活、それに殿の遊び、殿が殿であり続ける限り、その慣習を覆すことは出来ませぬ。支出を大幅に削減することなど到底出来ませぬ」

「誰が藩主であれ要るものはいる」

「いや、若殿にお替りあそばされますればそれは立ち所に半減、いや、三分の一に圧縮されましょう」

「………」

「それに殿は病をお持ちゆえ、ここ七年一度も帰国されておりませぬ。家臣も国民も殿のお姿に接することが出来ぬばかりか、江戸表からのご指示で何かと不行き届きが生じているところ、かような及び腰の政治で国が治められましょうか」

「及び腰の政治だと……病は致し方ない。予が辞めたとて……それに十七の治好にはまだ政《まつりごと》をする力などない、松江藩松平家の勤めなど到底出来ぬ」

「殿、お言葉を返すようにござりますが、殿が初めて国入りされ、親政を決意されたのも若殿と同じ十七歳、若殿は貧困の現実に目を背けることなく国内巡視をされました。堅実で地に足を着けた考えをお持ちにござります」

「……予は苦労したゆえ、治好にはそれをさせたくない。予の代で作った借財を負わせたくはない。丹波、予の気持ちも分かってくれ」

宗衍は先ほどまでつり上げていた目尻をやや柔和にし、平静を取り戻し、丹波の申し入れを拒否する論拠を見出したかに見えた。

「恐れながら……」

末席に控えていた脇坂が恐る恐る口を開いた。

「ここは藩の立て直し、破たん状態にある松平家をいかにして再建させるか、そこに主眼を置くべきと存じ上げます。若殿に借財を負わせたくないという殿のお気持ちは重々分かりますが、そのことはさておき、藩を、松平家をいかにして立て直すか、このことの一点のみに絞って考える、このことが肝要かと……」

議論の筋が変わろうとした時、脇坂が控えめながらとつとつと正論を吐いた。丹波はこれを機として一気に畳み掛けた。

「殿、松江藩三千人、いや、家族をも数えれば二万人有余が藩を立て直すべく苦しみもがいております。松平家百三十年、出雲の民は松平家と共に歩んでまいりました。皆、松平家が好きでありります。殿が好きであります。今後も松平家が雲藩松平家であり続けるために、なにとぞ、なにとぞ、二十二万の民の安寧のために、なにとぞ耐え難きを耐え、忍び難きを忍んで若殿にお譲り下され。さすれば、江戸表の出費が減ぜられることはもとより、組織の見直し、人員の削減、借金の返済などなど諸々の改革は緒に就き、豊かな松江藩が、若殿の時代が訪れましょう、うっ、うっ、うっ」

丹波は心の底から宗衍が好きであった。正直で常に熱い心を持ち続け、欲を隠さず飾り気のない殿、家臣を思い民の幸せを願う殿、何としても六代藩主宗衍公の指揮の下で、改革を推し進め成功に導き屈辱を晴らしたい、殿に男を上げてもらいたい、そう念じていた。

だが、いかように考えてもそれは無理であった。考えに考え抜いた挙句たどり着いたのが藩主宗衍の交代であり、致仕の申し入れであった。

「くっ、くっ、くっ」

丹波を睨み付け恐ろしい形相をしていた宗衍が、突然嗚咽《おえつ》した。真っ赤な顔、大きく揺れる頭、大粒の涙が頬を伝って零《こぼ》れ、強く握った拳を濡らしている。……しばしの時が過ぎた。やがて宗衍は力なく顔を上げ声を絞り出した。

「……分かった……予が身を引こう」

その場の張りつめた空気が、すーと緩んだ。

「予が、辞めることで藩の立て直しの道筋がつき、松平家の弥栄《いやさか》が約束されるというのであれば、すべての責任は予が一人で負おう。辞任しよう」

控えている有澤能登や斎藤丹下をはじめ、脇坂、赤木、團、末席の千助に至るまで、一様に「信じられぬ」といった目つきをし顔を見合わせた。

「……殿のお苦しい胸の内を知りながら、誠に非礼なる言葉の数々、平に、平にご容赦下さりませ。これもひとえに松平家の安泰、永続を願ってのことにござります。殿にはすべての責任を負って致仕下さる由、誠に賢明なるご決断かと存じ上げます。非礼の数々、平にご容赦下さりませ」

「分かっておる。そちらの諫言《かんげん》、一つ一つ誠にもっともなことである。考えてみれば丹波の言う通りじゃ、予も騎虎《きこ》を張ることなくこれを受け止め、潔く致仕の道を選ぼう。このことで松江藩の弥栄が約束されるのであれば、ご先祖様にも申し訳が立つというもの、そちらの諫言嬉しく思うぞ」

さすがに皆が尊敬している殿である。己の屈辱をぐっと噛み殺し冷静に筋道を立てられた。宗衍の心を最もよく知っている丹波だけにその決断の辛さが手に取るように分かりえた。

「ついては、一つ頼みがある。治好はまだ幼い。お主が良く教示して藩主として誤りなきよう導いてくれ。それと、比叡の山門修復の助役の折、藩士の俸禄を半減させた。ひと時たりとも忘れたことはない。財政の目途が立ったなら、これを必ずや旧に復してくれ」

「朝日丹波、しかと承りました、心に刻みましたゆえご安心下され。それと殿、改革の実施について、何かご指示はござりませぬか」

「去年、言った通りだ。すべて丹波に任せる。そなたの思い通り事を進めてくれ。江戸屋敷のことについては、その後のこともあるゆえ皆によく相談してな」

「承知仕りました。つきましては私の方からも殿にお願いがござります」

「なんだ、何なりと申してみよ」

「身共は殿の名において藩の改革に打って出ますが、これは近々後をお継ぎになる若殿様に引き継がれていくことにござります。しからば、若殿様にもその内容を承知していただく必要があります」

「分かった、そちが説明する折、治好も侍らせるとしよう。これでよいな」

そう言った宗衍は、ふっと大きく息を吐き、寂しそうな笑いを浮かべて立ち上がると、重い足取りで黒書院を後にした。

宗衍の人生は、生まれ落ちたときから悲劇の連続であった。三歳にして父を失い、意味も分からぬまま松江藩松平家の国主を襲名させられ、その翌年、領地は前代未聞の大凶作に遭遇した。九歳で江戸屋敷の大火災に見舞われ、母を助けて危うく難を逃れたものの、翌年最愛の母を失った。十七歳にして孤高の国主として松江の地に立ち、どん底の藩財政を立て直そうと七年間親政に心血を注いだ。わずかに光の見えた改革に気を良くしての吉原通いもつかの間、毎年のように繰り返される風水害や蝗の害で、穀物の収穫はどん底となり財政改革は空しく頓挫した。痔疾の悪化から、国元へ帰ることもままならぬ身体に追い打ちをかけて、幕府による比叡山延暦寺山門修復命令と不運は続いた。幕府による助役命令を完遂し藩の体面を保ったところで、積年の課題である財政の立て直しを企図し、その大任を切り札ともいうべき朝日丹波に託した。ところが思いもよらず、自らが指名したその丹波によって藩主の座を追われるところとなり、三十六年間の国主時代に幕を閉じたのだ。

殿辞任、この驚くべき決定は瞬く間に藩邸の隅々に広まり、屋敷は上を下への大騒ぎとなった。

「なんでだね」

「国元の御家老がねじ込んだらしいぜ」

「派手に遊びなったけんのう」

「わしらは大丈夫か?」

江戸に家を持つ「江戸定府侍《じょうふざむらい》」と「奥女中」は不安におののいた。組織が縮小され首を切られる、との噂が飛び交ったからだ。松江藩上屋敷のしきたりは、松平家初代藩主、松平直政の時代から繰り返され塗り替えられて今に続き、隙間なく張り巡らされている。殿が政の拠点とし、その家族が住まいする上屋敷などの費用は、藩の年貢収入の約五割をも占めていた。

丹波は日を置かず、脇坂や赤木、千助と小部屋に籠もり藩邸の改革構想づくりに着手した。

昨年、宗衍から改革を指示された九月の夜、丹波は二人に藩邸の改革を考えるよう託したが、彼らの案はあまり用をなさなかった。予測だにせぬ宗衍の致仕が電光石火の如く決定したからである。宗衍が殿を続けるのと若殿に代わるのとでは、江戸屋敷の規模や経費は雲泥の差があった。

丹波らはまず現状を把握し、縮減の可能性を探った。各分掌の責任者を呼びつけ、現場に足を運んでくまなく調べた。平素は男子禁制である奥御殿にも踏み込んだことから、奥女中は行く先々で金切り声を発した。普段なら、甘いものや酒の一杯も出しお世辞を言って矛先を鈍らせる彼女らも、丹波のぎょろ目に睨まれて、用意していた餅や酒、土産までも引っ込めた。

調査は御納戸金(殿や奥などの身辺で自由に使うための金)の実態、年中行事、参勤交代の行列、権門(権力者)への各種贈答品、祝い事、殿の「御手許金」(自由に使用できる金)や「御前様」の使途にまで及んだ。また、屋敷の表勤めについては家老から小使に至るまで、奥についても老女から御末《おすえ》まで人数や禄の縮減などの可能性を探った。

改革に当たり丹波が特に強調したことは、藩邸の経費を三分の一に削減すること、「御納戸金」

の貯えを禁ずること、利子の付く金は絶対に借りてはならぬことであった。丹波は、後に残る脇坂や赤木への負担が軽くなるよう八月末に各分掌に改革案を提示して納得させた。ここからの改革は、藩邸でその業務に当たる二人の力持ちに懸かっていた。

脇坂は、丹波が宗衍に致仕を申し入れた際冷静に正論を述べた如く、人を傷付けることなく説得する力を有し「青鬼」と言われていた。一方の赤木は生来短気者で、自分の意見が通らぬとすぐ赤くなり噛みつく癖があり「赤鬼」と言われ恐れられていた。

昨年大役を受けて以来、丹波には二つの迷いがあった。一つは改革に着手する時期をいつにすべきか、今一つは改革着手に当たり強力な起爆薬を何に求めるか、であった。

「迷ったならば打って出ろ」。丹波は、自身の永年の経験から掴み取った勝負勘を信じて果敢に江戸入りしたことで、二つの課題は一挙に答えが出た。着手の時期は丹波が国元に帰り来た時であり、起爆薬は懐にした宗衍の辞職の決意である。

丹波は、藩邸の改革造りの目途が立つと、藩全体の改革構想について藩主と世子に説明するための場を持った。

宗衍は既に達観した心境にあり、丹波の説明のすべてに賛意を示した。また治好は、国入りの後だけに意欲的であり、不明なことについては質問するなど真摯な態度で改革構想に耳を傾けた。

説明が終わると丹波は大きく肩で息をし、宗衍に宣言した。

「身共の最後の奉公にござります。必ずや藩を立て直し、朝日に輝く雲藩を作り上げます」

宗衍の采配で、三人は固く手を握り合ったのである。

十三　浪速の誓い

明和四年（一七六七）九月　大坂松江藩蔵屋敷

松江藩六代藩主宗衍への致仕申し入れ、という大仕事を果たした丹波は、明和四年九月中旬の夕暮れ、脇坂、千助を従えて大坂は土佐堀白子裏町の商業地に立った。さすがに商業王国であり、夕六ツ（六時）に近いというのに、町には鉢巻や襷掛《たすきが》けの商人があわただしく行き交い、物資を運ぶ荷車の響きが耳に心地よい。道に沿って流れる土佐堀川には、上荷船《うわに》が忙しく行き交っている。

松江藩大坂蔵屋敷は堀川沿いにあり、五千坪の広大な敷地には白壁の藩邸、その後方に数棟の蔵が軒を連ね、庭には手入れの行き届いた山桃や黒松の大木が枝を広げ、ツクツクボウシが過ぎゆく夏を惜しむかのように声を張っていた。

「これから外向けの初勝負、最大の難関だ」

丹波は屋敷を見上げて呟《つぶや》き、その声に二人が頷《うなず》いた。

積り積もった巨額の債務は、問題があまりにも大きいゆえ、歴代の為政者が常に脇に置き、誰一人として手を付けようとしなかった。

江戸時代初期にあっては、商人にとって藩が最大かつ最も安全な投資対象で、巨大商人は世間の相場より低利ないしは無担保で貸し付け、その期間は通常五年であった。しかし全国的に不況となり藩の財政が困窮する元禄時代以降、多くの藩が借りた金の返済打ち切りの非常手段に打って出、藩と商人の駆け引きが熾烈《しれつ》となった。

松江藩の負債総額約五十万両（約五百億円）は年貢収入額の約三倍に匹敵し、利息の返済が滞《とどこお》るとそれが元金に上乗せされ、鼠の子が鼠を生むように借金の額は膨れてゆく。藩士の削減も経費の節減も、国を挙げた身を削るような倹約も、この問題に比べれば比較にならぬほど小さい。返済の道筋を立てねば改革の熱意はたちまち冷え込んでしまう。

丹波は、江戸藩邸における最後の仕事として大坂商人対策を練り、折衝の腹案を文書に落とし殿に差し出した。宗衍の代で借金は倍に膨れ上がったのであり、張本人として見たくなかったであろう。

読み進める宗衍の表情が俄かに険しくなっていった。

「うーん、呑むかなー、この案を」

「商人の最後の砦は信用と金銭でありましょう。詐言を用いたり、強引に踏み倒す大名の多い昨今、誠意をもって折衝すれば通ずると。この難関を突破したならば弾みがつき、懸案のお勝手不如意も徐々に解消いたしましょう。が、砕ければ利息が利息を生み、やがては……」

よっぽど口から出るところであった「封土返上《ほうど》」という言葉を、丹波はぐっと飲み込んだ。

屋敷の玄関で出迎えた大坂留守居役今岡六三郎、側用人北農《きたの》吉之助が揉《も》み手をしながら流ちょうな浪速弁で挨拶をした。

三年前、前任者の、斎藤五郎右衛門と交代した六三郎は、五郎右衛門の無骨と異なり口上手で、その物腰は大坂商人に似てきたようである。丹波らと比べ、身に着けている着物も濃紺の絹の羽織である。

「先般、飛脚便で知らせておいたように、今回は極めて重要な案件だ。明後日の午後八ツ（二時）四人の蔵元銀主に集まってもらいたい」

この時代、西日本や北陸の諸藩は大坂に蔵屋敷を設け、ここへ年貢米や特産品を輸送して御用商人である蔵元銀主に市場で売りさばかせた。蔵元銀主は米などの代金を収納し、仲介料を徴して国元や江戸へ送金するのである。

藩と蔵元銀主の取引は、当初は米などの売買が主体であったが、江戸時代も中期となると、米の不作や藩財政の困窮化とともに現物なしの信用貸しが主流となっていた。

松江藩の御用商人は鴻池《こうのいけ》栄三郎、天王寺《てんのうじ》屋五兵衛、泉屋栄之助、嶋屋市兵衛の四軒が窓口となり、「大坂町蔵元四軒屋」を組織していた。

「この節忙しくしてはりますよって全員が揃われるか……」

「代理人では困るが、やむをえぬ場合は間違いなく委任状を徴してくれ」

「承知致しました。で、接待の料理屋は『浪速屋』でよろしゅうおますか」

ためらいもなく六三郎が言った。

「接待だと？　そのようなものは無用じゃ。何を考えておる！　金がないゆえ借金が返せぬに、接待などもってのほかじゃ！」

丹波に一喝された六三郎は、不満そうな顔で首をすくめた。脇坂が横から口を出した。

「江戸屋敷でも接待は禁止ですぞ。こちらにも御用所から大倹約令の通達が出ておる筈ですが」

「ここは上方、しかも、ものを頼む交渉事ゆえにござります」

「無用だというに、分からぬか！」

丹波が目をむき二人を睨みつけた。


松江藩の蔵屋敷を一歩出ると、その界隈一帯は西日本各藩の蔵屋敷が軒を連ねていた。諸藩は、堂島で開かれる米市場で国元からの「登米《のぼせまい》」を御用商人に託して売るのだ。ここでは、「正米取引」と「帳合米取引《ちょうあいまい》」の二つの米相場が開かれており、現物なしの「帳合米取引」は画期的な商法とし堂島に繁栄をもたらした。

沖から揚荷船が戻ってくると、港は逞しい男や賑やかな女の声、それに子供まであふれて大混雑した。船から浜へ長い板が渡されると、上半身裸の男が肩に布を巻き、船から米俵を担いで浜に運ぶ。浜では、検査人が米俵に細い竹筒を差して米を抜き取り検査を行う。それが終わると米俵は蔵へ運び込まれるのだ。

翌日、丹波は若い二人に大坂見物をさせ、一人で堂島の問屋街に「上方屋」を訪ねた。

「上方屋」の旦那の佐々右衛門は、裸一貫で米の仲買に打ち込み、今では旦那として暖簾を背負っている。丹波とは二十五年も前からの和歌繋がりで、宝暦十一年の比叡の山門工事で、国元からの送金が遅れ、にっちもさっちもいかなくなった時、丹波は救われた、

――ようやく一日暇が出来た。あれから七年、佐々右衛門殿はご壮健であろうか、久しぶりに和歌談義がしたいものだ。

懐かしい暖簾をくぐり、旦那の案内を乞うた。

ところが、あいにく佐々右衛門は留守で手代が応対に出た。

「旦那様は取引先に不幸があったゆえ出かけております。今日は多忙の様子でここには戻りませんし」

「それは残念、では文を言付けますゆえよろしくお伝えくださりませ」

丹波は落胆して、持参した和歌五首に短い文を添え託した。


いよいよ交渉の日、朝から雲一つない秋晴れであった。今岡と北農《きたの》は玄関に打ち水をしてそわそわし、丹波ら三人は、午後の交渉に備えて奥の部屋で静かに蔵元を待った。

この日の会場は玄関突き当たりの二十畳で、客人が揃ったところで北農が丹波を呼びに来ることになっていた。

「御家老、先ほど側用人の北農が『殿はいつ頃辞められるのか』と聞きましたぞ」

「なに！　殿の致仕のことを、馬鹿者が。うーん、浅はかな！」

　この時代、全国のどこの藩であれ最大の関心事は藩主の力量であり藩の財政にあった。小藩の大名も、幕府の要人に取り立てられ、立身出世を狙うのが世の常である。若くして致仕することは藩の力量の低下を内外に明かすことともなり、口にすべきことではなかった。

　昼八ツ（二時）、玄関先が騒がしくなった。

「鴻池家様、天王寺屋様、泉屋様のご到着！」

　一時して北農が顔を見せた。

「只今、ご三家についてはお見えになりましたが、嶋屋様は家人に御不幸があったとかで、今日はお見えになられぬそうです」

「不幸、うーん、四人揃われぬと交渉が成り立たぬが、で、代理人は？　どなたか代理人でも」

「急遽頼んだそうです。よって来られるかどうか分からぬと、来ぬ時は三人で話を聞かせてもらう……そのように仰っております」

　三人では交渉にならぬ、たとえ承諾があったとしても、あとで約束を撤回されれば骨折り損だ。

――うーん、ここは運を天に任せて待つしかないか……。

　丹波は障子を開け裏庭に目を転じた。その時、山桃の大木に一匹のミンミンゼミが飛んできて止まり、けたたましく歌い出した。それを合図のように、どこからともなく数匹がやってきて大合唱を始めた。丹波は、セミの声を聴きながらうとうとと眠りに落ちた。

どれほど時間が経ったであろうか、突然襖が開いた。

「嶋屋様の代理の方がお越しになりました。上方屋様です。これが委任状です」

――上方屋？　聞いたことのある屋号だが……ま、まさか。

丹波は、急いで手水の冷たい水で顔を洗い、身震いして旦那衆の待つ客殿に赴いた。

部屋の中央には大きな机が置かれ、正面に二人、左手に一人、右手に、な、なんと、佐々右衛門が座しているではないか。

――佐々右衛門殿だ！　代理出席？　待て、ここは落ち着いて……。

留守居の今岡がまず丹波を紹介し、続いて正面左手の鴻池栄三郎を、右手の天王寺屋五兵衛を、左手の泉屋栄之助を、そして上方屋佐々右衛門を紹介した。

佐々右衛門は丹波と目を合わせ軽く会釈したが言葉は発しない。

四人とも大旦那らしく高級な羽織を身にまとい悠然と構えている。丹波は鴻池の向かいに座り、その後ろに六三郎が控えた。

宝暦末期ごろまでは嫌がりながらも金を貸していた鴻池家をはじめとした上方銀主は、松江藩の絶体絶命の窮状を知るや一斉に貸し渋りに転じ、早や十年が過ぎた。

「松江藩家老の朝日丹波茂保にござります。本日は秋の実りのさ中、誠に御多繁の折、お呼び立ていたしましたこと平にお詫びを申し上げます。平素、蔵元四軒屋様には、松江藩とのご交誼……」

鴻池栄三郎は大柄な白髪交じりで、歳も七十が近く長老格、天王寺屋五兵衛は痩せて色黒、五十前で神経質そうな眼付き、泉屋栄之助は中背で小太り、五十代半ばで人の良さそうな目つきである。

佐々右衛門は柔和な目ながら、無表情である。

「拙者、ご当地には二十五年も前から米や木綿や鉄など特産物の売り込みで深いご縁をいただいております。還暦も過ぎたこの度、仕置家老として御勝手の仕事を命ぜられ大変当惑致しております。と申しますのは、わが藩はご当地とは久しく交流が途絶え、かろうじて利息を収めることでお許しをいただき、元金据え置きの有様にて誠に申し訳のないことにござります。当節、いずれの藩も財政難でありますものの、御勝手を任された身共といたしましては何としても流れを変え、皆様のご期待にお応えしたく……」

先ほどから貧乏ゆすりをしていた天王寺屋が口を挟んだ。

「それで、わてらへの相談とは、いかようなことでっしゃろ」

「わが松江藩主は初代将軍、徳川家康の孫、松平直政の子孫、やせても枯れても直系親藩であります。よって昨今の如き惨めな財政状態に陥ったとはいえ、道義を尊び受けた恩は必ず返す、このことを何よりも大事にしたい。そこで、拙者が仕置役となった以上、いつまでも元金を放置することなく、今後毎年これを返済していきたいのであります」

「それは当然のことでっしゃろ」

天王寺屋が「何を今さら」といった顔をした。

「つきましては、誠に申しかねまするが、利息を免除していただきたい。それと年賦返済を容認願いたい、ご相談とはこのことであります」

丹波は、何としても、利息が利息を生む、という図式は終わりにしたかった。だが、商人にとって利息は飯の種であり、貨幣価値の変動の少ないこの時代、元金が保証されるのであれば利息が入ればあまり苦にはならなかったのだ。

「それは……」

鴻池と天王寺屋が首を横に振り、泉屋が眉をひそめて口を尖らせた。

「わてらここ十年、遅れがちではあったものの、利息を入れてもろうたさかい我慢しておりましてん。それを利息免除とは、虫が良すぎます、殺生でっせ」

——何をほざく、借金をしている側にも言い分があるぞ。

丹波は、背筋を伸ばし目をむいた。

「蔵元の皆様は百姓が作った米を安く買い、寝かせておいて値が出るのを待って高く売り儲けておられる。米を作った百姓は、普段はくず米や稗《ひえ》や粟を食らい、白飯を口にするのは年に二、三度。そのうえ、隔年のように襲う風水害だの蝗《いなご》に悩まされ草の根をかじることもある。かかるとき、巷における米の値段は、百姓が売った時の二倍も三倍もしておる。ひどいとは思いませぬか。百姓を束ねておる身共は、零細な百姓が、風水害に耐えながらも耕作を続けていけるよう、叱咤激励し押しとどめねばならぬ。百姓が鍬を捨て農地を捨て、商売や職人に走ったならば米を扱う商売は上がったり、困るのは皆様とて同じ。拙者は何も借りた金を返さぬとか、負けろと言っておるのではありませぬ。飢饉の時でも百姓が続けられ、また、元金を返していけるよう、利息を免除して下され、何年かけても元金を返済するゆえ、割賦返済を認めて下され、この二点を藩を代表してお頼みしておる」

丹波の熱弁に押されて、三人は額を寄せ、ひそひそと話を始めた。佐々右衛門は大きく首を振って頷《うなず》いている。

重厚な鴻池が口を開いた。

「御家老の言い分も分からぬではありませんが、もし不同意と申し上げたならいかがなりましょうや」

丹波は首を傾げ、険しそうな表情をした。

「うーん、拙者としては藩主へ進言するほかありませぬ」

「どのようにですかな」

「残念ながら、朝日丹波の力は及びませぬ。残された道は封土《ほうど》返上しかございませぬ、と」

寛永十五年（一六三八）、会津藩加藤家においては、藩主明成と重臣主水《もんど》が対立し、幕府は訴えに出た主水を明成に引き渡したものの、同二十年、明成も自ら幕府に会津四十万石を返上し加藤家は取り潰しとなった。

「封土返上、それは何のことでっしゃろ」

「領土を返すことです。その場合は幕府の裁定により、よくて辺鄙《へんぴ》な土地への国替え、悪くすれば御家断絶と……」

「な、なに、御家断絶！　蔵元への返金は、返金はどないなりまんね？」

「誠に残念ながら……」

「冗談やおまへんえ」

天王寺屋と泉屋が大声を上げ、鴻池が手を左右に振っている。

「藩主は、確か宗衍様とか、どのようなご意見をお持ちですやら」

その時、丹波の後ろに控えていた今岡六三郎が呟いた。

「殿は、近いうちにお辞めになるとか……」

「？　なんですと！　宗衍様がお辞めになる？」

「今岡殿！　何をふざけたことを、口を慎みなされ！」

丹波は険しい表情をして、大きく手を挙げ左右に振った。

丹波の一喝で、場が静まり返った。

「殿は五十年、いや、百年かかったとしても返し続けるとおっしゃっておる。出雲人は人を裏切らぬ。約束は如何なることがあっても果たす、これが出雲人の誇りでもある。ただしそれは藩が続けばのこと、各々が不同意となればその時は信が崩れたということ、覚悟を決めて封土返上と相成りましょう」

それまで口を閉ざしていた上方屋が呟いた。

「近年、財政難を口実に借金を踏み倒す大名が方々におりますが、出雲の人は義理人情に厚いですよって、左様なことはありますまい」

四軒屋を束ねる鴻池が、苦しそうに頭に手を当てた。

「うーん、ここは冷静に考えねばなりませぬ。欠席の嶋屋さんにも入ってもろうて、日を換えて練り直すことも……」

「嶋屋さんは、当分忙しい様子だす。財産の相続なんぞで」

佐々右衛門の言葉に泉屋が続けた。

「わて、明日からしばらく留守をしますよって」

「困りましたなあ、御家老……では今少し突っ込んだ話を致しませぬか、どないな方法で返すとか」

「よろしい、では家臣を連れて参っておりますゆえ、入らせます」

丹波の言葉を受けて、今岡が隣の間で控えていた脇坂と千助を招き入れた。

——ここで勝負をしなければ振出しに戻る。それは何としても避けねばならぬ。

千助が所携の風呂敷をほどいて巻紙を取り出し、丹波に手渡した。丹波がそれを広げ、四人を見渡し声を張った。

「借金の五十万両を、今後七十年間毎年『登米《のぼせまい》』で払い続ける。初年の支払いは七万俵と定め、一俵二十匁ずつ仮値段を立て、銀高千四百貫目（一匁を四千円として五千六百万円）を支払い目標額として運送する。蔵元にあってはこの米を『登米』として売りさばき、代金をもって清算してほしい。それと、今後は江戸屋敷の必要経費について融資と送金もお願いしたい。米で足らざれば正銀をもって償う、その所存でありまする」

「登米」というのは、米を安値で求め、大坂の米相場の値動きを見ながら有利な時に売りさばき利益を得る商法で、銀主に利を得させるための配慮であった。また、江戸屋敷の必要経費について融資を頼んだのは、松江において江戸屋敷の経費を調節出来るという利点と、将来、幕府による助役命令など、突発的に入用となる金の融資を得るため、蔵元と関係を継続しておきたかったのである。

鴻池を中心に四人が額を集めた。

「なるほど、しっかりした計画をお持ちでんなあ。御家老様、しばし時間をいただけませんやろか」

「では。拙者ら席を外しましょう。くどいようですが我々は約束を守ります。もし、不同意との返事であれば、残念ではあるがこれまでの縁と諦めまする」

丹波ら三人は、一礼して部屋を出た。隣室の座布団にどっかりと腰を下ろした丹波は、両手を高く伸ばし大きな欠伸《あくび》をした。

「御家老、見事に論陣を張られました」

千助が紅潮した面持ちで父である家老を見つめ、脇坂が続けた。

「蔵元四人衆も、踏み倒し大名のことは百も承知しておりましょう。五十万両が入らねば損害は甚大、己も危険となる」

丹波は、大勝負を挑んでいる割には普段と変わらぬさばさばとした顔をしていた。

米や大豆や木綿などを売りさばき、利をもってなりわいとする者には資本と知恵と口がいる。大損をする危険もある。百姓は、土地があり水があり太陽が顔を出せば、鍬と鎌と汗だけで実を得ることが出来る。だが、太陽は、水は神のみぞ知る大自然の恵みであり悪戯《いたずら》も付きまとう。

借りた金を返さぬものに信義はない。だが、何年費やしてでも返そうとする者には神は味方する筈である。丹波はさわやかな心境であった。

刻々と時が過ぎ、半刻（一時間）も経ったであろうか、襖があき今岡六三郎が丹波らを招き入れた。

三人が席に着くや、鴻池が真顔で正面から丹波を見つめた。

「御家老、風の噂でお聞きいたしますれば、殿は年内にもお辞めになられるとか、かような藩の一大事に、ほんまに律儀に商人との約束を果たそうとなさる、このことに我々四人は心から敬服いたしました。御家老のお申し出、我々喜んでお受け致します」

あとの三人も、口々に松江藩を褒《ほ》めちぎり礼を言った。

口の軽い六三郎の失言によって、宗衍の致仕が知られるところとなったが、これもまた幸いした。宗衍の致仕の意思は幕府において容認され、二か月後の十一月二十七日、江戸城における式典が決定していたのだ。

かくして丹波の外向きの初仕事は見事に効を奏した。

藩の財政記録である「出入捷覧《でいりしょうらん》」によると、改革政治の初年である明和四年の返済額は六百九十両（六千九百万円）、最も多い天明七年（一七八七）は九千十三両（九億百三十万円）である。払い始めから天保十一年（一八四〇）までの実に七十四年間、一年たりとも休むことなく愚直に払い続けたのである。

十四　御立派改革　着手前夜

明和四年（一七六七）九月二十日　松江天神町―松江城三之丸

九月も半ばを過ぎ、松江の城下は稲刈りの真っ最中というのに、四か月ぶりに己の藩に戻り来た丹波の表情は険しかった。

安来の峠を越え荒島、揖屋、出雲郷《あだかえ》と続く米どころにもかかわらず黄金の穂波の間に点々と荒れ地が目に付く。

延享四年（一七四七）、日吉村の九十七歳の周藤彌兵衛が、暴れ川の意宇《いう》川に四十二年の歳月を費やし鑿《のみ》と金槌で岩を砕き切通しを完成させた。その下流域の出雲郷の田園にも同様、荒地が見える。

耕作を放棄して百姓はどこへ行ったのだ。駕籠から外の景色に目を転ずる丹波に、街道沿いに急ごしらえされたような酒屋や茶屋が目に入った。丹波は新しい店を見つける度に眉を顰《ひそ》め指を折った。矢田の渡しの船着き場で二本、津田街道の松並木通りで四本、白潟天満宮前の勢溜広場で三本、合計九本である。

天満宮前の広場に駕籠を止めた丹波は、「酒屋」の看板の付いた小さな店の前に立った。店主と思しき四十代半ばの男が鉢巻をし木桶の水を広場に打っている。

「この店はいつ構えたのだ」

店主は、駕籠から降りた男がお供を従えたいかつい士と分かり、水を撒く手を止めた。

「へい、三か月前です、それがどげしました」

「春には無かったんでな、で、どこから来た」

「忌部村です」

「忌部か、百姓はどげした」

「畳みました。水飲み百姓ではえらいばっかで家族を養っていけません。せがれが商家の丁稚になりまして、そいでわしも……」

「そげか。この店はどげして作った」

「庄屋さんが作りなって、わしは使用人です」

「庄屋が作ったのか……いや、邪魔をしたな」

丹波は酒屋を離れ、鳥居の脇の「茶屋」と看板を付けた小屋を覗いた。店の中に女が一人佗しそうに立ち、土間では男が縄をなっていた。

「薄茶を一杯くれぬか。見慣れぬ顔だがどこから出た？」

「いらっしゃい。はい、幡屋村《はたやむら》からです」

「大東か、百姓では食ってゆけぬのか？」

「いや……借銭が溜まり、その形《かた》に田地を取られまして。小作をしておりましたが米を小作料に全部持っていかれ食ってゆけず……」

まだ五十にはなるまい、百姓をやる気があっても自分の田地がなければお手上げだ。地主に操られるのだ。

「この店の金は？　どげして出した？」

「娘を奉公に出しました。その金でなんとか」

一口に奉公といってもいろいろある。悪辣《あくらつ》な地主に騙されて娘を遊郭などに売られておらねば良いが。丹波の胸がうずいた。

九月十四日、大坂を発った丹波と千助は、二十日の昼八ツ三之丸御殿に戻り来た。辻番所の前で駕籠から降り、千鳥城の天守を見上げ二人は両手を合わせた。

「朝日家老殿のお着き――」

番所の前にいた番人が大声を発した。

それを合図のように、三之丸の門から一人の太った藩士が堀に架かる土橋を足音を立てて駆けて来た。轟である。

鬢は乱れ、髭《ひげ》は伸び目が血走っている。

「御家老、長旅お疲れにござりました」

「おう、歌右衛門、苦労を掛けたなあ。疲れておるようじゃのう」

「ここ二日、御殿に泊まり込んであれこれと」

「それはすまなんだ、で、どげだ、準備の方は」

「ご指示になりました案件については、仰せの通り万端手はずを整えました」

時を遡ること二か月、江戸藩邸における殿との折衝で改革の道筋が決まると、丹波は国元の神谷家老に「殿が致仕される意向を固められた。今後の手はずは番頭《ばんがしら》の轟から報告をさせる」と書状を認《したた》めた。同じ便で、轟に次の指示をした。
一　殿の致仕されることが決まった。我らが作成した改革構想についても賛意を得た。
一　家老衆に経過を報告の上「御立派方」の作成した改革構想を説明せよ。
一　改革構想を「仕置役家老、朝日丹波茂保名」で関係各部所に指示し、「御立派方」の各責任者をもって細部計画つくりを指導せよ。
一　先に抽出した要員三十人をもって「御立派隊」を編成し、武力訓練を行わしめよ。
一　九月上旬にも大坂に赴き、蔵元と借金の返済方法について協議する。
一　予の国元への帰着は九月二十日の予定。改革の着手は二十一日で万端整えよ。
「疲れたであろう、今日は休め。明日からいよいよ闘いだ」

「御家老の顔を見た途端疲れが吹っ飛びました。大広間に幹部など全員集合させております」

「そうか、ならば直接大広間に参るとしよう」

丹波が三之丸の御殿の門を潜った時である。

「朝日家老殿のお着き！」

二人の門番が大声を発し、声が屋敷の奥まで鳴り響いた。それを合図のように待ち構えていた神谷、乙部、三谷の各家老を先頭に、二十余名の上士の面々が一斉に走り来て丹波を取り囲んだ。

「朝日殿、お帰りなされ」

「長旅、お疲れにござりました。堅固のご様子安心いたしました」

「よう殿を説得されましたなー。さすがに丹波殿だ」

「真っ黒に日焼けされて、出発前と大違い、首を長くして待っておりましたぞ」

普段は目をそらせ避けるようにする者までもが、作り笑顔で脇に寄ってくる。

殿の致仕については、江戸藩邸から国元家老宛に書状が送付されている。果たして大橋ら重鎮がいかように受け止め、家臣にどのような説明をしたであろうか。

――「あの家老だからやれた」「想像の域を超えた成果だ」「殿もあのぎょろ目に睨まれ縮みあがったかな」などと寄ると触ると口にしたであろう。話に尾鰭が付き、城下に広まったのでは。

丹波は心の中で殿に手を合わせた。

小休止の後、待機室で塩見家老とお茶を飲んでいた丹波を富村が呼びに来た。丹波は、塩見家老と並んで胸を張り大広間に臨んだ。

六十畳の大広間の正面には、九月二十一日着手「御立派政治」と記した大布が掲げられている。参集しているのは、上士二十五人、御立派方二十人、番頭や奥列、者頭など直接藩を動かす幹部、内外に通達を発する目付、御立派隊員など総勢二百人で、廊下にまではみ出している。

さっぱりと髭も剃りあげ、すがすがしい顔つきとなった轟が、朝日、塩見両家老の着座を確認し開会を宣した。

「只今より、御立派政治の説明会を執り行います。始めに、塩見御家老から挨拶を賜ります」

「御立派政治」の旗を背に、長老の塩見小兵衛が上座に罷り出でた。

「各々方、我が藩の仕置役家老、朝日丹波殿が大仕事を終え先程帰城された。既に周知の通り、江戸藩邸における殿との直談判の結果、殿の致仕を確認された。藩主が致仕の道を選択されーことにより、江戸表の経費は大幅に縮減出来、まさに御立派改革は大きな第一歩を踏み出したのだ。涙を流しながら殿に致仕を促された御家老のお気持ちを、そして藩を思い、民を思い、志半ばで致仕を決断された殿のお気持ちを、我々は重く受け止めねばならぬ」

塩見家老は、眉間に皺を寄せて涙をこらえ、丹波は下唇を突き出し、じっと一点を見つめた。

「次に大坂蔵元との交渉を成功に導かれたことである。皆も知っての通り、わが藩の財政破たんの最大の要因は、大坂蔵元から借りておる五十万両という負債の存在である。利息の返済が滞るとそーが元金に上乗せされ、鼠の子が鼠を生む如く借金の額は膨れてゆく。御家老は果敢に蔵元と渡り合い、この返済方法を確立された。すなわち、今後毎年米をもって元金を返済する、ゆえに利息を免除願いたい、と。この交渉は見事に成立した。このことによりわが藩の財政再建の道筋がついた。こーは誠に快挙である」

二百人の家臣は、誰一人目を離さず塩見家老を見、声を聞き、頷いている。涙を流している者さえも見られる。丹波はこの光景を見ながら、己が藩の立て直しその一点を見据えて、何物をも恐れず、正々堂々、果敢に闘いを挑んできた、このことの正しかったことをうかがい知るのであった。

「さて、こーからは儂らが闘う番だ。明日からの仕事については既に指図してある通りである。この改革は『御立派政治』と呼ぶが如く、崩れた藩や乱れた郷町を立て直す、ここに意義がある。本日中に万全の準備をし、明日から果敢に執行願いたい」

塩見家老は、丹波の労をねぎらうとともに、今後の闘いの方向について、丹波の気持ちを正確に代弁した。丹波は、轟らがいかに藩をまとめ、上から下まで意思統一し準備に心を砕いているかを知り、胸の熱くなる思いであった。

「それでは、江戸からお戻りになったばかりの朝日家老殿から改革についてご指示を賜ります」

丹波は、一段高い、普段は藩主が座る上座に位置すると、隅々まで見渡し、深々と礼をし、おもむろに口を開いた。

「われらが畏敬する殿には、藩を救うため、この地を守るために自ら致仕の道をお選びになった。今こそ藩の大改革をせねば、百六十年余続いた栄光の松江藩は音を立てて消滅する。侍講の宇佐美恵助先生は言われた。『源《みなもと》濁りて流れの清むことなし。前車の覆《くつがえ》るは後車への諫め』と。

これまでの我が藩の政は、入るを量りて出ずるを制す、という基本を忘れて無い袖を振り、その借金を商売で償おうとして負債をより大きくした。商《あきな》いに走った今の政治は国内に害をまき散らし、士農工商すべての人々が易きに流れる風潮を生み、国土は日々荒廃しておる。

本日、百十五日ぶりに安来峠を越え揖屋、出雲郷、津田とつぶさに見てきたが、田畑の荒廃は目を覆うばかりにして、峠や神社の広場では商いに走る百姓の哀れな姿を目の当たりにした。かかる現状から、身共は国づくりの基本を農業、すなわち米作りに戻し、この国を立て直すこととした」

二百人の家来の顔が丹波を凝視し、己の発する声が部屋の隅々に響きわたっている。いつかはこのような日が訪れることを夢見てひたすら学び、耐えてきた身なのだ。

「立て直しは、すべての国民が気持ちと生き方を変えねば果たせぬ。藩の力を背景として、皆が主役となって一気呵成に断行するのだ。職を失い、蓄えた財や特権を捨てねばならぬ者も出よう。命に係わる事態も予測される。だが、三年先、五年先に松江藩が立ち直り、すべての民の喜ぶ日が訪れる、必ずそれを実現する。このことを固く信じて突き進むのだ！」

丹波は〝自らに託された藩の大改革の意義と重要性についてはあらまし説明出来た、改革の内容については直接担当する者が知っておればよい、おいおい全容が顔を出す、これでよい〟そう確信していた。

丹波の指示が終わると轟が立った。

「以上で指示は終わるが、質問があれば挙手して簡潔明瞭にどうぞ」

轟が言い終わるや、二人の家臣が手を挙げた。

「用人の小松原です。『御立派隊』とか聞き慣れぬ隊が出来、このごろ訓練をしておる様子ですが、一体何に用いるのですか」

轟が答えた。

「改革には大きな痛みを伴う。苦しさのあまり抵抗する輩《やから》も出ることであろう。我々は処罰の決まりを作ってこれを抑え、力で対抗しようとする者には武力でこれをせん滅する。ここにいる『御立派隊』はそのために特別に編成し訓練しておる。この部隊が、最後まで出動することのないことを願ってはおるが……」

「苦しさのあまり抵抗、と言われましたが、どのような苦しみを与えるのでありますか」

「小松原殿、そーは今の段階では言えぬ。しばらくすれば分かるゆえ様子を見ておって下され」

轟の答えに不服そうな小松原であったが、口をつぐんだ。

「番頭の落合仁三郎です。朝日御家老は商売を抑えて米作りに戻すと言われたが、世の中の動きに逆行してはおーませぬか？」

「落合殿、近年百姓を畳んで商売の手伝いだの茶屋を出す者が流行っておるが、商売人ばかり増えて米の取れ高が減れば、藩士の禄では買えぬこととなる。そーに一度荒れた田畑は容易に元に戻らぬ、よって米作りに戻すのだ。よろしいかな」

落合は首を横に振り持論を展開した。

「米は因幡だの石見だの他の藩に任せて安く買えばよいではないか。ここには出雲大社や美保関があり旅の者も多い、商業が向いておると思うのだが」

「分からぬ人だなー、大坂へは今後何十年も米をもって借金を払い続けるのだ、百姓が商いに走り米の収穫が減れば行き詰まる」

「轟さん、拙者とて藩を思う気持ちは同じ、このような大事な計画作りになぜ拙者を入れてくれぬのだ、秘密主義はおかしい」

口をつぐみ、額に皺を寄せ聞いていた丹波が目をむいた。

「落合殿、御立派の政治は明日が初日、ここは議論の場ではない。お主の明日の任務は何だ」

「下士の人員削減についての示達です」

「削減した下士の救済策は何だ」

「そこまでは？　詳しい内容までは存じませぬ」

「たわけ！　内容まで知らぬで己の務めが果たせるか。轟、質問を打ち切れ！　各班とも明日の準備に専念せよ！」

丹波の一喝で会は閉じられた。

丹波は家老部屋に戻ると神谷家老を呼び、落合仁三郎を改革の執行官から外すように指示した。

十五　首切りと首のすげ替え

明和四年（一七六七）九月二十一日　松江城三之丸

明けて九月二十一日は、前日までの秋晴れと打って変わり、いまにも降り出しそうな曇天となった。

城下を始め国内主要の広場などには高札場《こうさつば》（藩の法令などを掲げておく場所）があり、この日は早朝から雨衣に身を固めた藩士が二名一組で高札（布告文）を掲げて回った。檜板に墨字で認《したた》められたその布告文は次の通りである。

布告

明和四年九月二十一日付を以《もっ》て松江藩の財政に付「御立派《おたては》の改革」を執行可致者也《いたすべきものなり》

一　藩の組織再編、人員削減の事

一　民間役人の下郡、与頭、庄屋を改むる事

一　銀札通用を止むる事
一　義田並びに免許地の制度を止むる事
一　郡々の酒屋を減じ往還端の茶店を止むる事
其他細部にわたりし事、追って通達すべき者也
　　明和四年九月二十一日
　　　　　　　御　用　所
　　　　　　　　篠原彌兵衛

馬潟《まかた》番所の所長の屋敷国右衛門は、丹波の私塾、「光雲塾」の塾生である。三月に妻が五人目の子を産んだものの、産後の肥立ちが悪く家事を引き受けるこの頃で、「光雲塾」へは足が遠のいていた。

二日前に上役から、今日の三之丸における評定出席について指示され、「何の評定」かと問い返したが、「知らされていない」との答えで多少の不安は覚えていた。だが、日ごろの仕事場は出雲郷にほど近い馬潟の番所である。城下とはいえ緊迫した藩の空気は伝わってこない。

――まさか禄を上げるというのではなかろう、近年薬用人参づくりに力が入っておるゆえ、見張りの番所でも造るというのか？　それとも米泥棒の警戒かな？

様々な想像を巡らせたものの、生来の楽天家で、藩の大改革と大幅な人員削減が待っていようなどとは夢にも思っていなかった。

めったに門を潜《くぐ》ることの出来ぬ三之丸御殿行とあって、屋敷は出仕《しゅっし》に当たり箪笥《たんす》の奥から一張羅の羽織を引っぱり出し、樟脳《しょうのう》の臭いを漂わせ、無精ひげを剃り髷に油を塗り付け、張り切って出発した。

急な雨で傘を借りることも出来ず、畑仕事用の編み笠を頭に蓑を付けて御殿の門を潜った。玄関番から「蓑を取れ」と注意を受け慌てて蓑笠を脱いで下足箱の上に置き、また下足番から小言を頂戴した。

皺《しわ》くちゃの手拭いで濡れた着物を拭き、玄関脇の座椅子に腰を下ろしたところで千助を認めた。

千助はこの日の朝、暗いうちから御殿に出て、今日から始まる「御立派政治」の支度を整え、評定出席者の受付をしていた。

「朝日殿ではあーませぬか、屋敷です、御無沙汰を致しております」

「これはこれは屋敷殿、久しぶりですね、このごろ『光雲塾』にも見えぬようですが、何ぞ変わったことでも?」

「三月に五人目が生まれましてなー。目下賄《まかな》い夫です」

「それはまあ、結構なことで」

「今日は何の評定ですかな?」

「……身共の口からはちょっと」

「そげん、難しい案件とは……何でござろう。ま、期待をして……」

千助が眉根を寄せ、難しい表情をしたのに屋敷は気付かなかった。

「紫陽の間」と表札の出ている三十畳には、正面の床《とこ》に「九月二十一日御立派の政治発足」と鮮やかな筆文字の旗が掲げられており、既に二十人もの先着がいた。

「国さん、大変なことになった！」

屋敷の顔を見るなり親友で「天神橋番所」の神山次郎兵衛が声を震わせた。神山の手には「藩士削減対象者名簿」と書かれた紙がある。横に座った屋敷に、神山はその一点を指で差し示した。

「馬潟番所　屋敷国右衛門」の名前があるではないか。屋敷は、周りの者が青ざめいきり立っているのを見て、意味が分からぬまま尋常らしからぬ事態を窺い知った。

「次郎、何の意味だ」

「分からんが、削減と書いてあるゆえ、これだ！」

神山が右手を手刀にして首を切る仕草をした。

「何や、首、首だと！」

その時入り口から富村が入室した。手に資料を持っているのを見て屋敷は駆け寄った。

「富村、こーは何のことだ、どげな意味だ」

「ああ、屋敷さん、どうも久しぶりで」

富村と屋敷とは同じ「光雲塾」の仲間であった。

「何が久しぶーだ、こーは何のことだ、おらの名前が……どげちーことかね、説明さっしゃい」

「見てはいけぬと言っておいたのに勝手に……後で詳しく……」

周りの者も手に手に紙を握りしめ、怒りを露《あらわ》にしている。

「貴様、何の真似だ！」

「首だと、どげ言うことだ」

「わしらに死ねというのか」

「一家、飢え死にせえちゅうことか、この！」

富村の周りを取り囲み、十人もの足軽連中が騒ぎ収拾がつかなくなった。そこへ千助からの注《ちゅう》進《しん》で柳田、神谷の両家老が駆け込んだ。

「静まれ、静まれ、座れ、座れ」

「ちゃんと丁寧に説明するゆえ、静まれ、座れ」

両家老が正面に立ち、手を大きく左右に振って制した。

「私が担当の富村です、説明いたしますのでとにかく座って下され。これ以上騒がれると番人が来ますよ」

「番人はおら達の仲間だ、呼ぶんなら呼べ」

「とにかく静まれ、静まれ！」

漸くして全員が座り、富村が乱れた着物の襟を直した。

「とんだ騒ぎになりましたが、先ずは柳田家老から経過を説明していただきます」

富村に促されて、柳田家老が苦笑いしながら立ち上がった。

「説明する前に大体のことが分かったと思うが、今日の評定は藩士を辞めてもらう話だ。近年我が国は、戦もないのに楽をして禄を得ようとする下士がやたらと増えた。百姓が田畑を捨てて足軽になったのだ。ところがどげに刀や槍や鉄砲の訓練をしても戦がないゆえ、下士は遊んで禄を貰っておる。今、わが藩は禄が払えず破綻状態にある。このまま藩をつぶすか、ここを耐え忍んで先に望みを託すか、二つに一つだ。藩が潰れたなら領地は別のものになってしまう。住む家さえ無んなってしまう。そこで大改革だ。この名簿に名前のある者には辞めてもらう。見れば分かるように義田方や札座も閉じる。上から下まで大幅な人減らしだ。三千人の家臣のうち、九百六十八人だ。

皆も知っておるであろう、殿は、江戸の経費を減らすため率先して辞める決意をされた。拙者どもの苦しい胸の内も分かってくれ」

柳田家老は目に涙を浮かべ「藩士削減対象者名簿」を握りしめた。

黙って聞いていた屋敷が手を挙げた。

「話の筋は分かーました。今、御家老は『住む家さえ無んなってしまう』と言われたが、わしの住んでおる雑賀の家は、仕事を辞めても住み続けてええということですか?」

神谷家老が人のよさそうな顔に笑みを浮かべた。

「あれは足軽屋敷として造ったものだ、当分は住み続けてよろしい」

屋敷をはじめとした足軽に、幾分安堵の表情が漂った。

「天神橋番所の神山です。わしらは禄がなんなれば食ってゆけぬが、なんぞ藩に考えがあーますか」

神谷家老が柳田家老と言葉を交わした後、口を開いた。

「新しい政治は、商売を抑えて百姓を奨励するものだ。荒島や揖屋、忌部、秋鹿などの荒れた田を耕したりしようとする者には、藩が便宜を与える。それと少々先のことであるが、斐伊川の河口の中州を取り除く大掛かりな工事、それに平田の灘分に土手を築く工事も考えておる。これらは、ただ働きではのうて、米などを日当として出すから生活の足しにもなろう」

「そげですか。そげな考えが決まっておるのなら仕方がない。番所に戻ってみんなに知らせましょう」

神山の声に促されてみんなが重い腰を上げ、屋敷も落胆の表情で千助に礼をし、背を丸めて部屋を後にした。

紫陽の間における説明が終わり、屋敷が重い足取りで玄関に立った時、千助が廊下を走ってきた。

「屋敷殿、父と話したのですが、もしよろしかったら、秋鹿の義兵衛殿の米作りの手伝いをされませぬか……。目下、稲刈りの真っ最中で人出が足りぬようです。義兵衛殿も喜ぶと思いますよ」

屋敷の表情がぱっと明るくなった。義兵衛は光雲塾の仲間であったからだ。

「えっ、そーは有り難い。早速、手伝いにはせ参じましょう。だんだん、だんだん」

屋敷は、見送る千助に深々と礼をし、蓑笠も付けず三之丸の門を後にした。

出雲国の地方の政を取り仕切る下郡は、三つの地区に分かれている。神門《かんど》・出雲の二郡を管轄する「神門受」、飯石《いいし》[redacted]能義《のぎ》・仁多・大原の四郡を管轄する「南四郡」、島根・秋鹿《あいか》・意宇《おう》・楯縫《たてぬい》四郡を管轄する「北四[redacted]」である。

義兵衛が下郡を務め[redacted]秋鹿郡は、国内にある十の郡にあっては村や浦の数が二十三と最小の郡である。父の死により[redacted]の役を世襲して八年、四十代半ばとはいえ、下郡の中では最も若い。

几帳面な義兵衛は、[redacted]四ツ半（十一時）からの評定というのに、半時も早く三之丸に着き、蓑笠を取り、手ぬぐいで[redacted]れた着物を拭いている。

「義兵衛殿、義兵衛殿で[redacted]はあーませぬか」

下士への人員削減の伝[redacted]評定が終わった千助は、次に始まる下郡の評定の準備のため玄関に出てきた。

「ああ、千助殿、江戸か[redacted]はいつ戻られたのですか」

「昨日です。留守中にわ[redacted]ざわざ新米を届けて下さった由、昨夜は父と美味しくいただきました」

「食べて貰えましたか、[redacted]れは喜びます。春以降、百姓仕事が忙しくて『光雲塾』にも出かけておーませぬゆえ、新米はお詫[redacted]の印です」

「実は、先ほど、屋敷国右[redacted]『稲刈りの[redacted]いに行ってあげたら』と話したところです」

「国右衛門殿ですか、猫の手[redacted]大歓迎ですよ」

この時玄関に、付き人を従[redacted]身に纏った大原の与倉好右衛門と飯石の神倉太助が到着したのを千助は見て取[redacted]

「では、また。今度塾でお会いいたしま[redacted]

千助は、そそくさと義兵衛から離れた。玄関から合羽を脱ぎながら与倉と神倉が入ってきたからだ。二人は草鞋《わらじ》を脱ぎ、控えの間の入り口の長椅子にどっかりと腰を下ろした。

「あいつら、自分の都合で人を呼び付ける。このくそ忙しいに」

「そげよ、儂んとこは一昨日《おととい》、温泉の脇に茶店と酒屋を開いたばっか、忙しいに冗談じゃない」

「海潮温泉につかって湯上がりに一杯、えーなー、で、誰が店番すーだかや」

「百姓よ、借金の形《かた》にやらすだわ」

二人は、千助がそばで評定資料の点検をしていることに気付いていない。

「与ーさん、匂っちょーで、よんべけ（昨夜の酒）が」

「美保屋の仲居がしっかり注ぎなーけんだわや。そーにしても、何だらか、急な呼び出しは？」

「取り過ぎちょーけん、ちょんぼし戻せ言うんじゃー？　年貢を」

「えんや、大坂へ利子を払うけに、米を出せだないかや」

「そげん細けー（小さい）ことで呼び出さんぞ。あのぎょろ目は」

「落合からはその後なんぞ話があったかな」

「えんや、わすも気になっちょーだが会われんもんで」

そこへ玄関から雨着を脱ぎながら三人の下郡風の男が入って来た。長椅子に座って話していた与倉は、立ち上がって手を振った。

「太田原さん。こっち、こっち」

呼ばれたのは六十過ぎの恰幅《かっぷく》の良い禿げ頭の男であった。意宇郡の太田原権兵衛で、与倉や神倉の謡曲仲間である。

「おう、与ーさん、よんべ（昨夜）は美保屋だったかな」

「そげよ、来らっしゃると思うて待っちょったに……そいで落合はどげだった」

「二週間前に会うた、何でも、江戸からの指図で屋敷中大騒ぎらしい。足軽だのは片っ端から首切りだそうな」

「なに！　で、儂《わし》やちはどげな按排《あんばい》だ、なんか難しいことでも？」

「そーが秘密でやっちょーらしいんで、他所のことはさっぱー分からぬげな」

「ふーん、えらい用心しちょーだのう」

　その時、「御立派方」の池が控室を覗いた。

「下郡の皆様、『橘の間』へお入り下さい。そろそろ始めますよ」

「橘の間」は三十畳で正面に床があり、畳の上に座机がロの字に配置してあった。十一人の下郡全員が揃ったところで、茶坊主が茶を持参し、池と千助が資料を配った。そこへ、轟に先導されて、塩見、朝日の両家老がしずしずと入室し上座に坐した。

　進行役の轟が一同を見わたし、よく通る声で開会を宣した。

「只今から、『御立派政治の説明会』を開催いたします。最初に塩見御家老、挨拶をお願いします」

　轟に促されて、塩見家老が胸を張り一同を見渡した。

「日ごろ皆々には、郡の責任者として、村々をまとめ、松江藩の発展に多大なるお骨折りをいただいており深く感謝申し上げます。さて、ご承知の方もおありと存じまするが、江戸藩邸におわしまする殿は、松江藩の改革を推し進めるため、英断をもって藩主の座を若殿に譲る決意を固められました」

一同が「おー」と驚きの声を発し、信じられない、といった目をして顔を見合わせ、座が大きく揺れた。

「それにつけてわが藩は、本日より、新しい出雲の国造りとして『御立派政治』を開始いたしました。すなわち『勧農抑商』を推し進めることであり、この門出に当たり、我々はまず下郡の顔ぶれを一新し、新しい陣容によって、再出発を図ることといたしました。ここに各々の永きにわたるご尽力に感謝し、開会のご挨拶といたします」

塩見家老の淡々とした挨拶に、広間中が凍ったように静まり返った。咳払い一つ立てず耳を澄ましていた下郡の面々の顔は青ざめ、やがて隣同士で目を合わせ、首を傾げ、眉をひそめ、疑問の表情をあらわにした。

長老の仁多郡中林嘉一兵衛が、震える声で口を切った。

「恐れながら、初耳でありますが、全員辞めろという意味にござりますか」

「左様です。十一人全員、役を返上してもらいます」

轟が明瞭に答えた。

「何でですね？　なんで我々ではいけませぬか」

「藩の大改革である御立派の政治を開始するに当たって頭の切り替えが必要です」

「頭の切り替えは我々にも出来ますよ。比[redacted]の山門修復の時でも、[redacted]を切り替えて大金を集めたではあーませぬか」

大原の与倉が青筋を浮き上がらせて大声[redacted]立てた。これに意宇の[redacted]田原が続いた。

「我々では何が不足ですか、年貢の調達も[redacted]されてちゃんとやって[redacted]おる。百姓の楽しみとて、茶屋、酒屋まで作っておる」

轟が正面の旗を指さした。

「この新しい政治は、勧農抑商政策です。[redacted]員とは言わぬが、近[redacted]郡奉行の指図も聞かず強引な年貢調達をし、そのために百姓が立ち行[redacted]なくなりどんどん村[redacted]離れておる。また、酒屋や、茶屋などを造り、百姓にやらせておる下郡[redacted]おるようだ。新しい[redacted]に離反しており、到底容認は出来ませぬ」

飯石郡の神倉太助が目をむいた。

「比叡の助役など、無理な金集めをさせた[redacted]動だ。そもそもの[redacted]藩が蒔いておる。今になって年貢調達のやり方が悪いだわ、酒屋がいけ[redacted]などと、恩を仇で[redacted]ようなことを何で言うんだ！」

「皆は離農の禁令を知っておられよう。こ[redacted]令を平気で破って[redacted]る。強引な年貢調達は百姓を苦しめ、娘を遊郭に売る者も出ておるようだ[redacted]れ以上放って[redacted]けぬということです」

離農の禁令は寛延元年（一七四八）以降[redacted]はしば出された[redacted]、庄屋自らこれを無視し、農を離れる者のくい止めを行わぬばかりか、商に[redacted]手を出し離農を[redacted]長した。

長老の中村が手を挙げた。

「それで、我々が下郡を辞めたなら、あとの人選はどげすーつもりですか」

その問いを待っていたかのように轟が声を張った。

「人選はすでに終わっておる。今頃、身共の仲間が村に出向き、次の下郡に説明を致しておる最中と」

「何だと、無茶くちゃな、我々に辞める理由などない、そげだらが」

大原の与倉が拳を振り上げて高い声を張り上げ、それを引き金にめいめいが口々に叫んだ。

「そげだ、辞める理由がない」「恩を仇で返す気か」「誰が、どげな理由でこげなことを決めた、ちゃんと説明さっしゃい」

それまで黙って聞いていた丹波が、目をむいて立ち上がった。

――パン！　パン！

両の手を大きく広げ、激しく打ち鳴らした。

「黙れ！　お主ら！　この七、八年、いったい何をしてきた。胸に手を当てて考えてござれ。皆は、藩に金を貸せるほどの大金持ちだが、その金はどこから手に入れた。小作人に米を作らせて吸い上げ、商売で儲け、年貢調達で稼ぎ、銀札の値上がりで手に入れておる。広い屋敷に米蔵を三つも四つも持ち、庭に滝を造り、池には錦鯉を遊ばせ、絵描きを逗留させ、商人と組んで大金を儲けておる。荒れた田畑に見向きもせず、茶屋や酒屋までも作っておるではないか。拙者は許さんぞ」

丹波の張りのある声が凄みを帯び、むいた眼が恐ろしさを引き立てた。

収拾がつきそうもない。轟が丹波の目を見やり千助を呼んで耳打ちし、千助が走って廊下に飛び出した。

勢い付いた太田原、神倉、与倉など五、六人が紙を握りしめ、両家老の前に詰め寄り、唾を飛ばし怒号を発して抗議を始めた。

その時、部屋の外に「御立派隊」の隊長吉山長大夫以下十人が走り来て整列し、うち七人が部屋に駆け込んだ。隊員は、鎧を付け二刀を腰に戦闘態勢である。

「何だこいつら！」

武装した隊員を見た太田原がいきり立ち、大声を発しながら轟に殴りかかった。この間に神倉は上の間に駆け上がり、掲げてあった「御立派政治」の旗を引き倒したのだ。

「拘束！　捕まえろ！」

隊長の号令により、二人の隊員が太田原の両腕を左右から掴み、更に、旗を手に引き裂こうとしていた神倉を倒して取り押さえた。

「この野郎、離せ、離さんか！」

「お前やち、卑怯だぞ！」

隊長の合図により、太田原と神倉が部屋の外へ連れ出されたものの、与倉や中村など数人が丹波を取り囲み怒号を発していきり立ち、そこへ隊員が割って入るなど、会場は大混乱に陥った。

騒ぎを聞いて大橋、乙部、三谷の各家老が駆けつけ、廊下からこの様子を見守っている。隊員から保護された丹波が、正面に立った。

目は血走り、髷も着物も乱れているものの、毅然として言い放った。

「静まれ、静まれ！　お前たちがいかように騒ごうと、下郡役は本日付で全員更迭だ！　その他のことは追って沙汰をする」

かようにして、御立派政治の初日は大混乱の幕開けとなったのだ。

十六　灰になるまで

明和四年（一七六七）九月二十一日夜　松江（母衣町・天神裏）

江戸と大阪の闘いを制して、胸を張って戻り来た丹波であったが、御立派改革の初日は屈辱極まりなかった。闕年という、伝家の宝刀を引っ提げて先制攻撃すべきところを、予測だにしなかった内部の分裂によって、敵の逆襲をもろに受けることとなったのである。

憔悴しきった丹波は、その日の夜、母衣町は「文明館」の東隣にある桃源蔵の屋敷を訪ねた。

「お恥ずかしいことですが、下郡に逆襲されました。全員の更迭を切り出したところ、辞めさせるのなら藩に貸せている金を耳をそろえて返せ、証文を書けと……」

桃は火鉢に両手をかざし、暖を取りながら首を傾げた。

「……ほう、反撃にでましたか、なるほど……その話は大分以前にしましたなあ。丹波殿は〝戻す必要はない、徳政令を引用して闕年の令を作り、強引に棒引きにする〟との仰せでは？」

「はい、そのつもりでありましたが……」

丹波の持論はこうだ。歴代の藩主は、下郡などの豪農や豪商に、〝天守閣の修理だ、三の丸の増築だ、幕府の助役だ〟と都度金を借り急場を凌いできた。その恩義は大きなものがある。だが、彼らの築いた私財は、元はといえば出雲の国の財産である。山や田畑や川や海からもたらされた米や麦、銀や銅や鉄、鑪、木材や木綿、魚や貝である。金満家は、そのような富を世襲の役得で手繰り寄せる一方、藩が与えた士分や年貢を取り仕切るお勝手業務などの特権を利用し、金が金を生む仕組みを作り蓄えている。藩あっての豪農、豪商であって、藩が潰れるか否かの瀬戸際に、その借財の返還までは必要ない、というものである。

「で、闕年を打ち出せなかった理由は？　家老が反対に回ったとか？」

「はい、五月末から昨日まで松江を留守にしておる間に横槍が入り、闕年は見送るべしと……江戸から戻った昨日そのことを知りました。かような誤算で、今日、闕年を打ち出すことができず……」

火箸で火を搔《か》き雑ぜ、底の方から熾《おき》火を一つ見つけた桃である。

「うーん、この熾火のように執念深くやらぬことには……」

「はあ？　何のことで」

「朝日殿は大岡越前の母君の話をご存じか？」

「いや、存じ上げませぬが、それが何か？」

「大岡越前が、不貞を働いた男の取り調べをした時のことである。『女の誘いに乗ってしまった』との男の釈明に越前は納得がゆかず、母に聞いた。『母上、女性は何歳まで床入り（性行為）が可能ですか』と。母は火鉢の中の灰をいじりながら『灰になるまで』と答えたそうな。この話は作り話でありましょうが、この話のように執念深くやらぬと、改革そのものが不調に終わってしまいます。破綻しますぞ！」

「な、何ですと！　女のように執念深く……ですか？」

「左様、わっはっはっはっは」

「わっはっはっは」

二人が頓珍漢《とんちんかん》（間抜け）なやりとりで大笑いをしているところへ襖をあけて桃の妻が入ってきた。

「まあ、楽しそう。何の話にござりますか」

「いいや、大したことではない。大岡越前の名裁きの話だよ」

「私にも聞かせて下さりませ」

「ああ、今度なー、今、大事な話の最中だ、お茶はそこに置いてくれ、それと火鉢に炭を継いでくれぬか」

桃の妻「緑」は江戸は根津の名家の生まれと言われ、軽やかな江戸弁と上品な身のこなしが評判で、浅葱色《あさぎいろ》の着物が良く似合った。

妻が退室した後桃が声を潜めた。

「我が家の女房は結構いける口ですが、朝日殿のところは？」

「はあ？　はい、我が家は律儀もんの子沢山、十二人も子を産んだにもかかわらず私より十も若い……四か月も留守をしたゆえ寂しかったようで……昨夜はしっかりと」

「？　うっ、何のこと……こっち、こっちですよ」

桃が左手で盃の酒を飲み乾す仕草をした。

「ああ、これ、これですか、酒ですよねー、いけますよ、いけますとも」

「はっはっは」

「わっはっは」

緑が酒と漬物を載せた箱膳を持って来た。

「まあまあよく気がお合いですこと。これ、塾生の方から頂戴した地酒です。肴はあり合わせですが、どうぞごゆるりと」

四か月ぶりに気の置けぬ友であり師である桃との語らいだ。

丹波は、江戸表の話、大坂商人との困難な折衝のことなど語り、三杯、四杯と盃を重ねた。

だが心はいま一つ晴れなかった。丹波が四か月の旅を終えて松江に戻ってみると、改革執行の切り札ともいうべき闕年の導入について〝見合わすべし〟との意見が主流を占めていたのだ。

――またあいつの横槍だ、くっそ！

絶対反対を主張しているのは、かねて丹波とそりの合わぬ大橋家老であった。

「朝日殿はやることが強引だ。殿から任されたということで舞い上がって、無茶苦茶を押し通そうとしておる。すべての借金を踏み倒して一時改善されたとて二、三年で元の木阿弥だ。その時闕年の恨みで豪農も豪商も藩にそっぽを向く。その方がよっぽど危険だ」

三十代後半ながら、藩の顔ともいうべき大橋が闕年に真っ向から異を唱え、それに引きずられて柳多、塩見も反対に回った。これによりそもそも丹波派であった乙部、神谷、三谷までもの腰がぐらつき始めたという。

昨日、夕刻になって、轟からこの報告を受けた丹波は、驚愕して急遽家老衆を呼び集めた。既に、大橋も塩見も三谷も帰宅した後で乙部と柳多と神谷しか来なかった。三人に説得を試みた丹波であったが、大橋の前で反対に同調した手前、柳多は反対を曲げようとせず、神谷と乙部は「大橋家老と話したほうがよい」と態度を鮮明にしなかった。

「先生、このままでは改革が中途半端に終わってしまいます。身共としては絶対に譲れませぬ。何か良い知恵はありませぬか」

盃を口にし、静かに飲み干した桃が手を顎に置いた。

「知恵は朝日殿に叶う者はおりません。身共は侍講ゆえ諺《ことわざ》ぐらいしか思いつきませぬ。中国の古い教えで、『九仭《きゅうじん》の功を一簣《いっき》に虧《か》く』があります。高い山を造るのに最後に『もっこ』一杯の土を欠いたばかりに完成しない、事が今にも成就するという時に一手抜いたために失敗に終わってしまう、まさに絵に描いたような御立派の改革です」

「絵に描いたような……ですか。もっこ一杯の土をいかがして……だが時間は残されておらぬ。うーん、困った」

「丹波殿、『もっこ』一杯の土を欠くというのは、お主の気持ちのことを言っておるのですぞ」

「えっ、身共の？」

「左様、人の気持ちはより強い意志を持った方へと傾いてゆきます。ここで妥協してはなりませぬ。執念を持つことです」

「『灰になるまで』ですよねー。はっはっは、分かりました」

「ただ、丹波殿は生真面目《きまじめ》ゆえまともに勝負しようとなさる。ちと遊びを交えた方がよろしい」

「……遊び？　ですか、遊んでおる暇はありませぬが、折角のお言葉……無い知恵を絞ってみましょう。はっはっはっ」

丹波は高笑いしたものの眉間に皺を寄せ、顔は晴れなかった。


その頃、和多見の美保屋では四人の男が荒れていた。

下郡仲間で大原の与倉、意宇の太田原、飯石の神倉、それに藩士の落合である。

「まあまあ何があったか存じませぬが、どうぞ、ぐーっとお空け下さい。今日は久しぶりに、落合様も御一緒、機嫌を直して、ささ、どうぞ」

八重は亡くなった夫が酒の好きな藩士であったから、酒酔いの機嫌を取ることには長じていた。だが今宵は客の乱れが大きく、若手の仲居では用をなさぬため、年増の仲居のお玉やお富にも応援をさせていた。

「おい、八重、こーから先は美保屋に来んぞ」

「まあ、どげしてです。謡曲の例会がおありでしょうに」

「あーにはあーが、下郡を辞めさせられて格好が付かんがや」

大原の与倉が真っ赤な顔で舌もつれして投げやりに言った。八重がなだめすかして聞くところ、この三人は今日、三之丸において催された御立派政治の説明会で下郡を辞めさせられたというのだ。

「下郡を取られ、刀が差せぬようになれば庄屋連中からなめられる。どげすーだ」

「気にされーほど他人は思いませんよ」

「飲み屋の女は金さえ払ってやればええが、庄屋はそうはいかぬ」

「金さえ？　御冗談を、あんたに刀など似合わせんわね！」

「なんだとお玉、もういっぺん言うてみろ、水路へ放り込むぞ！」

太田原が禿頭から湯気を立てて怒っている中で、落合だけは沈み込んでいる。

「落合様、今日はなんだか元気がありませんねー。貴方は役人、屋敷も近いゆえ、これまで通りお顔を拝見ね」

お富の問いかけに落合がきっと顔を上げた。

「いや、実は身共は島流しだ、隠岐へとばされた、大左遷だ」

「えっ隠岐へ、島流し？」

「そげよ、身共が一体何をしたというのだ、商人から茶わんや軸を貰ったことが理由らしいが、一年も前のことを今になって！　くそっ、絶対あのぎょろ目の仕業だ、丹波め」

それまで黙っていた落合が、堰を切ったように捲し立てた。

番頭の落合仁三郎、五十三歳は、九月二十一日付けで降格と減俸を食らい、同日付けで隠岐郡代に移動を命ぜられた。隠岐郡代は「役組外《やくくみはずれ》」格の士の職で、落合にとっては格下げも格下げ、解雇と同じであった。

与倉が憎々しげに吐いた。

「おい、落合殿、お前さんもやられたのか、あのぎょろ目に。さんざん人を利用しておいて、くそっ、腹の立つ」

「身共は昨日の評定の席で商売の味方をし、朝日家老に罵倒された。恐らくそのせいでござろう。あのような発言をするのではなかった」

「落合殿、頼んでおいたに情報を入れぬゆえ手が打てんだった。お前さんがちゃんと動いてくれさえすればの一」

「身共としてはいろいろ動いてみたが、あいつらは秘密に事を進めておった。場所も寺であったり、屋敷であったり」

「何や、寺だと、どこの？」

寺の総代もしている意宇の太田原が目を光らせた。

「寺町とか、毎月四の付く日の晩集まっておるらしい」

「仏さんの前でわしらを丸裸にしようとの悪だくみか、腹の立つ」

「〝月夜の晩ばかりではない〟今に見ておれ」

「下郡を辞めさせ酒屋を潰すだと、そげなことさせてなるものか！」

三人が興奮する中、下を向いてじっと考えていた落合が顔を上げた。

「身共はこの際、いっそのこと藩士を辞めようかと……」

「辞めーやー、辞めてどげして食っていくつもりなら?」

「そこで相談であるが、身共を何か仕事で使っては貰えますまいか」

意宇の太田原が目を光らせた。

「うーん、出雲郷に酒屋をもっておーが、更に三、四店出そうと、今、場所の選定中だ、使ってあげてもええぞ」

落合が太った体をゆすって笑みを浮かべ与倉が口を出した。

「太田原さん、落合さんを使ってごすだわ。わしらと同じぎょろ目家老の犠牲者だでなあ」

「そげだのう、あいつにはどげしてでも借りを返さにゃならぬ」

「落合さんが仲間に入れれば何かと便利だ。よっしゃ、そうと決まれば飲みなおしだ。八重さん、酒をじゃんじゃん持って来ない」

八重の指図で三人の仲居が階段を降りた。

八重は、水路に面した明かり窓の障子を開け放った。

午前中あれほど降った雨は午後から上がり、空には星が瞬いていた。

階下から女将が部屋の入口まで来て、八重を手招きした。

「今日天神さんの高札場に、今後は藩札が使えないとの触れが出たそうな。今夜は付けであろうから、今度支払う時は硬貨にしてほしい、そう頼んでおくれ」

「承知いたしました」

八重は、丹波の率いる「御立派政治」の幕開けが、思わぬ形となって城下の料理屋をも飲み込もうとしていることを知るのであった。


明けて二十二日、丹波は千助に命じて、宍道湖の鯉を入手させた。

これを三之丸に持ち込み、料理人に命じて刺身を作らせた。

昼八ツ（二時）、書院の上の間へ家老衆を招集し、大橋、三谷、塩見、柳田、乙部、神谷の六家老が緊張の面持ちで入室した。

十八畳の間の中央の座机の上には大皿が載せられ、皿には薄く身をそいだ鯉の「洗い」が山の如く盛られ、醤油の注がれた小皿、箸も七人前配置されている。

「江戸が長かったゆえ、久しぶりに宍道湖の鯉が食いたくなーましてな、洗いを作らせました。一緒に食しましょう」

刺身は、江戸時代に醤油が生まれたことにより元禄年間以降、江戸の地で一気に花開き全国に広まっていった。

宍道湖の鯉は鮒やスズキと並んで春から秋にかけて一本釣漁が盛んで、夏は洗い、冬は刺身やみそ汁が上流から庶民にまで親しまれていた。鯉の洗いは、薄くそいだ切り身を冷水にくぐらせて身を引き締め、山葵《わさび》や酢味噌で食すのが江戸流であった。

「これはこれは朝日殿、どういう風の吹き回しにござりますか」

御立派の難しい案件の協議と覚悟して入った面々は、部屋に入るなり目を丸くした。

「鯉だ！　身共はこれが大好物でなあ」

乙部に続いて三谷が笑いながら奇声を上げた。

「せっかくの馳走だ。こげなことなら酒を持参するのであった」

「御立派ゆえ酒までは、さあどうぞ。今朝宍道湖から上がったばかりです。江戸では海の魚ばかりで飽きました。ささ、どうぞ」

丹波は人におもねることが嫌いであり下手でもあった。やたらと人を褒め、物を贈ったり接待をする出雲人の気質が肌に合わぬと公言して憚らず、妻の満から「いつまで遠江《とうとうみ》気分ですか。お前様も立派な出雲人、謡曲だけでは出雲文化に置いてきぼりを食らいますよ」そういつも叱られていた。

先に箸を付けることをお互い譲っていたが、長老の塩見に促されて格の高い大橋が箸を付けると、他の五人も手を伸ばした。

着物の袖に手を添え、品よく切り身を醤油に浸し大橋が口に運んだ。

「今が旬ですか、まこと酒があれば言うことなし」

昼酒をも辞さぬという塩見が相好を崩し、大橋が続けた。

「うーん、酒も欲しいが、何かが不足しておりますよのう」

乙部が首を振っている。

「よばれておいて文句を付けるのは非礼であるが、身共も何かが不足しておるように感ずるが……」

丹波が慌てたふりをして言った。

「さよう、この洗いには何かが不足致しておりまする。料理人が付けるのを忘れたようにござります。しからば」

丹波が廊下に向かって大きく二回手を叩いた。

「はーい、只今、只今」

小姓が、盆の上に小皿を載せて走り来て机の上に置いた。

小皿の中には、黄緑色の練り物が見える。

「各々方、大事なものを忘れておりました。これを付けてお食べ下され」

促されて大橋が切り身にその緑色の練り物を付けて恐る恐る口に入れ、他の五人もこれに倣った。

「これだ、これですよ、不足しておったものは」

神谷が大声を上げた。

「まぎれもない、これだ！　これで引き締まった。何と言いましたかなあ、確か、山椒、いや辛子」

「山葵《わさび》、山葵ですよ」

食通の塩見が言い当てた。

「この小さなもので、これほど味が引き締まるとは」

「山葵ですよ、思い出しました、これが身共は好きでしてなー、おお辛い辛い！　鼻がつーんと……」

真面目一本で、めったに料理屋に足を向けぬ大橋が知ったかぶりをした。江戸に広まった醤油がこの地に入ってから日は浅く、刺身の食い方にも慣れていない藩士が多かった。

朝日家老が居ずまいを正し、深々と礼をして口を開いた。

「誠に失礼を致しました。山葵を抜かせたのは身共にござります。実はこれには訳があります。山葵を外したこの洗いが、今我々がやろうとしておる『御立派政治』であります。今の計画に、山葵を添える、すなわち、闕年を加えることによりこの改革はまさに鬼に金棒、強い力を発揮致します。成就致します。すべての責任は身共にあります。殿にも説明したこの改革、なにとぞ当初の計画通り、闕年を加えて実施すること、なにとぞご同意下され」

突然、塩見が立ち上がって手足を左右に大きく広げ、丹波を睨み据えて首を振りながら、歌舞伎役者のように体を揺らせ甲高い声を上げた。

「謀《はか》ったなー丹波～　そちゃー狐か狸か～」

「わっはっは」

「わっはっはっはっ」

たちまち部屋が笑いの渦となった。大橋が右半分笑い顔、左半分真面目顔をして丹波に目を向けた。

「身共は闕年には異存がありまする。朝日殿とは話しておりませぬが、過去この種の先例は、貧窮に苦しむ御家人の保護や、飢饉の村を救うため年貢を免除するといった『徳政令』があるのみです。藩が領民から借りた金を踏み倒すとか、領民間の貸借を無にするといった広範なものはありません」

「それで大橋家老、闕年に反対と言われるのですかな」

先におどけた塩見が、大橋に質した。

「殿にも報告しておられれば、反対という訳ではありませぬが、領民への影響があまりにも大きいゆえ、しっかりと触れをして慎重にやらぬと……」

「慎重にということは、賛成ということですよなあ。朝日殿、そういうことですぞ」

「大橋家老のご意見はもっともにござります。これは藩の財政立て直しと、百姓や町人を救うための特効薬であり、金持ちにとっては劇薬であります。すべては身共の責任として、慎重のうえにも慎重に事を運びます。御家老衆の賛同を賜りましたゆえ、月末にも郡奉行名で触れ書を発し、順次領民に浸透させせましょう」

大橋家老を除き、五人の家老衆が一様に納得した表情をしている。

丹波が廊下に向かって手を二拍した。小姓が盆の上に奉書に包んだ縦長の物体と湯飲み茶わんを乗せて走り来た。

「肴だけ出して飲み物がない、とのお小言を賜りましたゆえこれは薬水にござりますれば一杯ずつ……酒ではありませぬ、薬ゆえ誤解のないように」

丹波が瓶にまいた奉書を外し、栓を抜いて酒を湯飲みに注ぎ、一人一人に手渡した。

「おお、紛れもないこれは薬、身共の苦手なものにござる」

塩見が顔をしかめながら飲み、他の面々もこれに倣った。

「わっはっは。わっはっはっはっは」

十七　立ちすくむ富豪たち

明和四年（一七六七）九月二十八日〜十二月　出雲国全域

九月二十一日着手した御立派の改革は、その日の朝国内のすべての高札場に布告が張り出され、銀札の使用停止、下郡や庄屋の更迭など四項目にわたる改革の骨子が広く領民に示された。

丹波は、近年における下郡など民間役人の横暴、暴走は、これを補助する与頭《くみがしら》、更にはその下で百姓を管理している庄屋にも責任があるとみて、改革断行の槍玉としてこれら役人の人身一新を図り、悪弊を引きずることなく新制度へ移行させせようとした。

まず下郡については改革初日、三之丸御殿に招致して全員の解任を申し渡した。その際、藩が借りている借金の返済を強く迫られるなど、大荒れに荒れたものの、解任は動かない。後任については、軌を一にして各村々に役人を派遣し、あらかじめ人選していた人物を任命した。次に、下郡の補助役である与頭についても清廉な人物を人選し、同日全員の交代を実現した。

さらに、国内四百六十五の庄屋については、郡内に設けられた東組、西組等の組内で一名を留任させたのみで残らず交代させせる徹底ぶりであった。

一方、藩の体制としては、平素下郡を管理する立場の郡奉行についても責任の一端があるとして、三人の郡奉行全員を交代させた。

新しい郡奉行は、「北四郡」篠原彌兵衛、「南四郡」高畑太郎兵衛、「神門受」荒井助市を起用した。

三人はいずれも「光雲塾」の顔ぶれで、本年春「御立派方」に加わり、改革構想づくりに携わった人物である。

最年長の篠原彌兵衛は、島根・秋鹿・意宇・楯縫の「北四郡」の管轄である。役宅は朝日家老屋敷の東側一町の近距離にあった。

歳は三十八歳、相撲で鍛えたがっちりとした体格にして色黒で目鼻立ちのきりっとした、一見丹波を思わせる精悍な顔付きをしていたが、若禿のため後頭部で申し訳程度に髷を結っていた。

九月二十一日の改革初日から一週間が過ぎ、丹波の許に国内各地の奉行所、郡方、地方、札座、木苗方、更には家臣や奥向きからも改革の進捗状況や反響、混乱の実態が報告された。

混乱は、廃止に踏み切った札座と末次や白潟などの両替屋、そして町や村の質屋、料理屋、酒屋、文具屋、呉服屋、風呂屋において顕著で、容易に収まりそうにない。

すなわち藩札の受け取りを拒否する店側と、これを何としても受け取らせようとする客との間でもめ、中には喧嘩沙汰となり、番所が駆け付けていた。

そこで二十八日、丹波は篠原と千助を伴って意宇郡へ視察に出た。

身分がばれぬように丹波と篠原は木綿の着古した羽織、千助は腹掛けに着物の尻はしょり、股旅姿で、風呂敷包を背負っていた。

三人は津田街道を経て竹矢村の意宇川まで来た。十日前に見た時と違い、川のほとりの田圃の稲刈りは三割程度終わり、刈り取った稲がはでい（木と竹で組んだ干し場）に掛けられている。

不思議なことに、十日前に通ったときは稗の実が稲と競争するかのように実っていた、その荒田の雑草がきれいに刈り取られ、田の中に夫婦と思しき男女が、鎌や鍬を手に作業をしていた。

丹波の目くばせで千助が近寄った。

「あんたやち荒地で何しちょなーね」

腰をかがめて作業していた夫婦が道端の千助を見上げた。

「大根を蒔《ま》くところよ。とりあえず稗を退治しておけば、来年から米が作れー」

「ほう、米をねえ、どげな事情だね」

「足軽を辞めさせられたもんで、元の百姓に戻ったんだ」

「それはそれは、慣れぬ百姓、気ー付けて」

解雇された足軽が、早速田んぼに出て働いている。下級武士であった者はさすがに順応が早い。

丹波らは感心しながら西へ向かった。
七、八町戻った八幡地区は、笛や太鼓が鳴り響き人出で賑わっていた。武内神社の祭礼である。
丹波は、ほのかに薫る金木犀《きんもくせい》に秋の深まりを感じつつ、茶店や酒屋の前を通り過ぎ本殿に向かった。その時、酒屋のあたりが急に騒がしくなった。

「札では駄目だ。銭で払ってくれ」

「なんで札では駄目だ。こないだはえかったがね」

「知らぬかや。高札場へ行ってみらっしゃい、九月二十一日から札は使われれん、藩からのお達しだ」

「そげなことは知らぬ、こーで取って釣をくれ」

「駄目ちゅーに分からんか！　さあ、硬貨で払ってくれ」

その声は、宮の横の真新しい一杯飲み屋から聞こえた。

「今日は札しかない、ここに置いていぬるぞ」

「さっき、チャラチャラ音がしておった、巾着を逆さまにしてみろ。あーん、誤魔化すのなら番所へ突き出すぞ！」

「番所だと！　えー仕方ない、くっそー、ここへ置いとくぞ」

なるほど、さすがに商売人だ。札は受け取らなかった。受け取っても硬貨にするためには両替が必要であるが、それには手間と手数料が掛かり、札の価値は大幅に下落していた。

丹波らは神殿の賽銭箱に硬貨を投げ入れ安全祈願をした。賽銭箱から紙幣がのぞいている。紙幣の使用が禁じられた今、賽銭泥棒も紙幣には魅力がないと見える。篠原と千助が感心したように顔を見合わせた。

また酒屋の方から別の騒ぎ声がした。

「お前やつ、こげーん所へ店を出しおって誰の許しを得た」

どすの利いた声だ。この声はどこかで聞いたなー。丹波は人垣をかき分けて神社の横の一杯飲み屋を見た。禿頭のあの男、名前は……。

「へえ、宮司様のお許しを得たと聞いておーます」

「お許しを得たと、証文を見せろ」

「わしは庄屋様から雇われちょるんで、そこんところは」

「庄屋だと？　田部井《ためがい》伝助か、ああ、あいつならええ、わしの子分だ。分かった、直《じか》に話そう」

「あのーどなた様で」

「わしを知らぬか、竹矢の太田原権兵衛だ」

「太田原様？　下郡の、これは失礼を」

「田部井には金を貸せておる、しっかり稼いで利息を付けて返してくれ、わっはっはっは」

――そうか、あの男、十日前に三之丸御殿の橋の間で大騒ぎをしてつまみだされた太田原だ。一体何を企んでおるのだ？

「御家老、太田原は酒屋をやるつもりですよ」

意宇郡を管轄している篠原が言った。

「うーん、そうかもしれぬ。困ったやつだ」

三人は武内神社を後にして「矢田の渡し」のある竹矢村に戻り来た。

「矢田の渡し」は『出雲国風土記』に「朝酌の促戸《せと》の渡《わたり》」と記され、松江の「出雲国庁」側から島根半島側に大橋川を渡る千二百年の歴史を有する渡船場である。この周辺一帯は古墳の宝庫で、その昔出雲国庁、矢田の渡し、千酌、隠岐ノ島を結ぶ官道があったとも伝わる。

「御家老、こげなところに造作中の小屋がありますよ、もしかしたら酒屋か、茶屋では？」

千助が、船着き場の脇の小屋を目ざとく見つけた。

「うーん、管轄の郡奉行として、これらを如何《いか》にすべきかしっかり考えてみます」

酒屋は減らし茶屋は止める、というのが御立派政治の方針である。

丹波は、白潟天満宮前の勢溜広場に戻り来て驚いた。十日前にあった茶屋がなくなっているのだ。千助が隣の酒屋の親父に問うた。

「藩のお触れで、茶屋は店を閉めることとされたため畳んだと聞いちょます」

丹波は、真面目そうな夫婦の顔を思い出し胸がうずいた。

付近を検索していた篠原がすっとんきょうな声を上げた。

「やられた、御家老、やられました」

篠原の声で千助が走って行った。篠原の手には、無残にも叩き壊された高札板が握られていた。檜の板は板目に沿って三つに割れているのだ。石で叩いた跡が歴然と残っている。

「そーは三日前、酒酔いが壊しました。何でも、質屋へ藩札をもって行ったところ相手にされず、大事な女房の着物を流してしまったと」

――藩札の使用禁止の影響は相当大きいようだ。闕年を徹底してやらねば。

丹波は二人を促し急ぎ足で帰途に就いた。


〝闕年を外したらこの改革は山葵を欠いた鯉の洗いにほかならぬ〟、丹波にしては珍しく技巧を用いた説得工作がかろうじて功を奏し、闕年の導入の布告は九日遅れで発令することとなった。

家老衆の合意を取り付けたその日から、御立派方を総動員して触れ書、高札板、瓦版を作成し、二十九日から城下、隠岐、出雲国郡方《こおりかた》、地方《じかた》で一斉に張り出させ、説明を始めたのである。

新規に任命され「北四郡」を管轄する篠原は、九月二十九日午後、城下、殿町の役宅《やくたく》（特定の役目に当たる者が住む官舎）を寄り合いの場として、初仕事に打って出た。

この席には、その反応を見るため、丹波、そして千助も同席した。

役宅の上十畳の間には、島根、秋鹿、意宇、楯縫の新旧の下郡八人が勢揃いし、その中には、昨日武内神社で騒いでいた太田原権兵衛の顔もあった。

篠原の進行により居ずまいを正したところで、丹波が口を開いた。

「九月二十一日を期して御立派の改革に着手した。この改革の中身は告示などで承知しておる通りである。徐々に民に浸透してきておるが混乱も起きておる。本日は改革第二弾として『闕年《けつねん》』の導入について評議する。これはすべての民の生活に甚大な影響を及ぼすゆえ、十分腹入りし、速やかに管轄の住民に周知願いたい」

ここで奉行の手伝い人が、出席者へ次の説明文を配布した。

此の度格別の御立派に就いて左の箇条の分、当所務にて引方に相立つべき物残らず、此の度御返弁闕年議定の事に候

十年義田　種振替利三口

当一作引御借入　新田免許地

田畑年貢繰越上　　　出納永証文高引
居家屋敷御免地町地銭共調達高引類
別石高引類　　　高割面割
古借年賦類　　　酒屋売付米
頭立侯者現米出
右の外何等に限らず、当所務の引方並びに御返弁に相当つべき物、すべて闕年。右の通り御片付については、下々の相対貸借も取遣侯ては、小身の者の難儀にも相成るべく侯条、是又取遣闕年たるべき旨申渡し侯様、郡奉行中へ申談すべく侯、右の通仰せ渡され侯間、此段御申し渡しこれあるべく侯、以上
九月二十九日　　　　御用所
郡奉行中　　　　　篠原彌兵衛

場が俄かに騒がしくなった。篠原が面々の顔を見渡し口を切った。

「要するに国内の貸借関係をすべて解消する、平たく言えば〝なかったことにする〟という思い切った取り決めです。何ゆえこのようなことをやるのかであるが、近年、金持ちにはどんどん金が集まるが貧しい者はより貧しくなる、という富の不均衡が顕著となっておる。この度の改革で藩士を解雇したり藩札を止めたりした影響で、貧乏な者がより難儀をするのは目に見えておる。そこで、これまでの借金をすべて帳消しにしよう、このことで民を救おうとするものである。不

明な点はどんどん質問して下され」

　隣同士でこそこそ話していたが、島根の三津五郎が手を挙げた。

「先日、下郡を辞めさせられた三津五郎です。領民への伝達と言われましたが、身分のない儂は関係あーませんよね。新しい人がやれば」

「建前はそうなりますが手助けしてやって下さい」

「此の度、太田原様の後任として指名されました意宇の伝助です。儂は屋敷の隅で小間物の商売をしておりますが、この売掛金はどげになーますか」

「文書に書いてある十二項目以外は、双方の話し合いとなります。いろんな事例が出てくるでしょうが、まとめて文書で御用所へ窺って下さい。按排《あんばい》をして返事を致します」

　篠原は、前任が「破損方奉行」であっただけに質問の捌きが巧であった。

「意宇の太田原です。儂は天守閣の修理だ、大社さんの普請だ、比叡の山門修理だと、都度藩に金を要求され、その総額は百三十両にも上っておーますが、あの金は一体どげーになーますか」

「十二項目には当たりませんが、後段の文言で『右の外何等に限らず云々』と書かれており闕年の対象となります」

「ということは……まさか返さぬということ？」

「そうです、闕年、すなわち帳消しということです」

「じょ、じょ、冗談を言わんでごしない！」

「はっきり言っておきます、冗談ではありません」

「ば、ば、馬鹿な！　恩を仇で返すだかや！」

「太田原さん、この闕年は、藩を立て直し領民を助けるためです。お腹立ちは分かりますが……」

「分かるのなら例外にしてよ！　藩が立ち直ったらこれは返すと！」

「それは出来ません。例外はありません」

「要は藩の借金を踏み倒す、〝ちゃらにする〟そーが目的だーが、民を助けるだと、この大嘘つきが、誰がこげーんもの作った、誰が作った！」

太田原はこめかみに青筋を立て、紙を鷲掴みにし激しく詰め寄った。

――ぱん、ぱん
見かねた丹波が座卓を叩いた。

「身共が作った。それが如何した」

「うっ、朝日家老、頼むときばっかー、例外にしてごしない、例外に！」

「ならぬ！　なら問うが、その百三十両、お主、いかにして稼いだ！」

太田原家はもともと中規模の地主であったが、武内神社に近接して所有していた土地をやくざに貸せたことから悪運が付き、祭礼における露店の地割りや相撲興行などで財を成した。近年は高利貸しや空の藩札発行で商品を売買するなど、札付きの奸商《かんしょう》であった。

「稼いだから藩に貸せることができた。それを返さぬとは、泥棒と同じだがの！」

憎々しげに言い放ち丹波を睨んでいた太田原が立ち上がった。そして小声で「月夜の晩ばかりではないぞ！」と呟き、背を向けてすたすたと玄関から出て行った。太田原の去った後の座は、急に静かになった。

「秋鹿の義兵衛です。証文があっても闕年となりますか。違反して強引に取り立てた場合、どのようになりましょう?」

「良い質問です。いかに固い証文があっても十二項目については闕年となります。これに違反して取り立てれば厳しく罰します」

この後、規定の効力はいつ開始するのか、質屋の契約は対象か、地主と小作人の間の契約で土地を担保にしている場合は闕年対象か、などの質問が続いたが、日が傾いたことから散会した。

参加者は一様に重苦しい表情で三々五々帰途についた。

一旦門を出た義兵衛が、一時過ぎに屋敷に戻り来て、千助の袖を引いた。千助が下駄をひっかけて庭に出ると笑顔で言った。

「屋敷国右衛門一家が来年春、我が家の離れに家移りします。御家老のお陰です。今、百姓を手伝ってくれております。それと、玄関先でこのようなものを拾いました」

それは折りたたんだ紙切れであった。

武内神社	酒　茶	田部井	勇　太
馬潟船着き場	酒	落合	権之助
矢田の渡し	酒　茶	落合	時兵衛
朝酌	茶	落合	与倉の小作人

千助はじっと紙を見ていたが、やがてニタッと笑った。

十八　丹波は死なず

明和四年（一七六七）十一月〜十二月　江戸—松江

明和四年十一月二十三日、宗衍は江戸城に登城し幕府に致仕の意向を表明し、後任を次男治好としてこの許しを請うた。幕府は二十七日、これを許す旨の決定を下し、宗衍はここに三十六年間に及ぶ国主時代に幕を閉じたのだ。

松江藩七代藩主治好の襲封の式典は十二月一日、江戸城白書院において松江藩六家老の出席の下、賑々しく催された。

時あたかも国元では、御立派の改革が始まったところであり、有澤、神谷、塩見、三谷の各家老は、改革の始まりをその目で確かめた後、「新しい殿への良き土産話が出来た」と心を弾ませて江戸入りしたのである。

一世一代の晴れ舞台を遂げた治好は、十代将軍家治へ襲封を報告し、家治の一字を賜り名を「治郷《はるさと》」出羽守と改め、ここに松江藩の新しい担い手として華々しい一歩を踏み出した。時に治郷十七歳であった。

御立派の改革が発足して丸三か月、松江藩領内の町、村、浦の隅々に至るまで改革の嵐が吹き荒れ、上から下まで大混乱に陥っていた。

義田方や札座の廃止を始めとした組織再編による藩内の混乱、藩士をやめさせられ収入の道や住む家を失った下級藩士の困惑、下郡や与頭、庄屋を交代させられ役得を失った顔役の悲鳴、更には闕年による借金の解消と抵抗勢力の争いなど、収拾の目途は付きそうもない。

あまねく騒ぎとなったのは藩札の使用停止である。どこの店でも機敏に反応し、札による買い物は一切受け付けぬこととした。末次や白潟の店先では硬貨不足により商品の流通が鈍り、掛け売りを拒んだ店では商品があふれた。

当然のことながら、日頃からコツコツと金を貯め、かさばる硬貨を嫌い藩札を蓄えていた商人や旦那衆は青くなって両替屋へ殺到した。だが両替相場は大下落している。平素威張っている金持ちは札を持っていても価値がないため、大損を覚悟で泣く泣く硬貨に替えた。

最も打撃の大きかったのは豪農や豪商であった。藩に貸している何百両もの金は闕年によりすべて帳消しにされたのに反し、藩から借りている金については厳しく取り立てられたのだ。

更に新田や義田制度の破棄により農地が無償で没収されたのに対し、小作人などに貸している金はことごとく解消させられ、担保となっている農地は無償で返還を余儀なくされた。

富裕なものが大損をするということは貧しい者が救われるということである。まず、地主から農地を無償で返還された小作人は大喜びした。いかように固い証文を持っていても取り立ては罰則をもってこれを禁止したのであるから。また、富裕層からの借金、商店や飲食店などの売掛金、質屋からの借金についても闕年の制度の枠内にあり、掛け合うことでこれを帳消しにすることも出来た。

次に、商いの抑制方針から閉店を言い渡された商店や辻の酒屋、茶屋などはせっかく造作した店が使えず、使用人も解雇を余儀なくさせられた。散々な目に遭った親方連中の怒りは容易に収まらなかった。

すべては藩のため、お上のすることはご無理ごもっともと日頃は開けて通す出雲人も、金が絡むとなると話は別だ。巷の争いで決着が付かぬと気付くと、やがて矛先は藩に向いてきた。

十一月には国内十郡の新下郡の名で、闕年によって踏み倒された巨万の債権の代償を文書で要求し、藩から無視されるや、豪農、豪商などの署名入りで、闕年中止の嘆願書を提出した。

丹波ら「御立派」の上層部には、このような事態は織り込み済みで「藩を立て直し、貧農や貧民を助けるためだ、そのうち静かになるよ」慌てるそぶりも見せず、これを黙殺した。

丹波は、改革着手以来しばらく止めていた寺町妙光寺における光雲塾を、十二月二十四日に再開した。

久々の塾を終え、淡い月の光を背に、丹波、千助、義兵衛、竜太郎の四人は連れ立って大橋を渡った。風が騒ぎ、いつになく水音がする。丹波親子は、義兵衛、富村と別れて京店本町の路地を西進し、右折して京橋へ差し掛からんとした、その時であった。丹波の前を歩いていた千助目掛けて、物陰からいきなり丸木が振り降ろされた。

——ビシッ！

千助は長身をのけぞらしてかろうじてこれを躱《かわ》したがもんどりうって倒れ、そこへ第二打が打ち下ろされた。

「この野郎！」

倒れながら引き寄せた刀の鍔《つば》でこれを受けた千助は、右足で思いきり男の腹部を蹴り上げた。男はこの反撃をもろに受け、丸太を落としてよろめきながら橋の欄干まで飛ばされた。ひるんだすきに飛び起きて刀を抜き身構えた千助に、黒覆面の男五人が目に入った。腰付からいずれも侍ではない。

この夜の丹波は丸腰であり、男が落とした丸太を拾い千助の背後で身構えた。

「死ね！」

匕首《あいくち》を身構えた男二人が同時に左右から千助めがけて突進した。瞬間千助の刀がひらめき、右から襲った男の肩口に鈍い音がし、返す刀で左の男の腰をしたたかに打ち据えた。二人の男は千助の前を大きく交差し、うち一人は橋の欄干を越え水音高く堀へ転落した。

なおも向かってくる男らを横目に、千助は身構えながら左手の指を口に当て、「ピー、ピー」と鋭く笛を吹いた。

——バタバタバタ
笛を合図に、橋の向こうから七、八人の男が駆けてきた。警杖や十手を手にした屈強の男達である。

「五人組だ、一人は水の中だ」

「任せて下され」

御立派隊吉山隊長の合図で前後左右から男たちを取り囲み、瞬く間に取り押さえその場で五人に縄を掛けた。

丁度そのころ、朝日家老屋敷では二人組が不法侵入で身柄を拘束されていた。いずれも火打石と燃え易い木屑などを隠し持っており、付け火を目的とした侵入と判明した。


時を遡ること十二月二十二日、丹波の屋敷に、かつて光雲塾に学んだ屋敷国右衛門が訪れた。ひどく弱り切った様子で、門番が応対したが要領を得ず、偶々屋敷にいた千助が対面し事の重大さを知った。

屋敷は足軽を解雇された後も雑賀の長屋に留まり、秋鹿の下郡、義兵衛の百姓の手伝人として通っていた。屋敷の悩みの種は、妻の弟、時兵衛の身持ちの悪さであった。

時兵衛は竹矢《ちくや》で僅かばかりの農地を耕し、父母と妹と暮らしていたが、人が良いことから悪に染まりやすく、父の死後博打にはまり、松江、美保関、米子と賭場を巡って遊び惚《ほう》けていた。借金のかさんだ時兵衛は、農地を担保に庄屋から金を借りるようになり、借金が返せず農地は没収され、庄屋の言いなりの日々に陥るところとなった。この頃家にも寄り付かず、意宇郡竹矢村の辻に出来た酒屋の店番をしているという。妻から泣きつかれた屋敷が竹矢村の酒屋を訪れて驚いた。時兵衛は目つきが悪くなり、派手な着物を着、匕首《あいくち》も所持していたのだ。尋常でない様子に驚いた屋敷が厳しく問い詰めたところ、元来、お人よしの時兵衛は、ポツリポツリと話し始めた。

「おらは、庄屋様から『酒屋を手伝えばしっかり給金をやる』と言われ此処に来て店番をしている。だが二か月も働いたが給金を貰えず、管理人の落合様に問うたところ『ある大悪人を襲う。それを果たしたら十両やる』と言われた。相手は極悪人であり、五人で襲うということでやむなく引き受けた。始めのうちは襲う相手が誰か分からなかったが、相手の屋敷や武器などの隠し場所の下見をしていて朝日家老であると分かった。朝日家老は、貧乏人の味方であると人づてに聞いていたこともあり、大悪人というのは作り話であろうと気付き『この仕事から抜けさせてほしい』と頼んだ。だが許してもらえぬばかりか『襲うのが嫌なら付け火をしろ、秘密を知った以上抜けさせる訳にはいかぬ』と脅され参っている。襲うのは明後日の晩だ」

　重大な計画を知った国右衛門は、居ても立ってもおれず朝日家老の屋敷を訪ねたのだ。


　話を聞いた千助は驚愕し、父の丹波に報告した。丹波は時兵衛の裏に大きな勢力が動いているとみて、御立派隊長の吉山長大夫と策を練るように指示した。隊長と相談した千助は、翌二十三日、密かに時兵衛に会ったのである。

「おらをここで働くように指図したのは竹矢の庄屋の太田原様だ。その人に雇われている落合という太った人から朝日家老を襲う話は持ち掛けられた。屋敷に火を付けるのは別の仲間だ。これを区切りにまっとうな人間になる」

　涙ながらに語ったのだ。

千助と吉山隊長と轟が相談し、襲撃を止めさせるのではとかげのしっぽ切りとなる、根こそぎ捕まえるために、やや危険ではあるが襲撃をさせこれを現場で押さえよう、かような差配の下に二十四日の夜の捕物となった。

当夜、現場周辺で見張っていた落合は、隊員の追求に所持品を捨てて逃げようとし、それが火付けの道具であったところから身柄を拘束された。更に、二十五日未明から昼にかけて竹矢村の酒屋、落合や太田原の自宅などが家探しされ、武器や計画書など多数が押さえられるとともに、時を移さず太田原を番所に連行した。太田原は当初、「元藩士、落合の単独犯行である」と主張したが、落合と対決させた結果全面自供となり、その場で身柄を拘束された。更に、二人の取り調べから、大原の与倉も太田原の犯行の片棒を担いで、配下の農民を刺客として松江に送り込んでいたことが判明し、身柄の拘束となった。太田原も与倉も、御立派の改革により、高額な貸付金を回収不能にされた挙句藩札を無効にされ、更に酒屋や茶屋を廃業に追い込まれたことによる恨みの犯行であった。

この事件は瓦版《かわらばん》などで瞬く間に近郷近在に伝わり、巷に流れていた〝藩を襲う〟という別の一揆の計画も消し飛び、御立派の改革は一気に加速していった。

当然のことながら、時兵衛が借金の担保として太田原に押さえられていた田地も、闕年の適用により時兵衛の元へ戻されることとなった。

真人間に戻ることを義父の屋敷に約束した時兵衛は、家族に詫び、心を入れ替えて親孝行をし年を越したのである。

十九　若殿の出番

明和四年（一七六七）〜七年（一七七〇）　江戸藩邸・松江・三之丸御殿

「治郷、藩主として政《まつりごと》を行う上で大事なことを五つ挙げてみよ」

「はい、まず、参勤交代を始めとした幕府の務めを果たすこと、家臣を信じ、激励して仕事を任せ成果について賞揚すること、世情を見極め、藩に新しい政策を取り入れ、経済の発展を図って国を富ましめること、諸事、家老などに相談して独断専行せず、家臣は分け隔てなく扱う、それと……」

十七歳で松江藩七代藩主を襲封した治郷は、爾来三年間、父宗衍から厳しい藩主教育を施された。

「大分分かってきたようじゃな。国元の政の差配は家老に任せなさい。藩主は一年おきに国に滞在するのであり、多少気に入らぬことがあっても我慢せねばな」

「御意にございます」

「丹波に任せて進めておる藩政の改革については、一定の成果が出るまで国入りせず静観することだ。当面、商を抑制し農を中心に据えておるが、木綿や蝋燭製造、鉄の商品化などの殖産興業は大事だぞ」

致仕したとはいえ宗衍は三十八歳の男盛りである。延享の改革で己が始めた殖産興業の成功については熱い思いを持ち続けていた。

「身共も左様に思います。大坂の蔵元から借りておる五十万両、これは米で返すのであるから米作りは大事、が、それだけでは国は豊かになりませぬ、殖産興業こそこれから先は大事と」

治郷は襲封の前年お国入りを果たし、丹波の案内で国内巡視を体験していたから飲み込みは早かった。

「父上、民との交わり方は如何でありましょう?」

「そこは大事である。治郷はどう思う」

「民を力で抑え込まず、適度な楽しみも与えて、そのもてる力を引き出すべく意を用いたいと存じます」

「うん、それが良かろう。人は抑えつけてばかりでは委縮する。ところで、茶の湯であるが……」

治郷が一心に打ち込んでいる茶道については、二人の意見に大きな隔たりがあった。

「侍講の濤水からも指摘されておる如く、茶道は藩主にとって不可欠なものではない。治郷の熱中癖を考えたとき心配でならぬ。よって深入りせぬうちに止めることを申し付けたい」

「父上、それはおかしい、藩主とて慰みの一つぐらいはもっておらねば人間が小さくなりまする。茶道には金も掛かりませぬ」

「金が掛からぬ？　茶器集めで身代を潰しておる大名が方々におるぞ」

「身共は茶器集めなど致しませぬ。茶の湯は家康が用いた如く政道に役立ちます。身共は茶の湯にのぼせて政治に支障をきたすような阿呆ではありませぬ。父上のように、酒色に溺れるよりはるかにまし」

宗衍は痛いところを突かれ二の句が継げなかった。不承不承、治郷の茶道を容認するところとなった。

かようにして治郷は、父から藩主としての心構えと実務の要諦を学ぶとともに、己の歩むべき私生活についても、一定の方向を定めた。

茶道について、父の異論を抑えて合意を取り付けた治郷は、明和五年（一七六八）、幕府の茶道師範石州流の半寸庵三代伊佐《いさ》幸琢《こうたく》に入門して正式にその研鑽に踏み出した。

また、この過程で「茶禅一味」（茶道の本意は禅の道に依存する）を認識し、明和六年、麻布仏陀山天真寺九世大巓宗碩《だいてんそうせき》和尚に入門し禅の修行に励むとともに、知足と悟道（分相応を悟ること）を求めた。

これより遡ること五年、治郷は藩邸を抜け出し、品川の東海寺を訪ね無学宗衍和尚と交流を持つこととなった。あるとき治郷は、自身の号について自ら「宗納」や「未央庵」を考案し、これを和尚に示し「和尚から授かったことにして堅紙に染筆して下さい」と頼み込んだ。和尚は笑いながら染筆した。「宗納」の号は晩年まで用いたのだ。

幼少のころから屋敷の外に出ることを好んだ治郷は、毎月一日と十五日の登城日を始め、機会をとらえて頻繁に幕府や近隣の大名の屋敷に足を運んだ。幕府に赴くときは側近の数を少なくし、城内の配置や機構、仕事の流れやしきたりなどを会得するとともに、役人の顔を知り親しく言葉を交わせる相手も出来た。

このように江戸での三年間は、青年治郷にとって、藩主としての能力を涵養する一方、誰からも束縛されることなく茶の湯と禅の道に励み、「茶禅一味《さぜんいちみ》」を追求する極めて充実の時期となったのである。

明和六年十月二十一日、いよいよ明日松江に出立するというその前日、治郷は青山の中屋敷に生母「歌木」を訪ねた。

「母上、いよいよ明日出立にござります。実は今日は、母上に贈り物をしたくて参上致しました」

「えっ、贈り物？　何でしょう」

「母上、目をつぶって手を出して……何だか、分かりますか？」

歌木は、手の平に載せられた物体を手探りしていたが、大きな声を上げた。

「櫛？　櫛よね！　まあ、嬉しい……」

治郷が物心ついた頃から、母が髪をとかしている櫛がこの頃使い古され、歯の先がちび、手元にひび割れのあることを気にしていた。そして密かに金を貯め櫛を作らせた。新調したのは、茶褐色にして黄色の斑点のある鼈甲《べっこう》の櫛であった。

「まあ、美しい、かように見事なものを……」

母は嬉しそうな笑顔で櫛を手にしていたが、やがて頬に大粒の涙を流し、声を上げて泣いた。

「は、治郷……」

母は治郷の肩を抱いて引き寄せ、己が胸に抱いた。治郷の顔にも母の涙が落ち胸に熱いものが込み上げた。だが治郷は歯を食いしばり、ぐっと涙をこらえた。

――予がやんちゃをし、周りを困らせる度に脇坂が言っていた。「若殿様、お母上のお気持ちを忘れてはいけませぬよ。産後間もない身重の中で、毎晩のように水ごりをし神様に祈られました。六歳の冬、重い天然痘で死にそうになられた時もそうでした。そろそろお母上を安心させて差し上げねば……」予は、その時ばかりは神妙になったものだ。

「あら、和歌が……涙でかすむゆえ、詠んで下され」

その櫛の握りの表と裏には、治郷が詠んだ和歌が直筆で認《したた》めてあった。

星ひとつ　見つけたる夜のうれしさは
月にもまさる　五月雨《さみだれ》のそら
「細やかな心遣い嬉しく思います。門出に当たり、私からの餞《はなむけ》も受けて下さりませぬか」

「……はい、母上、いかような餞でありましょう」

「一つ、腹が立った時は大きく息を吸い込み、心を落ち着け、相手の身になって考えなさい。持って生まれた癇癪《かんしゃく》癖は、大人になったからとて簡単に治るものではありませぬゆえ。

二つ、民から愛されることです。家臣も大事であるが、それ以上に民を愛し愛されることです。方言の一つも覚えて土地に溶け込みなさい。……これが私からの餞です」

出発前日母に孝行し、母から心のこもった送辞を戴いた治郷は、翌十月二十二日、意気揚々と出雲の国へ旅立ったのである。

御立派の改革が始まって一年半が過ぎた明和六年の三月、城下で大規模な米騒動が発生した。藩札の流通停止、街道筋での酒屋や茶屋の禁止、闕年に反発した豪農豪商による貸し付け拒否、このような情勢の中で、藩が発出した政治的な米価引き上げに対する民の反発であった。結束した民が、白潟や末次などの町々において、米価の値下げを求めて蓆旗を立てて連日騒動を起こした。藩はこの騒ぎに躊躇することなく部隊を出動させた。町奉行の松林弥左衛門は槍の鞘《さや》を外し、同心を先に立てて突き進んだから、いきり立った民もさすがに恐れをなして四散し、反対運動は急速に萎《しぼ》むこととなった。

藩はこれにひるむことなく御立派の第三弾として、年貢増強、鉄穴《かんな》流しの抑制、更に国土整備に着手した。

藩収入の大半を占める年貢については、近年、斐伊川河口や大橋川下流域の沼地、更には山間部において新田開発が盛んであったものの、測量がなされていなかった。これに着目して新たに検地を行い、年貢高の増強を図った。

また、砂鉄の採取については、鉄穴流しによる下流域への土砂の流出が斐伊川の度重なる氾濫を招いたところから、仁多郡における鉄穴二百か所を、三分の一の六十か所に制限する厳しい規制を敷いた。

改革による混乱は相変わらず続いていたが、十一月十三日、治郷は国主として初の入国を果たした。江戸から有澤家老、中老の脇坂、赤木なども同行し、安来には当職（藩の中で財政や地方を取り仕切る責任者）の朝日丹波が出迎えた。

武内神社の前で駕籠から馬に乗り換えた治郷は、馬上から四囲を見わたし、松江の空気を腹一杯に吸い込んだ。

まるで治郷を歓迎したかのようなうららかな小春日和に胸を弾ませ、津田街道の松並木を抜け天神川を渡り、やがて大橋を目前にした。橋のたもとの東西に広がる柳土手には千人を超す民が、今や遅しと待ちわびていた。

「おお、有難う！　待っていてくれて！」

思わず感嘆の独り言が出た。

正面の小高い森を仰げば、頂上には我が千鳥城が凛と立ち、西に目を転ずると満々と水をたたえた宍道湖に嫁が島が浮かび、湖面には水鳥が優雅に遊んでいる。

東を仰ぐと遥か彼方に富士の如き大山がそびえ、目を手前に移すと大川の船着き場には十数艘もの運搬船があわただしく荷の積み降ろしをしている。

「いよいよだ。今に見ておれ、予はこの国を日本一の豊かな国にしてみせるぞ！」

みなぎるような昂《たか》ぶりと喜びを隠しきれず治郷の頬は緩み、顔いっぱいに笑みが広がった。

「おっ、殿が笑われた」

「見たか、見たぞ」

「こっちを見ておられる」

橋のたもとの人波が大きく揺れ動き、歓呼の声が沸き立った。

「下にー下に」

「下にー下に」

行列はしずしずと大橋を渡り、いよいよ城下の中心地に分け入った。

丹波による藩政改革は、折に触れて大名飛脚により江戸へ報告され、順調に推移していることは承知していたが、二年ぶりに再会した丹波の顔にはさすがに疲労の色が漂っていた。

丹波は昨年の五月、改革の報告に合わせて「病気悪化につき御後見並びに仕置役共に辞したく候」との訴えを上申した。だが治郷はこれを押し止めた。

「顔色が優れぬようだが、その後具合は如何かな」

「はい、去年の春よりは回復し、どうにかこうにか役目を果たしております」

「そちが采配しておるゆえ大仕事が進んでおる。身体をいとい、無理をせず藩の立て直しを進め、なんとしても成就させてくれ。余人をもって替え難い大仕事だ」

「有難きお言葉、丹波、殿のお顔を拝見し元気がでました」

「はっはっはっ。予の襲封のしるしといっては何だが、そちに一字取らせよう。『茂保』を改め、『朝日丹波郷保《さとやす》』で如何かな」

「『郷保』にございますか。ははー、有難き幸せに存じます」

「それと二年前、父が致仕を決意された折強く仰せられた家臣の禄のことだ。改革のさ中にこのようなことを申すのは憚《はばか》られるが、どうであろう。事情が許せば、この際旧に復したいのだが？」

「丹波、二年前、殿とお約束いたしてござりますゆえ心いたしております。入国の土産として、近く執り行います式典の場で、殿のお口からじかにご披露賜りますれば、家臣も喜びましょう」

治郷は満足し大きく頷いた。

月が変わった十二月四日、大広間に幹部二百余人を集合させた藩主の訓示の場で、治郷は「結束して藩政改革を推し進めよう」と訓示し、合わせて家臣の禄を旧に復し、従来、冬と春の年二回渡しであった支給制度を「月渡し」と改めた。また、当職として病を押して精励している朝日丹波茂保に、藩主「治郷」の名から一字授けて「朝日丹波郷保」と改称することも宣した。


明和七年、藩の新春の行事が終わり、治郷は丹波による改革が順調に推移していることを見定めると、十月末から封印していた茶の湯の勉学を再開した。

江戸から持参した茶の古典『南方録』や『石州三百箇条』を座右に置き、自室に閉じこもって朝から読みあさるとともに、好天には、三年前初入国した折指導を受けた正井道有に世話をさせ、家老屋敷の庭に茶室を有している大橋家、有澤家などを訪れ、実地の研修をした。

殊に大橋家には、桃山時代、千利休が用いていた「八窓の茶室」が移築されており、治郷はことのほかこの茶室に興味を持った。

三月になり暖かくなると治郷の動きは本格化した。道有や家老に声を掛け、城下の古刹で茶の湯の盛んな普門院や、三代藩主綱近の頃に起こした楽山窯などをも訪ねるようになった。

三之丸は、ここ数年藩政改革の拠点としてごった返しており、茶をゆっくり嗜むような余裕はなかったものの、殿の要求には従わねばならず、側近は都度東奔西走させられた。殊に治郷は、思い立ったなら我慢のできぬ性分であったから、今日のことを朝になって所望し、慌てふためく側近との間で軋轢が生じた。始めのころは笑っていた家老連中も、やがて「困ったものだ」と眉を顰《ひそ》めるようになり、三谷家老は思案の挙句、ある日、丹波に相談を持ち掛けた。

「御家老、殿には、藩政改革で家臣が苦労しておることがお分かりになられぬと見えますなあ。毎日茶の湯ですぞ」

「いや、殿は何でも分かっておられる。早く城下を知り、人も知りたいゆえ、茶の湯を使っておられるのだ」

「それならよいが、茶の湯に呑まれてしまわれぬかと心配だ」

「後しばらくすれば国内巡視だ。それまでは黙って見守ろう」

国内巡視は、宍道湖に童が遊び、山百合が香りを放つ四月二十一日出発と決定した。

——折角の国内巡視だ。三年前はまだ子供で、茶の湯がなにかも知らずそこまで頭も回らなかった。今度はしっかりこの目と耳で摑むとしよう。

治郷は出発に先立ち側近に、巡視先で茶の湯と関わりのある名刹や神社、素封家の屋敷の所在地やその現状を調べさせた。

三谷家老の心配をよそに、茶の湯の下準備を整えた治郷の国内巡視が始まった。家老朝日丹波、中老脇坂十郎兵衛以下錚々《そうそう》たる家臣を従え、駕籠は湖岸を秋鹿から平田に巡り、素封家儀満屋覚三郎家に至り、まず一泊した。

翌日は昼四ツ（十時）宿を発ち、武志《たけし》の茶屋にて休憩をした。特別なしつらえの煌《きら》びやかな茶席で、亭主の点《た》てた茶を家老連中と嗜むだけの短い茶席であったが、治郷にとっては国内巡視初の茶の湯であり、感慨深いものがあった。

「このあたりでは、茶の湯はどの程度嗜《たしな》まれておる」

「はい、もともとは百姓、町人はご法度でありましたが、このごろは地主や商人、それに僧侶なども嗜んでおります」

「そちの師匠は誰か」

「石州流の湖側庵宗及先生にござります。門下生は十人もおり、七日に一度御指南いただいております」

「それはそれは、いずれゆっくり話が聞きたいものだ。この道は奥が深いゆえせいぜい励めよ」

「有難きお言葉、幸せに存じます」

——流石《さすが》に出雲大社を擁する土地だ、それにしても、百姓や商人も嗜んでおるということは四年前より暮らし向きが良くなったということか？　父上への土産話が出来た。

翌、二十三日は出雲大社を訪れた。神殿の鰐口《わにぐち》が高らかに打ち鳴らされ、これを合図に北島、千家両国造《こくぞう》に導かれ、治郷は神殿上段に着座し、厳かなうちに参社の式が執り行われた。

式典を終え玉砂利を踏みしめ駕籠に向かっていた治郷は、香《かぐわ》しい香りに魅せられ、ふと足を止めた。

その香りは公を一目見ようと集まった群衆のあたりから漂ってきた。

治郷は、酒は少量で事足りた。一、二杯で陶然として酔い、多くを求めなかった。一方、煙草は好きで行く先々に煙草盆を備えさせていた。また、食べ物は無類の蕎麦好きであった。

治郷の嫌いなものは、朝寝、怠け者、蜘蛛であった。早起きをして汗水たらして働く者を愛し、横着な怠け者や、口先で誤魔化そうとする輩《やから》を嫌った。

「十郎兵衛、あの煙草を吸っておる者をここへ来させよ」

「殿、それはなりませぬ。まず身共が当たりますが何を調べましょうか?」

「あの煙草、なかなか良い香りがしておる、どこで作ったものか? それと、予にも一服吸わせてもらえぬか、それを頼んでくれ」

ひと時して脇坂が煙草を貰い受け戻ってきた。治郷は早速それを煙管《きせる》に詰め、急いで火を付け大きく吸い込んで、目を丸くした。

「美味い、このような美味い煙草は初めてじゃ、どこで手に入れたものだ」

「持ち主は飯石郡の山郷、中野村の百姓、白根彦三郎でありました。中野では暫く前から耕作しておるようにござります」

「分かった。しっかり褒美をやれ。早速その煙草を取り寄せてくれ」

治郷が好んだ煙草は、飯石郡中野村の生産によるもので、この煙草の伝来には、「白根彦右衛門、お長」の涙ぐましい物語があった。

宝永二年（一七〇五）、お長夫婦は一生に一度のお伊勢参りの旅に出、帰り道、伊勢の茶屋で休憩した。縁側に腰かけた男が妙なものを口にくわえ、プカリプカリと口や鼻から煙を出し気持ちよさそうにしているのを見た。

不思議に思ったお長が男に尋ねた。

「そーはいったい何ですか」

「煙草というもんだ。草の葉だ。よその国から伝わったものだ」

こうして、出雲の国では見たこともない煙草の存在を知ったお長は、病気の亭主に吸わせようと、作っている土地を探しそれらしい畑を見つけた。お長は畑の持ち主の家に行き頼んだ。

「煙草の種をちょんぼし分けてもらえませんか」

「だめだ！　他国持ち出し禁止だ。厳しい掟がある」

「絶対に見つからぬようにしますけん。病気の主人に一口吸わせてやりたいのです。頼んます。頼んます」

何度も熱心に頼んだところ、心を打たれた主人は僅かばかりの種をお長にくれた。

お長は種を紙に包み、コヨリのようにして履き替え用の草鞋《わらじ》の中にねじ込み、厳しい関所の荷物検査を潜り抜け、無事中野の里へ持ち帰った。

春になって、伊勢で聞いたとおり種を蒔き、苦心の末何本かの葉たばこを育てた。そして何年もかけて種を増やし、近所に分け与えて耕作したところ、中野の里は数年後に葉煙草の産地となった。

お長が危険を冒して持ち帰った中野の煙草は、やがて松江藩からも保護されるところとなった。治郷は国内巡視でその味の良さを知り、爾来、藩主として滞在中は中野の煙草を愛し続けた。

翌二十四日は神西湖の引き網漁を見物して、夜は今市の今市別館に宿泊し、地区の名士たちから茶の湯や酒等により歓待された。

明けて二十五日は三刀屋を経由し、山越しにより吉田村の鉄山に至りこれを視察し、夜は富豪田部長右衛門家に臨んだ。

田部家は、この地に鉄穴流しによる製鉄を根付かせた代々の鉄山師で、長右衛門は、茶の湯はもとより書画骨董などへの造詣が深かった。明けた二十六日は松笠地区の「龍頭が滝」に臨んだ。落差百二十尺（四十メートル）の雄滝、九十尺（三十メートル）の雌滝、更には滝の裏側にある洞窟などを巡り、夕刻には再び田部家に赴いた。

茶の湯の接待が終わると長右衛門は、豪華な茶室のしつらえ、自ら蒐集した茶わん、茶器の数々を取り出し、その由来などについて詳細に説明した。治郷はいちいち頷くなど熱心に耳を傾けた。

治郷が特に関心を持ったのは、近年の豪雨災害により貴重な茶器の流失や、破損が相次いでおり、田部家では川下にある名家の依頼を受けて、茶器の保管管理をしているということであった。

二十七日は吉田を発し、多久和村の坂屋源四郎宅において、茶の湯の接待に預かった後、加茂に至り宍道別館にて宿泊した。

翌二十八日は宍道湖南岸を巡り松江へ帰着し、国内巡視を滞りなく終えた。

この巡視に際して藩は、特に貧民の救済のため金三千三百貫文を拠出し、三千貫は国内の十郡に、三百貫は松江城下に割り当てた。改革の嵐を受けその日の飯にも窮していた貧民は、涙を流して悦んだ。

八日間にわたる国内巡視において、この地域における茶の湯の文化の広がりを把握した治郷は、従来にも増してその研鑽に打ち込んだ。

政治については、朝と夕の報告を受けるのみで自ら指示することはせず、自室に閉じこもってもっぱら茶道の研鑽に励んだ。

また、巡視により馴染みとなった茶の湯の愛好者の訪問は喜んでこれを受けて歓待するとともに、これらを伴って城下の古刹や寺院などの訪問にも及んだ。

このころ藩においては、八月から着手する、斐伊川河口や宍道湖沿岸の治水工事の準備に日夜追われていた。

検地による年貢の増強策を講じ、商の抑制を図って農民を田畑へ戻したとしても、大雨が降ればこの地の農業はひとたまりもない。鉄穴を三分の一に抑制する厳しい取り決めを定めたのみで、治水工事を怠れば虻蜂《あぶはち》取らずとなるのだ。

まず、斐伊川河口の土砂の除去、次に神門郡石塚から楯縫郡灘分間に土手を築く治水対策、大橋川河口の中州の除去、ゆくゆくは宍道湖の湖水対策、これを成功させねば水を治めたことにならぬのである。

二十　贅言《むだごと》

明和七年（一七七〇）八月〜九月　松江―江戸

治郷は、己が凝り性で手を抜いたり怠けることが嫌いであったから、誠心誠意仕事に打ち込む家臣を敬い大切にした。

入国以来、仕置家老の大橋をはじめ丹波、三谷、乙部などの屋敷に度々出向き、羽織、裃、季節の綿入れなどを与えて親しく交わり、妻子には魚や菓子などの手土産を持参して優しく声を掛けた。殊に、病気がちの丹波の屋敷、それに邸内に茶室を有し、日ごろから茶の湯をたしなんでいる大橋や三谷、有澤邸には好んで訪問した。

治郷の江戸への出発の日は八月十三日と決まった。出発を前にした十一日、丹波は治郷の室に赴いた。

治郷は、座机に茶の湯の資料を広げて研究に余念がなかった。

「殿、今日は耳の痛いことを申し上げに参りました」

――いよいよ明後日が出発であるが、なんぞ難しい話であろうか？

「耳の痛いことだと、遠慮せず何なりと申してみよ」

治郷は鷹揚《おうよう》に構え、笑顔で丹波に座を勧めた。

丹波は治郷の前に正座するや否や、突然切り込んできた。

「茶道を控えめにしていただけませぬか」

治郷は一瞬耳を疑った。当職である丹波は、平素から若い治郷に対して言葉を選び、懇切丁寧に嫌なことなど口にしたことがない。この忠臣が、何の前触れもなくいきなり厳しい言葉を発したのだ。

「茶道を控えめにせよだと、その訳は何だ」

「身共は茶道について一通りの作法を学んだ程度で、知識も経験も持ち合わせませぬ。このような分際で殿に申し上げるのも如何かとは存じまするが、茶道は政治の妨げになるのではないか、左様に危惧する次第にござります」

治郷は、眼光鋭く睨み据える丹波の顔が鬼に見えた。日頃の丹波は寡黙《かもく》であったが、攻撃的な言葉を吐く時は一転、濃い眉を吊り上げ巨眼をむいて睨み据え、紅潮した大きな顔とその野太い声で相手は戦慄《せんりつ》を抱かざるを得なかった。治郷の父、宗衍でさえも睨み据えられ、理詰めの追及で致仕に追い込まれたのである。

治郷は丹波の挑戦的な目を正面から見、よっぽど癇癪《かんしゃく》を起こし大声を上げるところであった。だが、すんでのところで大きく息をして、ぐっと飲みこんだ。

——何だと無礼者め！　家老の分際で予に意見しようというのか。この十か月、一度たりとも茶の湯のことに口出ししなかったくせに、江戸へ戻る直前になって……まてよ、これは丹波自身の意見なのか、それとも家老連中か、いや、もしかして……。

「……それはそちの意見か、それとも……」

「人の口車に乗って意見をするような丹波ではありませぬ。国の現状を見、殿のお立場を考えた時、今言わねばならぬとの強い思いから申し上げております」

――そうか、丹波自身の意見か。国を預かる当職として殿に諫言《かんげん》するというのであれば、これは受けねばなるまい。

治郷は、心を落ち着け、こわばった表情を和らげた。

「茶道が政治の妨げになるとは、いかなる理屈じゃ」

「侍は戦いに勝つことを至上といたしております。だが茶道は戦いのためには何の役にも立たぬと考えます」

「そうとばかりは言えぬが……」

「次に茶の湯は、茶葉と茶碗があれば飲めるものを、茶室だ、軸だ、茶入れに釜だ、料理に着物だと次第に華美に走る、これは倹約の掟に反するものと考えます」

「………」

「また、茶の湯に執着した人間は道具集めに没頭するようにござります。聞けば、初めは茶碗一つから始まり、あれこれと買い揃えるうちに欲が出て高価な道具が欲しくなり、無理をして身代をつぶす、このような御仁がいかに多いことかと」

──確かにそのような例は掃いて捨てるほどある。だが、予がそのような方向へ流れるとでも思っておるのか、たわけたことを。

「丹波、見損なうな！　予がそのようにのぼせるとでも思っておるのか。大きな見当違いじゃ」

「左様に思いたいのはやまやまなれど、ここ八か月の殿の打ち込みようは尋常ではござりませぬ。失礼ながら、殿の如く物事に執着するお人は危うい、深みにはまらぬうちにきっぱりと止めることがよろしいかと……」

「……それは駄目だ。止めることなどありえぬ。予は藩主を襲名してこの方、いかような藩主になろうかとじっくり考えた。父上とも相談した。その上で、茶は政治のためにも、藩主のたしなみとしても有益であると確信するに至った。よって茶の湯は続ける。家臣や民との接点としても極めてゆきたい」

「左様におっしゃりますが、今の如く根《こん》を詰めて取り組まれますれば、政治の妨げになると……」

「心配には及ばぬ。政治に支障をきたすほどのぼせるような真似はせぬ、けじめをつける」

「そのお言葉、誠にござりますか。いやいや殿はまだ二十《はたち》、この先、いかようにお進み遊ばされるか、曲がり角でどのように心変わりがあるやら……六十五年も歩んできた老人には俄かには受け止めかねます。人は進歩もあれば堕落もいたします。如何でしょう。出来ることなら、殿の今のお気持ちを紙にしたためておかれては」

──なんとこの男、予に決心のほどを文字にせよと……生意気な。だが待てよ、腹を立てる前に……そうだ！　折角であるからこの諫言、予のためにも役立てよう。茶がいかように大事かを教え、それに、昨今の乱れた茶の湯の世界を正すためにも……。

「よかろう、折角の意見だ。江戸に着いたなら早速文を練って丹波に送るとしよう」

「ははー、有難き幸せにござります」

一歩引いた治郷の約束に、複雑な表情を残しつつ退出する丹波であった。

江戸に戻り着いた治郷は、父母への挨拶もそこそこに部屋に閉じ籠もり、じっと腕組みをして考えるのであった。

——さて、論文を誰に見せ、いかように用立てるかだ。まずは丹波だ。もちろん、その後ろには家臣が、そしてあのうるさい瀟水も居るであろう。それらに、藩主として茶がいかように役立つものかをきっちりと教えよう。それと……幸琢師匠だ。昨今の茶道界の乱れた様への予の批判を存分に書き綴ろう。予の成長した姿をお見せしよう。

治郷が茶道を好きになって早や七、八年、本格的な研鑽に入って五年が過ぎた。基本である千利休を学び茶禅一味に範囲を広げるとともに、多くの茶会に足を運んで分かったことがある。今の茶の世界が基本から大きく外れ乱れているということである。やたらに華美に走り道具に凝り、草庵や侘び寂びから逸脱しているのだ。利休の教えなどどこ吹く風、ただ己に箔をつけるために茶の湯を嗜んでいる人間があまりにも多い。ようやく二十になったばかりの治郷は、この世界では無力であったが、歯ぎしりするのみではなく、果敢に外へ打って出る、その日のことも考えていたのだ。

治郷は、研鑽したことは細大漏らさず会得しようと考えていたから、その素養を見抜き熱心に指導する幸琢の教えや、禅の師である麻布天真寺大巓和尚の教え等について、克明に記録し保管していた。

茶会については、いつ、どこで誰と臨んだか、天気、流派、正客、茶室のしつらえ、亭主の言葉、用いた道具、菓子、茶の湯、料理など、時には絵も交えて記録するとともに、客の反応、己の感想、特に不快な思いをした事柄など、その日のうちに克明に書き留めた。

己が寝食を忘れて勉学した、千利休の茶道といかにかけ離れているかを、憤りをもって書き留めた。

幸いなことにこの記録は一つ残らず保管していた。

治郷は、押し入れの木箱から和紙に認めた記録を取り出すとともに、松江から持ち帰った風呂敷包一杯の資料をもその上に重ねた。

——準備は整った。さて、いかようにまとめようか。先ずは題だが……偉そうにしては逆効果だ。

ここは一歩引いてと……そうだ！　むだごと……「贅言《むだごと》」だ。次に、筋立《すじだ》てをし、その要旨を走り書きするとしよう。

治郷は、煙管《きせる》を取り出し、中野から取り寄せたきざみ煙草を詰めた。香しい煙を腹いっぱいに吸い込んだ。

「贅言」

○　茶の湯は草庵の侘び茶であるべし

つらつら今日の茶道を見るに、後人が基本を知らぬため、千利休が完成させた茶の本位を乱している。大名茶を始めとしてただ慰みの湯茶になり、「懐石」の訳も知らず華美を競っている。茶の湯は草庵（藁や茅で屋根をふいた粗末な庵《いおり》）の侘び茶であるべきだ。利休殿もさぞかし嘆いておられることであろう。

○　利休の史眼はさすがである

予は童のころから茶道を学びやっと二十になった。気が付くと当世の茶道は、俳句、囲碁、双六と並べられ、遊びのようになり果てて誠に残念である。中国の三国時代に諸葛孔《しょかっこう》明《めい》が「天下三分の計」を説いたことと、利休が、茶の湯が堕落するであろうと予見したこととは、政策と茶の湯との違いはあれ相通ずる。未熟な我々にはいかんともしがたく、歯ぎしりして日を過ごすのみである。

○　狩が戦いに役立つように、茶道も治国に役立つ

正しい茶道は身を修め、家を整え、国を治める助けとなる。楚《そ》の荘王は狩に熱中して家来に諌《いさ》められた時、狩によって優れた戦士、勇士、力士を見出すと言った。茶道においてもその志があれば、良き補佐役を見出すこととなり、治国に役立つ。

○　家康が用いた如く茶の湯は政道に役立つ

家康や歴代将軍は、茶の湯の道を以って政道の資とした。また戦国乱世にあって、家来を茶会に参加させ、和楽、平和の実を挙げた。

これは名君の政道であり予も同じ考えだ。茶道は身分の上下にかかわりなく、家を整え身を修める上で役立つものである。

○ 茶の湯は悪念を忘れ修行する妙手である
人は悪念を捨てるために慰みが必要であり、琴などの音楽もよい。

○ 昨今の茶の世界は、塩辛壺のような訳も分からぬ道具を高い金を出して買い求めるなど、華美に陥っており、世間の人が茶の湯を嘲《あざけ》るのも無理からぬことである。利休の道歌に次のようなものがある。

釜一つもてば茶の湯はたるものを
　　よろづの道具好むはかなさ

茶の湯とはただ湯をわかし茶を点て、
　　呑むばかりなり本《もと》を知るべし

二首めの「本」という意味は「草庵の侘び茶」という意味である。茶の湯には「道」という文字があることを理解すべきである。

茶道具で、古い水指や茶碗を求めるのには理由がある。新しい道具だと土気《つちけ》が残っていて、茶の気を消してしまうからである。後世の人々がそれを取り違えて、古びた珍しい道具を好むこととなった。この誤りは、茶人が茶の道を違えたのと同様のことである。

○ 客をもてなす誤った心遣いや、道具茶は批判されるべきだ
来客をもてなすのにはそれなりの構えが必要である。当世の茶人は道具を自慢するため

に客を呼び、客も道具ばかり誉め茶の湯は二の次である。加えて、懐石はその訳を知らぬから高い金をかける。このような茶会で主客とも「侘《わ》び（人の感情の中に情趣を見いだすもの）、寂《さ》び（物事の様子から寂しさやおもむきを感じるもの）」と言っているのは片腹痛く、世の人がこれを笑うのは当然である。

○ 道具好みをする人は盗人根性になりやすい

茶の大先生といわれる程の人でも世間の流行に流され、草庵の侘び茶の本意を忘れており笑止千万である。今の世の茶の湯は驕《おご》りが多く高慢になって人を侮っている、道具好みをする人は盗人根性に陥り、人を騙すことを考えるようになるが、このような例は数えきれぬほどある。

○ 茶道の本意を知り正しい茶道を求めよ

茶は知らなくても済む。今日の茶の湯は乱れており、弊害が多く学ばぬ方が良い。予は茶が大好きな人間であるが、当世の茶を笑う人と同じ意見である。この乱れは古田織部や小堀遠州の時代から始まっている。世間に出ている書物にも誤ったものが多い。茶書は気を付けて御覧になるがよい。予は平素から誤りの個所を書き抜いている。茶の湯に熱心な人は良い師匠に就くことだ。当世において良い師匠は少ないが、閑市庵—荒井一掌先生こそ自分の勧める師である。このようにいうのも誠の「贅言」で、よけいなおせっかいというべきものであろうか。

明和七庚寅九月十七日　　未央庵宗納

治郷は、丹波を、家臣を、濤水を、今の茶の湯の師や数奇者を、わが茶匠幸琢先生を、その顔を思い起こしつつ、一気加勢に書き綴った。

厳しい改革途上にある松江藩を思うとき、茶の湯が政治に役立つということを家臣にちゃんと教えねばならぬ、そのことを意識した。

――茶道が狩りと同じく治国に役立つというのは、ややこじつけであったかな？　丹波や濤水を納得させるのに十分な理屈ではないが……当たらずとも遠からずであろう。

丹波は、予が道具集めに走るのではと危惧しておるようであるが予は正直いって道具集めに執着することなどありえぬ。丹波よ、家臣よ、濤水よ、安心しろ。


飛脚に文書を託し、久方ぶりに心の平静を取り戻した治郷は、幕府の勤めを誠実にこなすとともに、一層、茶の湯の研鑽に励んだ。十二月の初旬、治郷は、鳥のさえずりに誘われ、下駄をひっかけて邸の庭に出た。

奥女中らしき複数の女の、不満げな甲高い声がする。

「あのやかましい家老が元だし、本当に参るよね」

「そうよ、三年前、朝日家老が厳しいことを言われて以来よ」

――おっ、丹波の噂をしておるぞ。何の話であろう？

「あれがきっかけで鮑《あわび》など年に数回、干し魚ばっかり」

「贅沢言ってはいけません。干し魚でもあれば御《おん》の字、家臣の長屋では、魚を焼く匂いなど盆と正月だけ。お屋敷は干し魚が食べられるだけでも感謝ですよ」

――ははは、やっておるわ。国元では干し魚どころか、芋粥も食えぬ民が大勢いるぞ……？　食べられるだけでも感謝だと……まてよ、この前、丹波に託したあの文……。

真顔に戻った治郷は、散歩を切り上げ大股で館の門を潜った。

自室に戻り、額に縦皺を寄せて目を閉じ、やがて筆を執った。

過日飛脚便に託した文、ご高覧頂いたかと存じまするが、あの文は急ぎ認《したた》めたゆえ不十分でありました。ここに「知足」の一文を付け加えさせて戴きますのでご承知頂きたく追伸致します。なお、藩の運営はすべて朝日殿に任すゆえ、存分に旗を振って下され

「贅言」その二

「茶の湯は何のためにするかということを知らぬ者が多い。茶道は「知足」の道である。知足は、足ることを知ると読む。

人々は身分相応に、程々であれば不足していても事足りる、ということを知るべきである。昔、東山殿（八代将軍足利義政）の頃、華美に長じて、世間の人々は程々ということを忘れ、心ある者はこれを悲しく思った。ここに侘び茶を基本として知足の道を行う意味がある。茶の本意は、足るを知ることである。茶を点てて足ることを知れば、不足こそ楽しみとなる。

茶はみな、不足の道具である。人として足ることを知らぬ者は人とは言えない。このような考え方は、身を修め、家を治め、国を治めることにも通じる。藩主も家臣も真の茶の道を知るべきである。

今の茶の湯の世界は、金をかけて華美となり、道具を追い求める古物屋のようになっている。これは茶の湯の本当の心を知らぬためであり、このような人は茶の湯をせぬ方が良い。

今の世に茶の湯をする人は、盗人にも劣る最低の人間である。盗人は金銀米穀を盗むが、今の世の茶人は茶道の「道」の字を盗む大罪人である。心から知足を知らなければ、知ることにはならない。口先だけであれば、食べてもその味を知らぬこととなる。日常の大小便に通じるように、自然に知足を実行することである。けれども、足るを知りそれを実行する人は、今日まであまりいないのである。

明和七年十二月三日　　　　　未央庵宗納

朝日丹波郷保殿

「贅言」その二を丹波に送付して一月半が経った一月下旬、国元から治郷へ一通の書状が届いた。朝日丹波からであった。

御丁重なる「贅言」二通、確かに拝読仕りました。殿の茶道に向けられた崇高なお気持ちに感銘いたしました。今後、そのお気持ちが違わぬ限り、茶道のことについては一切口出し致しません。

明和八年正月五日

朝日丹波郷保

殿　様

治郷は、我が意が当職に受け入れられ、茶の湯の免罪符を得たことを知ると、相好を崩し「よし！」と大声を上げげた。

二十一　私には金がない

明和七年（一七七〇）～安永三年（一七七四）　松江―江戸

藩主は参勤交代によって一年置きに国を離れる。すなわち在任期間の半分は国に居ない。よって、家臣を信じ、その持てる力を存分に発揮させることこそ国を治める秘訣である、治郷はそう信じていた。

一方、幕府に対しては、親藩風を吹かさず、出世欲を表に出さず、仕事をもらわず、の方針であった。幼少のころ傍目に見た比叡山山門修復助役の恐ろしさが骨身にしみており、いかにして大規模な助役命令を回避するかに神経を注いだ。

御立派の改革は、丹波の構想に沿って藩財政の安定化が徐々に進み、豪農、豪商に偏在していた富の再分配も順次功を奏していった。

丹波は、藩政改革に臨んだ明和四年、「松江藩・出入捷覧」なる新しい経理記録制度を敷き、収入を従来の米による石高制の建前と、商品取引といった市場経済からの収益との二本立てとした。商品取引による収益は、「御金蔵御有金《ごきんぞうおんありかね》」と定義して年々の累積損益から外し、飢饉や災害、幕府の助役命令などの突発した支出に充てることとした。このことは、大坂商人への借財返済など、表向きは窮迫に見えても、その実は、余裕を持って返済し、備蓄をしていたのである。

別途積立金ともいうべきこの「御金蔵御有金」は、三年目にして一万九千両に上った。

国を預かる当職の丹波は、江戸滞在の殿から「すべて丹波殿に任せる」との書状を賜ったことから、勇気百倍、縦横無尽に旗を振った。

幼少のころから、飢饉による食料不足が骨身にしみていた丹波は、まず、食糧補給のために「義倉」を復活した。年貢として、麦の畑高一石当たり二升を供出せしめ、二之丸の米蔵に貯蔵させた。

次なる目標は治水工事であった。

鉄穴流しは鉄分を含有している山を崩し、土砂を川に流し底に沈んだ砂鉄を採取する。採取する砂鉄の二百倍もの土砂が下流に流れ、いつの時代からか斐伊川も飯梨川も天井川となり、洪水の原因となった。

明和七年八月に着手した治水工事は、三工程に区分した。第一に斐伊川河口の中洲撤去である。河口付近には数十か所もの中洲ができ、これを除去するために、連日数百人にも及ぶ人夫を投入した。第二に、神門郡石塚から楯縫郡灘分までの二里余りに幅三間の治水土手を築いた。

二つの工事が順調に進んだところで、松江の大橋川の中洲除去に着手した。この中洲には、少ない平地を有効に活用しようと、いたるところに新田が拓かれ、百姓は舟で渡って米を作っていた。だが、いったん大雨が降り宍道湖の水があふれると、この中洲が水の流れを妨害したのだ。

当時、改革による混乱は頂点に達しており、重鎮の中には「このような時期に大工事をやるのは無茶だ」と着工に反対する者がいた。だが丹波は方針を曲げなかった。改革の初日に下級藩士の大量解雇、藩札の使用禁止や商いの抑制などを命令し、追い打ちをかけて闕年を断行したことから、生活に困窮した貧民が巷にあふれていた。これらの民に労働を提供し、その報酬として米を得させて家族を養わせるこの工事は、治水対策と貧民の救済との両側面で極めて重要であった。三年の歳月と延べ百万人を動員した難工事は、幸いなことに、この間豪雨による工事への影響もなく、安永二年の秋完工を見た。

この年「御金蔵御有金」は、四万五千両に上ったのである。

朝日丹波に及びもないが　せめてなりたや殿様に
ながかれとおもう柳は短こうて　いらぬ丹波のいがのながさよ

この頃城下で詠われた狂歌である。「柳」というのは、善政を施いて人々から慕われた六代家老柳多四郎兵衛一貞を指し、「いが」というのは丹波栗のいがのことである。丹波の権力が殿よりも強大にして、独裁的であったことの皮肉を込めて詠ったものである。

かように、御立派の改革は多くの犠牲を払いつつも藩の立て直しに力を発揮したが、その反動は丹波自身に降りかかった。

齢六十八となった丹波にとって、寝ても覚めても離れることのない心身への重圧は、持病の腎臓病を悪化させるところとなり、この七年の間に三度も致仕を申し入れた。だが治郷は都度説得しそれを許さなかった。

治郷の、茶や禅の勉学による成果も目覚ましいものがあった。

明和七年十一月、幕府の茶道師範石州流の半寸庵三代伊佐幸琢から「真台子《しんだいす》」を授かった。「贅言」の茶道観が高く評価され、異例の早さでの授与であった。

また、十二月には、京都の宗幽から利休以来の秘伝、一畳台目秘事を授かった。

一方、禅の道においては、大巓和尚に入門して三年目の安永元年六月、和尚から「不昧」の号を賜った。治郷はたいそう気に入り質問した。

「先日、『不昧』の号を賜りました。誠に良き号と存じ感謝いたします。そこで、この出典についてお伺いいたします」

「気に入ってもらい私も嬉しい。『不昧』という言葉は、中国の南宋時代無門慧開《むもんえかい》禅師が著した『無門関』第二則の『百丈野狐』の章にみえる」

百丈山に住む懐悔《えかい》和尚が、ある時修行中の老人と問答をした。

老人「大修行の結果、悟道を得た（悟りを開き道理を理解した）者ならば因果応報（因果による報い）に煩《わずら》わされ（縛られ）ませぬか」

懐悔「不昧因果（因果による報いを受ける）」

老人「異見あり、不落因果（因果による報いを受けません）」

　この思い上がった心によって、老人はたちまち畜生道に落ち、今に至る五百年間野狐の姿から身を脱することが出来ない。困り果てた野狐が言った。

野狐「和尚さん、どうか野狐から脱する言葉を一句言って下さい」

懐悔「不昧因果」

　この〝因果を因果としてそのまま受け止めます〟という一句によって野狐は大悟し身を脱した、というのである。

　すなわち「人間はいかに修業した者でも「因果応報」の法則から逃れることは出来ない。善因には善果が、悪因には悪果の報いが必ずある」。「不昧」という言葉は「利欲に心をくらまされぬ（惑わされぬ）ことをいうのである。

「不昧とは、何という厳しくも素晴らしい号でありましょう。予も、欲に晦まされぬよう、人間が備わったなら、使わせていただきます」

「人間が備わったなら、ですか。わっははは、欲にも種類がありましてな。世のためにする欲ならば大いに結構。ま、殿ならば、時間はかかりますまい」

　かようにして、理知に富んだ号を賜った治郷であったのだが……。

　安永元年十二月二日、上野の東叡山寛永寺の本坊が火災に遭った。

　治郷は、かつて幕命により東叡山の救火隊を務めていたことから、現場に駆け付け消火に努めた。翌二年三月十日にも東叡山寛永寺の凌雲院から出火し、数院が類焼した。この時も自ら駆け付けて消火に従事したが、焼け跡から、黒焦げになった多数の茶器を目にすることとなった。

安永三年十二月九日、治郷は正室を迎えた。

室は、仙台藩六十二万石伊達宗村の第九女「彰姫《しずひめ》」こと「より子」で、母は側室円智院である。宝暦十三年に婚約し十一年を経ての婚儀で、松平家は正室を迎えるに当たり、赤坂藩邸に新殿を築いた。

仙台藩は松江藩と交流が深く、宝暦年間には幕命による比叡山延暦寺の山門修復に共に携わっていた。

時により子は二十三歳、治郷は二十四歳であった。

より子は色白にして容姿端麗、芯の強い良く気の付く女で、幼少の頃から和歌や茶道をたしなんでいたから、凝り性で癇癪持ちの治郷にとって相性の良い伴侶であった。

治郷は婚儀に臨み重大な決心をした。茶碗一個を求めることとしたのである。

十七歳にして藩主に就いて七年、財政もようやく安定し、晴れがましい婚儀である。この儀式で自ら求めた茶碗で客をもてなしたい、そのような願望に駆られたのである。

五年前、丹波に「茶道具に走る者は泥棒にも劣る」と著した。

釜一つもてば茶の湯はたるものを

よろずの道具好むはかなさ

利休のそんな歌も引用して、激しい文章を書き連ね茶道具に走る者を批判した。その時は心からそう思っていた。利休の教えから逸脱し華美を競う世の風潮を嘆き、それを招来させた茶匠を、何の疑問も持たず追随している自称数寄者を、激しい怒りをもってさげすんだ。「贅言」はその背景の中で、丹波や家臣に、説教癖の灊水に、そして尊敬するわが師幸琢に読んでもらうことを意識して著した。もちろんその時は、本心でそのように思っていた。

学ぶ人間は常に進化する。殊に、治郷の場合は打ち込み方が尋常ではなく、進化の速度が速かった。寝ても覚めても頭のすべてを集中して茶の湯を思い、深みを目指して学び、実践し、挑戦してきた。そんな治郷であったからか、茶道具に対する大きな意識の変化が訪れた。茶道具の奥深い魅力に開眼したのである。

何百年もの昔、その道の達人が作った名品、それを著名な茶人が愛し、年代を経ていぶし銀のように光沢を放っている。そんな茶器が、今、目の前にある。「良いものは良い」若かりしあの頃は気付かなかったえも言われぬ魅力に、今ようやく気付いた。審美眼が深まったのだ。「茶器が悪いのではない。欲しがる人間の心に問題がある」と。

茶商の伏見屋が治郷に熱心に勧めたのは、奥田主馬所有の、伯庵茶碗「円乗坊」で、数回の交渉で価格は五百両（五千万円）まで落とさせた。

治郷は、藩主を襲封して以来、藩から年間千八百両（約一億八千万）内外の手当てを受けており、これを活用しようと考えた。

この茶碗は、江戸時代の医官、曾谷伯庵《そやはくあん》（一五六九〜一六三〇）が本歌（同系の基準となる作品）を所持していたことに因み、同類の茶碗を伯庵と呼んでいる。もとは北朝鮮で焼かれていたが、それを真似て瀬戸で作られた。水漏れを防ぐために亀裂に鉄を塗り込む製法で、焼成によって生ずる海鼠《なまこ》（茶碗の表面の模様）の美しさに治郷は強く惹かれた。

国元が病んでいる今、藩主の身分で高額な茶器に手を出してはならぬ、始めはそう思い、心の中に広がる欲望を懸命に抑えてきた。

「お殿様、何をお迷い遊ばされますか。かような掘り出し物、二度と出てまいりませぬぞ、手前も商売ゆえ、いつまでも手元に置いておく訳にはまいりませぬ。この円乗坊、あの殿様へでも持ち込めば、七百、いや、千の値を付けてもお買い上げかと……」

「なんだと、あの殿とは、それは誰のことだ！」

「差しさわりがありますゆえお名前は……此度はご婚儀のお祝い、よって特別に『片手』です。この上値切られても一両もまかりませぬ」

結婚という人生に二度とないこの機だ。「よし、買った」と喉まで声が出掛かるが、都度、丹波の、濤水の顔がちらつき、声を呑み込む治郷であった。

「お殿様、今日で五度目にござります。いかに気の長い伏見屋といえども、そろそろ見切りをつけて、他へ……」

治郷を上目遣いにちらちら見ながら、茶碗を大事そうに布に包み、伏見屋は立ち上がった。治郷の顔が紅潮し、額に汗が漂った。

――五百両は確かに安い。目利きもそう言っている。婚礼祝いの特別奉仕というのは本当の話であろう。今年の手当てが千七百六十九両（約一億七千六百九十）、室を娶れば幕閣を始め近隣大名との付き合いは少々ではすまぬ。だがここで戻してしまえば……。

「ま、待て！　伏見屋、買う、買うことにする」

「おお、誠にござりますか。かような名品がこの値段、殿は大儲けをされました、正直申し上げて伏見屋、此度は損を承知で商いを致しております。今後に期待を……何とぞ永いお付き合いを」

「これは記念じゃ、道具を求めるのはこれっきりだ」

そう口走った治郷であったが、この決心はもろくも崩れた。

結婚記念の一品だけ、〝後にも先にもこの一品だけ〟そう心に決めていたが、上得意を得た伏見屋は付いて離れなかった。また、伏見屋の情報が漏れたのか、他の古物屋も掘り出し物を手に赤坂を上り来た。治郷は、堰《せき》が切れたように次々と道具を求めるようになり、時を経ずして「細川井戸」「本能寺文琳」などの大名物を手中にした。

新婚生活も安定したある日の藩邸の午後、治郷の下へ伏見屋が慌てて走り来た。

「お殿様、誠に申し訳ござりませぬ。『白露』は、朽木《くちき》様がご所望に！」

「なんだと！　朽木が？」

朽木というのは治郷の妹「幾百姫《きおひめ》」を妻とする義弟で、丹波福知山城主の不見庵、朽木正昌のことであった。茶の湯は治郷が伝授したからごく親しい間柄にあったが、道具の取り合いとなると話は違った。治郷は「白露」を何としても手に入れたかった。

茶入「白露」は全体が柿色で、胴部の中央より黒釉のなだれが裾土際で止まり、この釉溜まりを露に見立ててある。

藩から支給される年間の手当てを使い果たし、決断を鈍らせているうちに福知山の手に渡っていたのだ。

「お殿様、代わりといっては何ですが、以前からご所望であった井戸茶碗『喜左衛門』を持参いたしました。どうぞご覧下さい」

「な、何だと、『喜左衛門』……うーん、それは買う、買うぞ！　その前に……まずは白露だ。朽木の奴め」

治郷は急ぎ筆を執った。

「御無沙汰しています。突然、厚かましいお願いですが、白露を譲っていただけませぬか。二百三十両と言いたいところ、二百両で如何？　身共には今、金がない。円乗坊を無理をして買ったので、大いにくたびれている。白露は、何としても欲しい。年が変われば金が入る、今譲ってもらえぬとしても、他の人の手には絶対に渡さぬように願い上げます」

治郷は、義弟が心を動かし譲ってくれぬか、今はそれが叶わなくても、他人にさえ渡っていなければ来年、いや、再来年でも再交渉出来る、そう、切なる願いを抱いていたのだ。

結局、白露は逃し、それに代えて白露同様、喉から手が出るほど欲しかった「喜左衛門」を手に入れることが出来た。

だが、この茶碗には奇妙な伝説があった。この茶碗を持つ者は「腫物《はれもの》」の祟《たた》りがあるというのだ。

二十二　幸琢師匠への誓い

安永三年（一七七四）〜天明四年（一七八四）　江戸—松江—江戸

丹波は、徹底的な引き締め政策の一方で、三年間に及ぶ河川の改修により災害に強い国土建設に一定の成果を得た。これに弾みを得て、川方役所の設置や御手船《おてぶね》の建造など海運の仕組みを整備して、商品流通の利便性をも高めた。

同時に、一時制限した鉄山経営の安定化を進め、木綿関連産業や蝋燭の製造の支援にも乗り出した。米中心の政策から、延享の改革で進めようとした商品経済拡大の路線にも果敢に打って出たのだ。

まず成果の出てきたのが木綿産業である。出雲産の木綿は品質が良く国益をもたらすところから厳正な品質管理と流通規制を敷いた。明和七年ごろから平田、直江、杵築、今市、加茂、木次において木綿市が立った。綿や布、衣装がセリにかけられ、その多くは大坂に販売されたが、一部は北前船に積まれ、遠く北陸や東北にまで販路を拡大した。特に平田の木綿市は盛況で、市の立つ街並みは「木綿街道」と呼ばれ、生産農家、木綿製造職人、買い付け商人、飯屋、酒屋などでごった返した。

次に蝋燭製造である。この産業は元禄のころから盛んで、宝永五年（一七〇八）、松江に細工所を設置し、櫨の実を絞って蝋燭を製造した。宗衍の時代になって鍛冶橋北詰に「木実方」を設置し、藩命で櫨の栽培を奨励したことから宍道湖の周囲や松江の乃木、忌部などの丘陵地にかけて栽培が活発化した。寛政のころ、治郷と親交の深かった薩州侯から、櫨の栽培や生蝋の製法を伝授されたこともあり、ますます活発化し国を潤わせた。

また、薬用人参については、宝暦十年（一七六〇）小村新蔵に命じて試作に入ったものの容易に成果は出なかった。丹波は、将来必ずや大きな成果が得られると確信し、粘り強くその栽培を支援させた。

中国山地のたたら製鉄は、日本全国の需要の半分をまかなえる規模であり、宝暦六〜七年、藩は「釜甑方《ふそうかた》」を設置し、鍋、釜、包丁などに加工して販売させるなど産業として付加価値を付けた。鉄製品は、瞬く間に広く国内に流通するところとなった。

丹波は類まれなる信念の男であり、数年を経ずして治郷を「中興の祖」（名君）として内外にその名を知らしめた。殊に丹波が周囲の反対を押し切って断行した闕年は、藩の借金はもとより、地主と小作民、商人と町人の貸し借りをすべて帳消しにするという、国内いずれの藩も試みることのない新手《あらて》で、豪農や豪商に偏在していた富を数年を経ずして貧民に再配分することに成功した。

生来の情熱家、仕事好きの丹波も、寄る年波と持病には勝てず、安永八年（一七七九）、治郷六回目の国入りに臨み、再び致仕を申し入れた。

だが、この重責を中途で引き継ぐ適任者は容易に見当たらず、治郷は後任として三谷権太夫を指名したものの、丹波を指導者として引き続き職にとどまらせた。以後、丹波は、体調に応じて御殿に罷り出で、三谷の指導や藩主の相談に応じ、頭が冷えることを防ぐため髷を結わず総髪とし、城中といえども杖で歩行することを許された。

二年後の天明元年春、お国入りした治郷を、丹波は藩の金蔵に案内した。

――身共の仕事も終わった。自慢する訳ではないが殿に金蔵をお目に掛けよう。ご覧になったとて、御変わりになる殿でもあるまい。

丹波が引き継いだ時は空っぽの蔵であったが、そこには山の如く千両箱が積み上げられていた。

「もはや出羽様ご滅亡などとは誰も申しますまい。これで身共の役目も終わりました」

律儀な丹波は、治郷が目を丸くして千両箱を見上げるのを、顔をくしゃくしゃにして満足そうに見守るのであった。

その年の五月十日、丹波は致仕を許され、三百石の加増と西尾志立に山や屋敷を賜った。大橋川の河口を眼下に見下ろす小高い丘の上の庵に、妻満と移り住み隠居の身となった丹波は、天明三年（一七八三）四月十日、老衰により七十九歳で波乱に満ちた人生の幕を閉じた。

丹波は、松江藩の最も過酷な時代を、奇抜ともいえる発想力と図太い神経をもって「肉を切らせて骨を断つ」の手法で乗り越えた。一見冷酷無比を思わせるが、その実は温かく、出会った者の多くを味方に引き込む魅力を持ち、いかにして少ない犠牲で藩を甦らせるか、その一点に心血を注いだまさに松江藩の救世主であった。

丹波が繁栄させた朝日家二千六百石は、千助改め六代恒重に引き継がれたのである。

歯に衣着せぬ丹波が死した後、治郷の茶道具集めは熾烈を極めた。

元来、蒐集癖というものは、一度滑り出したとなると約《つづ》まるところを知らない。一つ良い品を手に入れると更にもっと良い品が欲しくなり、数も増やしたくなる。幼少のころから観察眼や洞察力に優れていた治郷は、道具蒐集にはまるにつれて、茶商も舌を巻くほど審美眼に長けていった。年間千八百両もの手当てを支給される治郷であり、弟の衍親《のぶちか》も兄のためには支援を惜しまなかったから、やがて金の感覚が薄れてしまい、購入に無理を辞さぬこととなった。

つい十余年前、尊敬する茶道界の重鎮伊佐幸琢師匠に、そして藩を代表する丹波に「茶道具を集める者は泥棒にも劣る」と痛烈に批判し、返す刀で「知足」を説いた。だが、丹波の亡くなった今は、自分の首を絞めるような理屈は何処へやら、道具集めの魅力に取り憑かれていた。

治郷は、自らも江戸の町に繰り出し、多くの道具の中から優れた一品を見つけた。そんな時道具屋が、「いかにしてこれを見付けられました」と問うと「予が目を向けると、名品が不思議と光り輝くのだ」と言い、目利きも道具商も、これには舌を巻くのであった。

治郷は、江戸、京都、大坂などに配置している十余人の目利きによる連絡を、今日か明日かと待ちわびた。意中の道具が見つかると己の小遣いをはたき、それでも不足すると、二十年もの長期の年賦、更には終生米を納めるという手段をも駆使して、強引に手に入れた。

天明三年（一七八三）、「油屋肩衝《あぶらやかたつき》」の入手に成功した。唐物肩衝を代表する茶入れで、宝物の筆頭に位し、相場一万両、（約十億円）もすると言われる品であったが、千五百両で手に入れた。これに続き、臨済禅最古の墨蹟《ぼくせき》で「圜悟克勤墨蹟《えんごこくごんぼくせき》」も確保した。中国北宋時代の王座に位置する禅僧の墨書で、堺の祥雲寺から一千両に年々米三十俵で譲り受けたのだ。


分別を失い、熱に浮かされたように茶器集めにのぼせてしまった治郷は、ある日、意中の名器が手に入った嬉しさから、世話をした道具屋を連れて上野の料理屋へ。元来酒の弱い治郷であったが、気分が高揚していたことから立て続けに三杯飲み、悪酔いし眠りに落ちた……どれ位経ったであろうか、体を揺すられて目を覚ました。

「殿、行きましょう、面白いものが見られます。早く早く」

茶商に促されてふらつきながら廊下を走り、薄暗い部屋に入った。暗くてよく見えぬが、舞台のような座敷で白いものがうごめいている。その前で、十人ほどの男が食い入るように眺め、時折奇声を発しているのだ。

「ええぞ、ええぞ、きれいな肌じゃ」

「見事な彫り物よのう。美女の背に美女とは。ははは」

「紗《しゃ》の着物が透けて、何とも言えぬ艶めかしさよ」

それは、背に花魁《おいらん》と赤や紫の牡丹の入墨を彫り込んだ美女の踊りであった。透き通った紗の着物をはだけ、妖しく光る女の背に、赤い花びらと青い葉がくねっている。

「明かりを近づけろ、もっと体をくねらせろ、そうそう、ええぞ」

客席のど真ん中に胡坐《あぐら》をかき踊る女に差配して、恍惚感に浸っている男、どこかで見たような……なんとそれは、父、南海、己の父であったのだ。

六代藩主宗衍は、明和四年致仕して名を南海と改め、悠々自適の日々に入った。生来のやんちゃもん、女好きは、隠居の身となり歯止めが利かなくなった。奥女中に美女を揃え、女の美は肌にありと独特の審美説を提唱、果ては「肌を着物で覆うのでは意味がない、真っ白い肌に牡丹の刺青《いれずみ》を」と、次々と美女に墨を入れ、紗の着物で透かして踊らせるという、奇妙な舞台づくりに凝ることとなったのである。

——うーん、見てはならぬものを見てしまった。噂には聞いていたが……父上がここまで凝るとは、いや、予の茶器集めも同じことか？　こんな筈ではなかったが……この嫌な凝り性は父親譲りか？　これが審美眼なのか？　……あーそれにしても一番似たくないこの凝り性……年をとればとるほど似るのか、早く抜け出さぬと、いや、今となっては如何ともし難いか……。欲に晦まされておる予にとって、不昧の号など……。

ほうほうの体で駕籠に乗り、藩邸に戻り来た治郷は、水をがぶ飲みし、嫌悪感を抱きつつ深い眠りに落ちた。

「抜けだしたい」、そう思う治郷であるが、道具を目の前にするとその気持ちは何処へやら、元の木阿弥となるのだ。

天明年間に入り、全国的な天候不順による不況から、諸名家が財政難に陥《おちい》り名宝を蔵出しした。

また、田沼意次の失脚による田沼蔵品の放出、更に江戸の豪商冬木の倒産と茶道具の安値が続き、
治郷はその好機を逃さず蒐集を続けた。

治郷の愛弟子、姫路藩主酒井宗雅《そうが》は、不治の病と知るや「茶道具は持つ者によって生きもし死にもする。治郷公に貰って戴けるのであれば心おきなくあの世に行ける」と遺言を残し、百二十余点の名器を治郷に献上し逝った。


そんなある日の江戸の午後、尊敬する幸琢師匠の邸宅である。

定例の講義が一段落したところで、幸琢師匠が治郷を見据えてつぶやいた。

「『君子豹変す』という言葉があるが、まさに豹変しましたなあ」

「……何のことにござりますか」

「ははは、不昧殿もどうやら道具にとりつかれたようにござる。この頃目つきが変わってきた」

「…………」

「しばらく前、身共が賜った論文、あの頃の茶道観といささか変わってきたようであるが、いかような心の変化ですかな」

「変化、と言われましても……道具の良さが分かるようになったのでござります……」

「審美眼が深まったと。それだけの理由であれば、あの論文でさげすんだ道具狂いと変わりはありませぬが」

「………」

治郷の背に、冷たいものが流れた。十数年前に著した「贅言」に「釜一つもてば茶の湯はたる」とか「道具好みをする人は盗人根性になる」などと生意気なことを書き綴った。その茶道観が評価され師事して僅かに二年という異例の速さで「真台子」（最高のお手前の口伝）を授かったのだ。

以来、時を経たとはいえ茶の湯の世界は何も変わってはいない。にもかかわらず、治郷の行動は百八十度転換したのだ。

「十年以上も経っておるゆえ考えや行動が変わることはありうる。だが、書いた文は消せませぬ。問題は言行不一致となったその理由です。藩主というお立場での言行不一致は、物言わぬ家臣とて疑問に思っておるでありましょう。どのように説明なさるおつもりかな」

じわりと核心を突いてきた。当職の丹波が口をつぐみ、そして没して以来、治郷の道具集めを正面から批判する者などおらず、自身も前言との矛盾を自問する意識など失せて久しかった。

これが家臣からの意見ならともかく、茶道界の第一人者ともいうべき幕府の数寄屋頭、尊敬するわが師からの詰問なのである。

――うーん、何と抗弁すればよい。なぜ道具集めにはまってしまった、良いもの、美しいものに惹かれたとしか答えようがない。気が付けば三百点にも……、それだけのことだ。何ゆえかと問われても……父親の凝り性に似たのか、師に説明出来るような理屈など持ち合わせぬ。不昧の号と正反対の行動をとっておる己……。うーん、困った。だが、いいかげんでは済まされぬ。

治郷は、師の目をまともに見ることが出来なかった。

「答えられぬようであるな。あの論文、広く世に出回っておりまする。向けて物申す者などおらぬでありましょうが、殿の値打ちにかかわる。ま、今日は良いとして、いずれちゃんとした説明をして下され」

屈辱で顔を真っ赤にした治郷は、逃げるように屋敷を後にした。

治郷が七代を襲封以来十五年間は気候温暖にして、米の収穫も安定し平均三十五万石(八十万五千俵)もあった。未曽有の大豊作の安永六年の年貢高が三十九万余石であるから、低く見積もっても百姓の手元に五十万俵が残り、百姓は年貢を苦にすることなく生活の立て直しを進めることが出来たのである。

ところが、天明年間に入り全国的に気候が変動し、二年から七年にかけて豪雨、洪水、更には上州浅間山の大噴火が重なり大飢饉が襲った。中でも関東、奥羽地方の食糧難は目を覆うばかり、数十万人の餓死や病死が出た。人々は食料に窮し、家々を襲い、牛馬はもちろん犬猫、蛇、亀、草の根、或いは人肉すら食うという惨状を呈した。

「おめーんどこの婆様《ばさま》、死んだべ、肉ちょぺっと(少し)分けてけれ」

「いがんべ（いいですよ）、ならおめーんどこの爺様《じさま》、死んだらけれよ」

このような交渉まであったといわれる。

出雲の国ではここ十余年豪雨災害もなく、米の収穫も安定していたところへ安永七年（一七七八）、九年と洪水被害により農作物が減収に転じた。更に天明二年（一七八二）五月、出雲全域が大洪水に見舞われ、この年、米が四万九千石の減収となり、相次ぐ不作により郡部では蓄えもなく凍える冬を迎え、餓死者が出るなど村や浦は騒然とした。

年明けの一月十八日、飯石郡、神門郡一円でかつて例のない一万人規模の人民が繰り出して食糧を要求し、暴徒化した一部は数か所で打ち壊しによる財物の強奪を敢行した。木次、安来でも同様の暴動が発生し、地区の下郡や豪商など富裕層が逃げまどい、藩は武力をもってかろうじてこれを鎮圧した。

治郷は騒ぎの直後の二月十日国入りし、暴動の再発防止と飢饉の長期化に備えるため、蓄えてきた米、麦の蔵を開いて穀物を民に配った。更に、積立金の取り崩しにより食料の配給を行い、かろうじて窮民の騒ぎを鎮めた。二度あることは三度ある、この頃家臣は相互に知恵を出し長期的な飢饉対策として米や籾《もみ》を備蓄する囲米《かこいまい》を奨励するとともに、琉球芋や山菜、海藻《かいそう》などの貯蔵、代用食として、蓬《よもぎ》、ふき、わらび、どんぐり、松皮、海草類を用いた食い繋ぎを指導した。

この時治郷は、かつて大原郡の庄屋宅で老婆のふるまう「ぼてぼて茶」なる珍味を食したことを思い出した。これは番茶を煮立てて冷まし、穀物、野菜、豆、椎茸《しいたけ》など細かく刻んだものを煮込み、茶筅の先に塩を付けてかき混ぜ泡立てて食するもので、この非常食を庶民に普及したのである。

　この年、六月に入って降り始めた雨は三か月間降り続き、八月に入ると出雲、松江の低地を洪水が襲い、殊に松江城下は全土が水没して、三之丸御殿の住人も避難を余儀なくされた。

　小舟に揺られて避難する羽目に陥った治郷が、三谷家老に眉を吊り上げた。

「百年以上も前から洪水被害を受けておるというのに、藩は一体何をしておったのだ！　この藩に知恵者はおらぬのか」

「清原という男が居るには居りますが、話が大きすぎて……」

「良い、連れて参れ、話を聞こう」

　藩の普請方、清原太兵衛七十四歳は、松江を洪水から救うためには新川を開削する以外にない、との持論を持ち、過去十二度も藩に施工を進言していた。

「太兵衛とやら、そちの考えを述べてみよ」

「洪水を防ぐ手立てはただ一つ、宍道湖の水を直接日本海に流すための川を掘る、この一手にござります」

「川を造るだと、詳しく説明してみよ」

　太兵衛は、殿の前に図面を広げた。

「宍道湖の水の出口は大橋川と天神川しかなく、慢性的に水はけが不十分で、豪雨の際はたちまち氾濫します。そこで、新たに宍道湖北部の浜佐田村から日本海に向けて新川を開削して水の出口を増やします。このことにより、洪水被害が防げるばかりでなく、沼地は乾地となり、広大な新田が出来ます、しかも宍道湖と日本海との船の流通も可能になります」

「うーん、これは名案だ……が、今までなぜそれをやらなかった」

三谷家老が顔を赤らめた。

「新川を掘るとなりますと、屋敷の立ち退きや田畑を潰さねばなりません、それに膨大な経費が掛かるゆえにござります」

「ほかに解決する手立てがないとなれば、経費などいかように注ぎ込んでもやるべきであろう。やる方向でしっかりとした計画を立てよ」

治郷の命令により、新川の開削計画は俄かに現実味を帯びてきた。しかも、この年の洪水被害により、米の作高は十四万七千石もの減収となったため、工事に異論を唱えてきた重鎮の声も萎《しぼ》むこととなった。太兵衛は、三谷家老の後押しを受け、翌一年間は現地を測量するなど、具体的な施工計画作りに専念した。


藩の当面する重要課題に目鼻を付けた治郷は、天明四年（一七八四）四月五日、江戸藩邸に戻り来た。だが、足取りは重かった。

この間、一時も忘れたことのない幸琢師匠の厳しい問い、これに対して、いかなる筋道を付け茶道具蒐集を継続するのか、その明快な答えは一年経った今も見えていない。

唯、姫路藩の酒井公が死をもって教えてくれた「茶器は墓場までは持っていけぬ」ということと己の過去の体験から「いかなる名品をも災害や火災に遭えばひとたまりもない」ということであった。

自室に戻り来た治郷を待っていたのは、藩邸を出発する時別れを告げた三百余点の茶道具と、松江から購入を指示し、この一年間に入手した初対面の道具達であった。

――おお、待っていてくれたか、お前たち。予は一時たりとも忘れておらぬぞ。今にきちんとした道筋を付け、幸琢先生に認知してもらおう、お前達、良い考えはないか。

治郷は宝物として愛する「油屋肩衝《あぶらやかたつき》」を始め、結婚の際求めた「円乗坊」、妖しい魅力のある「喜左衛門」などの品々を愛でつつ、夜の更けるのも忘れて対話をし、日が変わってようやく床入りした。

一年三か月ぶりの江戸の夜である。より子の甘える仕草を背に感じ、向き直って強く抱き寄せた治郷であったが、幸琢師匠の顔と茶器が目の前にちらつき、いかようにも抱くことが叶わなかった。

――ここで筋道を付けぬと、茶道具は浮かばれず、予の面子も丸つぶれ、うーん、困った。だが、眠い、ああ……眠い……。

焼ける茶器「熱いよー、助けてー、あー熱い。こんな屋敷へ誰が俺を押し込んだ。ああ、体が溶けてしまう、不昧さん、助けてー」

流される茶器「流されるー、ああ、水が、泥が、私を飲み込む、岩が迫ってくる、ああ、粉々に砕けてしまう、助けてー、不昧さーん」

油屋肩衝「不昧よ、聞いてくれ。私は唐で生まれて千年、人から人の手へと渡り、今ようやくここへたどり着いた。私は誰の物でもない。茶の湯を愛する皆の宝物だ。金儲けに使わないでくれ。ここらで私を、殿堂に飾って休ませてくれ！」

圜悟克勤墨蹟《えんごこくごんぼくせき》「俺は中国で圜悟克勤によって潤筆され、六百年さまよい、海を越えて薩摩に流れ着いた。俺の身体は古田織部によって引き裂かれ半分は伊達家に。近いうちに不昧様の下へ行く。もう疲れた。権力争いの道具に使わないでくれ。ちゃんと保護してくれ」

円乗坊「我々は人の手から手へと金儲けに使われ、その途中で多くの仲間が叩き壊され、川や海に流されていった。今ようやく不昧様の手に落ちた。お茶会にも出たい、殿堂に飾られ沢山の人から愛されたい。不昧さん、我々をちゃんと保護してよ」

喜左衛門「逃げるな、不昧！　なんで俺を手にした。手にした以上責任を持て。言っておくが俺はお前の物でも松平家の物でもない。時代を超えた宝物だ、そこのところを間違えるな。俺が光を放つよう、ちゃんと護れ、ちゃんと筋道立てろ、保護せよ！」

茶道具が不昧に向かって手を上げ、足を踏み鳴らし迫ってきた。

ガバッと跳び起きた治郷の身体中が汗だらけだ。

「あなた様、如何なされました」

横で寝ていたより子が、着物の前を直しながら心配そうに声を掛けた。

「う、うん、任せ、任せておけ……予が護ってやる。心配には及ばぬぞ！」

治郷は夢に見た茶道具と、変わった天井の模様と、久々に寄り添う愛くるしい妻に頭が混乱し、しばし目を瞬《しばた》いていたが、より子に濡れた手拭いで顔を拭いてもらい、ようやく我に返った。

「護ってくれと？　何方《どなた》にござりますか、夢にまで出てくる女子は」

「？　女子ではない、ははは、茶道具だ！　茶道具だよ……心配いたすな」

「まあ、茶道具が！　面白いこと、私にも茶道具のこと教えて下され」

「うーん、興味があるのか？　良いぞ、今日はよい夢を見た。これから幸琢師匠のところへ行く、戻ったならしっかり教えてやろう」

治郷の目は輝いていた。夢の中に出てきた茶道具の保護、その叫びは、よくよく考えると日ごろから治郷が悩み、もがき、苦しみ、怒り、そんな繰り返しの中で、自ら遥か彼方に見出した一筋の光そのものであったのだ。


治郷は、朝餉《あさげ》もそこそこに幸琢師匠の屋敷へ急いだ。

参勤交代により、一年ぶりに江戸表へ戻って初めての訪問だ。師は驚きの表情で治郷を迎えた。

「先生、分かりました、私の役割が！　私は生涯をかけて、茶道具の保護を致します」

「何、茶道具の保護？　それは一体、いかようなことですかな？」

「油屋肩衝をはじめ、世の名器と言われるものは天下古今の名物であり、一人一家一世の宝物ではありませぬ。世の数寄人すべてがこれを用い、鑑賞出来るようきちんと管理しなければなりません」

幸琢師匠は、まだ話の筋が呑み込めぬ様子で首を傾げた。

「残念ながら、今、茶道具は武家の困窮から金を工面する道具として巷へ流れ出る一方、災害や火災に遭遇しどんどん失われております。身共はこのような道具を適正に求め保護します、きちんと分類して茶会で用い、数寄人の観覧に供し、次の時代に引き継ぐのです」

「うーん、要するに、茶道具をやみくもに集めるのではなく、世のために適正に管理し、保護して次代に引き継ぐと。なるほど、金儲けでもなく権力争いの道具でもない、昨今の華美を競う道具集めから発想を異にしておる、これは新しい理屈だ……だが、貴殿は藩主、いかようにそれを実現してゆくおつもりかな」

「はい、道具商や目利きを方々に置き、茶道具が世に出たなら、名品であれそれ以下であれ速やかに求めます。もとより限りのある金、目的を明確にして安く求めます。入手した茶器は『宝物』『大名物』『中興名物』など七分類とし、大切に保護いたします。宝物や大名物などは、多くの人の手を経て今の世に伝わっており、決して身共一代の物ではありません。自分の寿命が尽きるとき、子孫に託し永久に引き継いでいきたい、かように考えます」

十四年前、茶の湯の世界に宣言したあの高邁な理論と真反対に突っ走っている己。消そうにも消せぬ言行不一致の月日と、目の前にある数百点の茶道具、それを認知する手立ては……新たな行動で打ち消すより他はない。治郷がたどり着いた答え、それは「徹底して集め、分類し、保護し次代に繋《つな》ぐ」その一点であった。

「ほー、さすがは茶人大名だ。その意気込みたるや敬服いたします。昨今の乱れた茶道界を打破し、新しい茶道文化を築いて下され。期待してその日を待っておりますぞ」

柔和な目、還暦を過ぎ眉に白いものの見える幸琢師匠であるが、理想を追い求めるその眼《まなこ》は輝いていた。

治郷は、屋敷に戻るなりより子を茶器収納室に呼んだ。

「油屋肩衝などの宝物はなあ、長い歴史を経て、予の手元へ参っておる、今、手元にあるからとて、決して未来永劫に予の物ではない。勿論松平家の物でもない、未来に引き継がれるべきものだ」

「まあ、素晴らしい発想にござりますこと、ということは、今三百点もある茶道具は茶会で使うだけでなく、きちんと分類し、大切に保管しなければなりませぬなあ」

「その通り。広い心を持ってなあ、姫も分類の手伝いをしておくれ」

「承知いたしました。お手伝いが出来ること、嬉しゅうございます」

より子は、松江藩の世子と婚約して以来、茶の湯については一通りの修行をしていた。もちろん治郷がここまで執着していたとは知る由もなかったが、関心は高く、治郷の説明をいちいち記録する熱心さがあった。より子が特に関心を寄せた道具は、結婚記念として求めた茶碗「円乗坊」、それに茶入れ「油屋肩衝」、朝鮮王朝伝来の茶碗「喜左衛門」であった。ただ、喜左衛門については、その妖艶な美しさに〝気味が悪い〟と眉をひそめた。

二十三　清原太兵衛と石倉半之亟

天明五年（一七八五）～寛政九年（一七九七）　松江・江戸

清原太兵衛は正徳元年（一七一一）、松江城の西方、法吉村の百姓家に生まれた。祖先は尼子藩士で、幼少にして洪水被害を目の当たりにした太兵衛は、松江を洪水から救おうと士《さむらい》の位《くらい》を獲得し、御小人《おこびと》から身を起こし士列に加わり、天明二年、七十一歳にして念願の普請方吟味役に取り立てられた。算術に長けた太兵衛は長年の研究から、松江を洪水から救うための唯一にして最良の新川開削を考察、藩にその施工を粘り強く進言していった。太兵衛の積年の思いは、治郷によって取り上げられるところとなり、諸準備の整った天明五年三月、遂に着工の運びとなった。

ところが、予想外の事態が待ち受けていた。太兵衛がこの工事に着手しようとするや、土地を収用させまいとする豪農や士民の反対が高まり、蓆旗を立てて騒ぎ、川べりに座り込み妨害に入ったのだ。

そこで太兵衛は、先例のない民への説明に乗り出した。

「川幅三十間（五十四メートル）延長距離は三里（十二キロメートル）、完工すれば洪水が防げ、乾地と化した広大な沼地を新田として提供する。川を船が行き交い、地域の産物が売れ大きな利点がある」

懇切に説明した。だが土地を取り上げられる民は聞く耳を持たず、反対運動は激化し、工事の現場に立てた杭や縄張りは夜のうちに引き抜かれ、再度打てばまた抜かれるという鼬《いたち》ごっことなった。

——うーん、どげすーだ……そげだ！「はま蟹《かに》」だ！

困り果てた太兵衛は一計を案じた。夜、地域住民が寝静まった後に杭を打たせ、昼は番人を立て、立ち入り禁止として工事を進めたのだ。この地には昔から、昼は姿を隠し、夜になると穴から出てきて活動する紫色をした「はま蟹《かに》」がいた。土民は太兵衛のことをこの蟹になぞらえて「太兵衛蟹」と揶揄するところとなった。

何とか着工にこぎつけた太兵衛は、〝成功の暁にはお上から賞与をもらってやる〟と約束して叱咤激励した。川を数区間に区切って各工区に毎日数百人の人夫を投入し、泥土を取り除き掘り進め、土手を築き、水を通し、天明七年末までの丸三年間、休むことなく指揮を執った。

難所中の難所多久川《たくがわ》周辺は底なし沼であり、泥土を取り除く過程で沼にはまり、また堰止めした水を新川に通す「土俵切り《たたら》」において濁流に巻き込まれ、三人の人夫が命を失った。

〝佐陀神社の祟《たた》りだ〟と恐れて住民が背を向ける中、太兵衛は江角浦の海水に身を浴し、海水を口に含んで佐陀神社と朝日山に日参してお許しを得、老体に鞭打って現場に立ち続けた。さすがの難工事も、太兵衛の執念の前に扉を開き、天明七年暮れ完工の運びとなった。

太兵衛は、竣工式を前に約束の報奨金を藩に懇請した。だがそれは叶えられなかった。

——民の犠牲に何としても応えねば……。

太兵衛は、己の命と引き換えにこの工事を完成させるという固い決意であったから、竣工式を前にした、十二月二十八日、朝日山のふもとの宿舎で自ら命を絶った。

その二週間後の天明八年正月十一日、佐陀川開削の竣工式は挙行された。緑の水が怒涛の如く新川を走り日本海に流れ込む壮大な竣工式は、最大の功労者の太兵衛不在のまま、厳粛に進められた。

この竣工式に臨んだ治郷は、普請奉行の太兵衛の不在をいぶかり三谷家老に問い質《ただ》した。

「この普請の指揮を執った奉行がおった筈であるが、あの男はいかがいたした」

「はい、誠に残念なことに、暮の二十八日、病が高じて逝ったとの報告を受けております」

「何、死した？　うーん、困難な仕事ゆえの病では……しっかり恩賞をとらせよ」

「承知いたしました」

太兵衛の死因について藩は外聞を憚《はばか》ったのか病死扱いとし、菩提寺である松江の奥谷町「桐岳《とうかく》寺《じ》」の過去帳にも「病死」と添え書きされているという。

家族など、真の死因を知る者は口をつぐんだが、いつとはなしに真相は伝わり、人々は「太兵衛は命と引き換えに松江の地を救った」と、その偉大さと潔さを崇《あが》め、語り継ぐのであった。

太兵衛が生前言い残した遺言は、次のとおりである。

一つ　國君の恩を忘るべからず。

一つ　佐陀川工事に従ひし役人及人夫に對して、それぞれ恩賞を受くべく取扱ふべし。

一つ　この工事に斃《たお》れし不幸の人夫は、永く我家の佛として之を祭るべし。
一つ　我家の子孫は佐陀神社を厚く崇信すべし。
一つ　佐陀神社境内及川の堤防一帯に櫻樹を植ゑ、一は以て神慮を慰め、一は以て堤防を堅固ならしむべし。

この遺言については、櫻樹の植樹を除きすべてが履行された。

太兵衛が命を懸けて掘った「佐陀川」は、爾来今日に至るまで松江の地を水害から護り続け、二百三十余年、この地が大洪水によって水没し、人の命が失われるといった惨事は聞かれぬのである。


治郷は、自らの最も重要な仕事である参勤交代は几帳面に務め、一年おきの江戸藩邸においては、多くの時間を茶道具の整理に、茶の湯の研究に充てることが出来た。ところが、国元ではそれが叶わぬばかりか、江戸に残した茶器のことが気になり落ち着かぬ日々となった。

そこである日、三谷家老に持ち掛けた。

「どうだろう。予は茶の湯をやることで藩主としての仕事が円滑に進むのだが、国の宝ともいうべき油屋肩衝などの名品を江戸に置いて居ると仕事が手に付かぬ、何か良い手立てはないものかのう」

「うーん、堅固な蔵に収納し、見張り番を付けては如何ですかな」

「いや、江戸は火事や泥棒の多いところゆえ、それでは安心出来ぬ」

「と言われましても、帯同することなど……とても出来ませぬ」

「そこだよ、帯同したいのだ、知恵を出してくれ。参勤交代の列の予の駕籠のそばで常時帯同したい。宝物を背負う人足を付けてくれ」

「えっ、人足！　茶器を背負う？　趣味の茶道具に人足は……御父上のように駕籠の中でご自分が楽しまれるのであればともかく」

治郷の父宗衍は、国入りの時も常時駕籠の中に春画を忍ばせていたといわれる。

「左様な小さな物ではない、頑丈な専用の茶器収納箱を造り、それを笈子《おい》で負わせるのじゃ。重さだけでも四〜五貫目はある」

「うーん、仕事と関係のないものを、藩士にで？　身共が承知しても家臣が何と言うか、悪いことは申しませぬ、お止め下され」

「たわけ！　茶の湯は知足を知り、人を知り、家臣と交わり、藩主として欠かせぬ仕事の道具じゃ、宝物が火事にでも遭ったならば如何する。他の家老がどう考えるかを聞いてはおらぬ。そちがいかように考えるかだ。なあ、権太夫、頼むよ」

「うーん、常時行列に帯同……いかほどの期間？」

「これから先ずーっとじゃ、二人役だ、二人に予の駕籠のそばで背負わせ、宿屋では交代で不寝番をさせる、よいな、これは命令じゃ！」

爾来、参勤交代の列に茶器運搬人二人を配し、「油屋肩衝茶入《あぶらやかたつき》」「鎗《やり》の鞘《さや》茶入」「圜悟克勤墨蹟《えんごこくごんぼくせき》」「虚堂智愚墨蹟《きどうちぐぼくせき》」の四品をそれぞれ錠前付き桐材の笈櫃《おひつ》に収納し、侍臣二人に背負わせて常に自分の輿《こし》に随伴させた。宿舎の本陣に入ると次の間の床に安置し、不寝番の警護を付けるという徹底ぶりであった。

松江藩が御立派の改革で懸命に藩政の立て直しを進めていたころの幕府は田沼時代といわれ、伝統的な農業中心の幕府政治から一転、重商政策に指向していた。

松江藩も財政改革が緒に就いた安永初年から殖産興業に力を入れ、田沼政治と歩調を合わせる一方、治郷は茶道具蒐集という共通の趣味を通して老中田沼意次と意を通じていた。

意次が賄賂政治家と非難され、嫡子が江戸城廊下で刃傷に遭うなど勢力に陰りが見える中、宿敵、松平定信が台頭した。

天明七年（一七八七）、田沼の後を受けて実権を握った松平定信は田沼色を一掃し、「寛政の改革」により、幕府の伝統的な米作り中心の政策に戻し、徹底した倹約と飢饉対策など、弱者救済に力を注いだ。だが老中就任当初から強引な幕政改革を進めたところから、

白河の　清きに魚のすみかねて　もとの濁りの田沼恋しき

などと揶揄されるところとなり反発も大きく、治郷も定信の倹約政策等に抵抗を示した。

ある時治郷は、倹約令に反発して絹社裃《けんしゃかみしも》で登城し、大広間で老中に指摘されるや、待っていたかのように反論した。

「国産の絹であり贅沢ではありませぬ。これを改めて麻製品にすれば新たな経費が掛かり、かえって倹約に反します。国主として国産物を着用し奨励するのは当然のことであります」と。

老中も渋々これを容認するところとなり、諸侯も悦んで治郷に追随した。

立身出世の欲など更々ない治郷は、幕府の指示に盲従せず、是々非々の立場を執り、藩にあっても些細なことにとらわれず、超然とした態度を貫いていた。

治郷は武道を好み、その訓練においては、〝例え怪我をしても試合を専《もっぱ》らとし、形式的な大名芸にならぬように〟との持論を持っていた。

或る時治郷の槍術稽古の折、相手役の佐々木治太夫が誤って治郷の胸をしたたかに突いた。稽古を終えた治郷は胸に痛みを覚え、悟られぬように患部を見たところ、出血して大きなあざが出来、血の混じった唾が出た。だが治郷はこのことを誰にも語らず一人で耐えた。その後三年が経った或る日近侍への教訓のついでに、当時のことを話し、このことが初めて藩の中でも話題に上った。かように治郷は武道については真剣に勝負し、家臣とも対等に交わった。

天明の飢饉も何とか乗り越え、松江の町が平静を取り戻したころ、城下の片原町六軒茶屋に借家して、半助という男が江戸料理屋を始めた。

男ぶりが良く、他所《よそ》言葉を使うため、珍しさも手伝いたいそう繁盛し、藩士なども出入りした。

ある年の盂蘭盆《うらぼん》の十六夜《いざよい》、名月が昼の如く明るく照らす宵、治郷は重鎮を従えて二之丸の月見櫓に登り、観月の宴《うたげ》を催した。

三谷家老が酔いにことよせて治郷に囁《ささや》いた。

「世間の噂話にござりますゆえ、取り立てて言上すべきではござりませぬが、近頃、江戸料理屋の半助と申す男、幕府のまわし者ではなかろうか、との噂がたっております」

——なに、幕府だ？　たわけたことを。予がなにかと反発するゆえ探りにでも来たのであろう。

　うっちゃっておけ。

　治郷は、月を見ながら驚く様子も見せなかった。

「今、天空の月を見るに晴れたかと思えば曇る、治乱は定まらぬもの。予が平時において武を講ずるは一族を守るため。疑いを受けたとてあるがままを失わぬ限り疑念の雲の晴れるは必然、怖れるな」

　治郷が襲封して十年を経ずして藩を立て治したことが天下に知れ渡ると、幕府においては老中の中に、治郷が茶事を好み風流三昧に見せかけて陰で武術を練り、武器を整えて調練をなし、城郭を修繕するなどはなはだ怪しむべき、とあらぬ疑いを持つ者が出たのだ。

　おりしも城下の広場で、月明かりに浮かれて笛太鼓を奏で盆踊りをなす善男善女の輪が広がっていた。

　治郷らは太鼓の音に誘われて櫓から降り、石垣の端に立ち広場を見下ろした。踊り子の輪の中に手拭いも被らず、袴《はかま》に帯刀、髪を振り乱して踊る一人の侍を見付け、治郷はしばし注視した。

「あの男は何者だ、ここへ呼んで参れ」

　お付きの者が、御手打ちになるのでは、と恐れをなしながら引き立てて来た。

　この侍は、不傳流《ふでんりゅう》剣術の達人、知行二百石を食《は》む石倉半之亟《はんのじょう》という武士であった。齢三十にして独り者で、酒は飲むが武芸はなかなか熱心で、日夜精励して怠るところがなかった。

以下は、半之亟の死後、家人や武芸仲間から伝わった話である。

半之亟は、かねて、江戸料理屋の半助が怪しい人物であると聞知し密かに様子を窺っていた。その夜も店に赴き酒を飲んで身許を探り、話の端々から〝間違いなく幕府の回し者である〟そう確信し、屋敷に戻り刀を引っ提げ、勢い込んで出てきた。

〝今夜は奴を殺すか殺されるかだ、一生の名残に盆踊りをしてそれから向かおう〟半之亟が群れに入って踊っていたところを殿の目に留まったのである。

「汝が今舞《も》うて居たのは剣舞であろう。面白いやつじゃ、明日から側廻《そばまわ》りとして召し使う」

酩酊して顔も隠さず踊るという藩士にあるまじき態を殿に見られ、御手打ち、と覚悟をしていた半之亟は、予期せぬ有難き仰せに伸ばしていた首を大地に擦り着けて感涙にむせんだ。そして我に返り、性急にして仕損じてはならぬ、なお一層半助の素性を確かめてしかる後でも遅くはない、此身は一度死んだもの、君恩によって生を得たからには身命《しんめい》を殿に奉まつろう。そう、深く心中に刻み付けた。

翌年、半之亟は殿の参勤交代のお列要員として江戸入りした。

偶々《たまたま》、幕府の月番の老中から差紙（命令書）が届いた。

「お尋ねのかどがあるゆえ藩邸の重役一人罷り出でよ」

この頃、国元のみならず、赤坂藩邸の周辺をも不審な人物が様子を窺っていたことから藩邸の上下は色を失った。

「？　もしや、殿の身の上に一大事が」

この時豪胆不適の半之亟が罷り出でた。

「その任、我に与えたまえ」

かくして許しを得た半之亟は、月番老中の館に参上した。

公用人二人が端座《たんざ》して待ち受け、うち一人が厳《おごそ》かに口を開いた。

「松平出羽守殿、近頃、茶の湯に凝っておると見せかけて陰で武術を練り、武器を整えて調練をなすなど頗《すこぶ》る不穏の振る舞い……」

懸念した如く言い出したから半之亟、恐縮した面持ちで平身低頭し伏目にてその公用人を熟視すると、その男はまさしく江戸料理屋の主人、半助であった。半之亟は突然片膝を着き、きっと睨み据えた。

「汝、我を記憶して居ろう、我こそは石倉半之亟である。汝、奸智《かんち》に長《た》け、謀《はかりごと》をもって我殿を公儀に報告し不義の恩賞にあずからんとする曲者である」

言うが早いか、広縁に躍り上がって大刀を引き抜き、抜く手も見せず半助を斬り落とし、自身も庭に飛び降り腹を切って自害した。

半之亟が切り落とした公用人は、水野半左衛門と称した。

公儀は、半之亟を乱心者《らんしんもの》として片付け、治郷には何のお咎めもなかった。諸侯はこれを知り「雲州公はよい家来を持たれた」と囁《ささや》き羨《うらや》まぬ者はなかった。

「半之亟が自害を……うーん、惜しい男を死なせた……」

治郷は半之亟の死を悔《く》やみ手厚く遇するよう指図した。

石倉家はその後再興させられたのだ。

忠臣に恵まれた治郷は、江戸藩邸にあって幸琢師匠に宣言した茶道具の保護に一歩を踏み出した。

まず、茶道具の蒐集である。埋もれた名器の掘り起こしについては、茶商や目利き、全国の茶人大名に委ね、交渉や購入額については弟の衍親《のぶちか》や治郷自らが当たった。次に、入手した茶道具の分類整理は衍親、それにより子、小姓などに任せた。

だが、この取り組みには多くの壁があった。

もとより治郷がいかように心血を注いでも、一生かけて入手出来る道具の数は限られ、己の手によって日本国中の著名な道具の入手と保護などとうてい及びもつかぬ。名器ほど所有者が手放さず法外な金額を要求され、いかように金があっても足らぬのであった。

この段階で治郷は、新たな野心的ともいえる目標に到達した。

名品の「形代《かたしろ》」（資料）を残す、ということであった。

東山時代から伝わる「大名物」、千利休時代の「名物」、更に小堀遠州が選定した「中興名物」などについては、不完全ながら資料が伝わっていた。治郷はその資料を頼りに、実物を己の目で確かめ、その特徴を書き著そう、災害などに遭遇して失われる前に記録しよう、これは宝物の保護につながり世のため人のためである、しかも金が掛からない、そう気付いたのである。

——このことが、今、己に出来る最大最良の営みだ、幸琢師匠と約束した「茶道具の保護」そのものではないか。

一度そう思い立つと我慢の出来ぬ治郷であった。早速この構想を衍親、より子、茶商、目利きなどに伝え、行動に移したのである。

だが、作業は容易ではなかった。世に伝わる名品は、公武や、諸富家が保有するなど厳重な管理のため、大名といえどもた易く現認が許されぬ。ましてや、茶商や目利きなどそばにも寄れぬという厳しい事情もあった。だが、治郷は食らい付いた。直接観た茶器や軸について記録帳を作り、その名称、由来、図柄や寸法、特徴を、特に、感銘を受けた茶器には治郷自身が、和歌なども追記するなど、後世のために分かり易い形式作りに腐心した。

作業が順調に進むことを確かめた治郷は、天明七年（一七八七）、「古今名物類聚《るいじゅう》・序文」としてまずその趣旨を世に著した。

世に存する所の名器、もし不思議の災《わざわい》にかかりて、其物は烏有《うゆう》となるとも、千載の後に、名と物との形代《かたしろ》を残さむかため也……（中略）名物は天下古今の名物にて一人一家一世の名物ならねば、四方の数奇人等、力をともにし給はむ事を希《こいねが》ふことになむ。

于時天明丁未（一七八七）之孟春

なぜこのような取り組みが大事であるかを説き、次いで所有者には保有する名物の記録保存に協力してほしいこと、名物は一個人の物ではなく全国民の宝物であるから、と公開を呼び掛けた。

――ここまで精進すれば、世間様に認めてもらえるであろう。いや、まだ足りぬか、やり切るまでは。……不昧の号は使えぬ。

治郷の献身的な取り組みは、格式や身分制度の厳しい時代にあっても、その周りに高僧、大名、豪商など多くの数寄者が連なった。治郷は自ら催す茶会においては、流派や職種にこだわることなく「武家の茶儀」と「町人茶風」の両極《つの》を巧みに融合させ茶の湯の普及に努めた。

一方、国元松江にあっては、数寄者を募って古刹や家老屋敷で茶会を催す一方、茶道具創作の振興を奨励し、自らも茶碗、水差し、茶筅、棗《なつめ》などの製作を手掛けた。

治郷の茶碗作りの師匠は、玉造の布志名焼きの二代目、土屋善四郎であった。布志名の御用窯で学ぶ一方、しばしば、自らの参勤交代に随行させて江戸詰めを命じ、大崎の下屋敷で茶碗作りの手ほどきをさせた。献身的に尽くした二代目善四郎に治郷は、文化三年七月、「雲善」という号を与えた。

治郷は生来手先が器用で美的感覚に優れていたから、腕はめきめきと上達し、指導者もお付きの者も驚いて見ていた。

「お殿様、出来の悪いのを一本下さいませんか」

ある時、茶杓を製作していた治郷にお付きの者が所望した。治郷は無表情に、折角出来上がりかけていた手の中にある茶杓を「ポキッ」と折り、作ることをやめてしまった。

後、治郷は周辺に語った。

「ただ『一本下さい』と言えばよいものを、『出来の悪い分を』とは、礼を失した言葉である」と。

茶の湯で用いる和菓子については、面高屋《おもだかや》によって「菜種の里」「若草」「山川」が考案されるところとなり、治郷はそれをたいそう気に入り、茶会などで好んで用いた。

曇るぞよ　雨ふらぬうちに摘んでおけ
栂尾山《とがのおやま》の　春の若草

松江銘菓「若草」の銘は、不昧の詠んだ歌から命名された。

治郷は茶室も造った。松江藩家老で茶の湯の弟子の六世有澤弌善《かずよし》のために、安永八年（一七七九）、家老屋敷に自ら設計した茶室、「明々庵《めいめいあん》」を造り与えた。更に治郷四十二歳の頃に、有澤氏の山荘に風呂を付属させた全国でも珍しい茶苑「菅田庵」を造らせた。閑静で眺望の優れた菅田の山里にあるこの茶室に、治郷は鷹狩の途中に立ち寄り、ひと汗流して喫茶を楽しんだと伝わる。

二十四　祖父宣維《のぶずみ》の諫め

寛政元年（一七八九）～享和二年（一八〇二）　松江・大坂

天明二年（一七八二）以降五年間に及ぶ全国的な天災地変に対処して、幕府は厳しい倹約令を発して乗り切ろうとした。一方、寛政年間に入り気候が安定すると日本国沿岸に異国船の出没が相次ぎ、幕府は同三年九月「異国船取り扱い指針」を通達した。その矢先、翌四年にはロシアの艦船が襲来するなど諸外国による進出が強まったことから、出雲国沿岸にも緊張が走り、当職の三谷は対策強化を余儀なくされた。

治郷は武家の棟梁として十三歳の頃から弓、やり、刀術の稽古に励み、直信流《じきしんりゅう》の柔道も学んだことから相撲は大好きであった。

不世出の名大関、雷電為右衛門を松江藩のお抱え力士としたのは、天明八年（一七八八）のことである。

雷電は、明和四年（一七六七）、信濃国大石村で出生、天明四年（一七八四）に江戸の年寄浦風林右衛門へ入門、谷風梶之助の内弟子となった。同八年、松江藩の抱えとなり、四人扶持の松江藩士に就いた。

松江藩は京極忠高に始まり、代々の藩主が相撲好きで、殊に治郷は執着した。大橋川の北岸にある「御船屋《おふなや》」という屋敷に力士を住まわせ、足軽並みの手当てで多人数の力士を召し抱えたのだ。

そのころの相撲取りは、読み書きはおろか自分の名前も書けぬ者が多かったが、雷電は達筆で、几帳面に二十一年間も日記を書き続けた。寛政二年（一七九〇）の十一月場所で関脇に付け出された雷電は、初土俵の場所で八勝二預の成績で優勝し、文化八年（一八一一）に引退するまでの二十一年間に、優勝二十八回、二百五十四勝十敗、勝率は実に九割六分二厘に達した。

雷電の怪力は桁外れであった。身長六尺五寸（百九十七センチメートル）、体重四十七貫（百七十キログラム）から繰り出す突き押し、強靭な足腰に支えられた破壊力は大相撲史上類を見ない。

初土俵三日目の相手「八角」に強烈な張り手をかまし、土俵下までぶっ飛ばした。八角は夜になって血へどを吐いて死んだと伝わる。

雷電の得意は突き、押しであったが、相手に両差しを許した時などは両腕を外から搾り上げる閂《かんぬき》に決め、肘の関節を折った。また、廻しを取って腰を引く相手には両上手から搾り上げて鯖折《さばおり》に決め、肋骨を折り、腰骨を損傷させることも一度や二度ではなかった。このような雷電の怪力を恐れた力士たちの苦情を受けて、年寄は雷電の「張り手」「閂」「鯖折」を終生禁じ手としたのである。

江戸時代の本場所は江戸で年二回、京都、大坂で各一回のほか、各地で個別に開催されており、力士は場所を主宰する勧進元と、抱え大名の意向に従って本場所の土俵に臨んだ。ある年、松江での大相撲に際し、雷電と鬼面山の取り組みが決定した。負けん気の強い鬼面山が「明日は雷電を投げ殺してやる」と豪語したことが雷電の耳に入った。怒った雷電は、立ち会いで四つに組み両廻しを引くや鬼面山を渾身の力で絞り上げた。鬼面山の腰がぽきぽきと音を立て、顔面が真っ赤となった。「このままでは死んでしまう」、行司が引き分けにしようとしたが雷電は容易に離さない。そこで治郷が「雷電、そのぐらいで勘弁してやれ」と声を掛けたため雷電はようやく手を緩めた。鬼面山はへなへなとその場に崩れ、起き上がることも出来ず、戸板に乗せられて退却した。

享和元年（一八〇一）、雲州力士の江戸大相撲への欠場を懸念して、江戸からはるばる勧進元の春日山が治郷を訪ねた。治郷は地元での興行が決まっていることを理由に、にべもなく断った。力士たちは、本場所よりも殿の命令を優先し、米子、安来に続いて今市、出雲大社と興行し、山陰の民を悦ばせた。治郷は、このように人気力士を集め、領民に娯楽を提供することに意を用いたのである。

雲藩全域を揺るがした五年間にも及ぶ天明の飢饉により、藩は窮民のため蔵を開き、積立金を取り崩して食糧補給に追われた。このため「御金蔵御有金」も一時底をつくところとなり、藩は再び銀札を発行せざるを得なくなった。

おりから幕府は厳しい倹約令を発出するとともに、重ねて沿岸の警備対策も指示することから、当職の三谷は躍起になってこれに立ち向かうのであるが、治郷はこれに反応しようとせず相も変わらず我が道を歩み、三谷は次第に焦りを覚えてきた。

ここで三谷は一策を思い立った。治郷が国元に不在の時期に国内巡視を実施し、領民の衣食住や倹約ぶりを正確に摑んだうえで、今後の政治をいかように進めるかを見極めようとしたのである。

命を受けたのは、寺社奉行兼町奉行の近藤庄蔵《こんどうしょうぞう》である。近藤は、御勘定奉行を経て天明五年から現職にある五十を出たばかりの実力者で、三谷は個人的にも懇意にし、高い信頼を寄せていた。

寛政二年（一七九〇）三月、治郷が江戸へ出発したのを見計らって国内の巡視に乗り出した近藤は、十郡をくまなく巡り終えた五月半ば、その所見を三谷に書面で報告した。

「演説之覚」と著したこの報告書を隅々まで読んだ三谷は、その内容に驚いて近藤を殿町の役宅に呼び寄せた。

「近藤殿、短期間でよく調べてくれました。要約すると、凶作の後にもかかわらず民の衣食住は満たされており、倹約の気配は見られぬ。民のこのような風潮は藩にも責任がある、ということですな」

「はい、そげです。私は十五年位前、殿の鷹狩りに数回同行致しましたが、そん時とは見違えるくらい生活ぶりが良んなっちょます」

「どのように良くなった？　分かり易く、見えるように説明してくれ」

「まず家が新しになっちょます。母屋だけではなて、離れや納屋まで。そーに本家だけではなて、分家までもが」

「それは米どころの斐川とか、木綿景気の平田のことでは？」

「いや、八年前百姓一揆で騒いだ大津に三刀屋、中野、そーに木次や安来までも……一揆で騒いだ折、藩は米や銭を出しましたが、あれが普請に廻ったのではないかと疑いとうもなーます」

「まさか……これはすなわち、丹波殿の御立派の改革が成功した所以《ゆえん》であろう。飢饉は一過性のもの、それが過ぎ去り産業が持続し、豊作が続けば生活は元に戻る。で、食べ物や着る物はどげだ？」

「乞食がたまにおーましたが、以前より少ないです。腹を減らして泣いておる子供も見かけません。行商人も方々におり、家の周りの田畑は青々と実って、子供達は芋や豆などを食い、寺や宮の庭で元気に遊んでおーました。食い物も着ておる物も良んなっておる、暮らし向きは以前に比べ、格段に良んなっておーます。武家も、百姓も、商人もです」

「うーん」

「そーに、宮の周りや辻には茶店も飲み屋もあーました。酒酔いが喧嘩までしておーました」

「分かった。で、近藤奉行としてはこの風潮を、どのように読んだ？」

「民の生活は藩の裏返し、藩は倹約令は出したものの、御殿の普請に始まって茶の湯に鷹狩に相撲、民はこれを良いことに贅沢になっておーように思います。藩から手本を示さぬことには」

「うーん、確かに華美になっておるよのう、身共も殿には甘いからのう」

「私は、このまま放っておけば、また、二十五年前に逆戻りするような……ゆとりが出来た今、朝日殿のようにとことん締め付ける必要はないかと存じますが、さりとてこのままでは……聡明なる殿にお考えいただくことが良いのではと……」

「シー、大きな声を出すな！　殿様が江戸へ立たれた後だから良いが、『壁に耳あり障子に目あり』だ」

近藤は、周囲に注意を注ぎ、声を低めた。

「私といたしますれば、賢い殿様に政治をしてもらえば、おのずと手本を示されると……別に、御家老が悪いと言っておーのではあーませんよ」

「うーん、痛いところを突くな、身共もそろそろ五十半ば、代わってもらえば良いのだが、まあ、巡視のことは伏せて、殿に打診してみよう。御直捌きをな」

「『名将いる所に名参謀あり』って言いますがね」

「そげだ、だけん殿の留守に、口の堅いお前さんに頼んだ」

三谷家老は屋敷の門まで近藤を見送り、夕日に輝く天守を仰いだ。


翌寛政三年の十一月末、治郷は弟衍親《のぶちか》を同伴して国入りした。同伴は三度目で、治郷の体調を気遣ってのことであったが、二人はとても仲が良く、衍親も茶の湯に長じていた。

三谷は殿の機嫌の良い、しかも衍親が側にいない日を見計らって殿の部屋に赴いた。

「殿、お願いしたき議（意見）があります。公儀がしつこく倹約のことと、沿岸警備の強化を言っております。異国船対策はそれなりに手を打っておりますが、倹約については地方には届いておらぬようで……民の生活が華美になっておるようにござります」

「華美にだと、で、如何するというのだ。公儀は一枚岩ではない、定信公が倹約倹約と舞いたてておるが反発も多い、今に潰されるよ」

「公儀はさておき、我が国のことにござります。御立派でせっかく立て直したものの、ここにきて乱れが生じております。この原因の一端は我々藩を預かる者にもあろうかと存じます」

「原因の一端じゃと？　申してみよ」

「藩邸の普請、相撲取りの抱え、鷹狩、お茶会など全般にわたって華美になっており、このことが民にも影響しておると存じます。五年に及ぶ飢饉によって金蔵が底を突きかけておる昨今の事情もあります。この辺で引き締めぬと、また元へ戻るような懸念が……」

「心配には及ばぬ。清原太兵衛が心血を注いだ佐陀川の開削のお陰で水を治めることが出来た。木綿も鍋や釜も蝋燭もしっかり稼いでおる。民も嗜みの一つぐらいないと委縮するよ」

「その理屈は分かりますが、奢侈《しゃし》は風紀の乱れを招き、秩序も崩れていきます。ここらで引き締めを……いかがでござりましょう、この際、殿に采配を振っていただいては」

「な、なんだと、予にやれだと！」

「はあ、身共も五十半ば、そろそろ外してもらえばと……」

「何を言っておる、丹波を見習え！　杖を突きながらも頑張ったぞ。三谷はどこも悪そうには見えぬ。そのうち楽にしてやる、当分今のままでやれ。いや、やってくれ、頼むよ」

治郷は、民が貧しさから脱して〝喜々として相撲を見ていた〟あの笑顔を思い出していた。娯楽こそ明日への活力を生む、ここしばらくはこのままのびのびとさせればよい、束縛の必要などない、そう思っていた。また、親政に打って出ることのできぬ己の事情もあった。

江戸藩邸を中心とした茶道具集めと「古今名物類聚」の資料作りは今まさに佳境に入っており手が抜けぬのだ、弟との二人三脚でどんどん成果も上がっていた。

それに、茶碗作りだ。布志名窯の土屋善四郎に手ほどきを受けた茶碗作りは、めきめきと上達中で面白い盛りなのだ。また、美術工芸を奨励したところから、楽山窯の長岡住右衛門、指物師の小林如泥、塗師の小島漆壺斎などによって精力的に取り組まれ、これらとの交流も欠かせなかった。

――予は忙しい。異国船対策も倹約令も大事であるが、民との交わりは藩主としての大事な役目、それに茶碗作りじゃや。今、御直捌などやる気はない。このまま自由にさせてくれ。

三谷家老の諫言にもかかわらず、治郷は、茶の湯に、鷹狩に、相撲にと、我が道を歩み続けた。

治郷が予測したように、定信の政治は長く続かなかった。幕府のみならず、朝廷、将軍とも対立するところとなり、寛政五年（一七九三）七月二十三日、六年という短期をもって老中職を退任に追い込まれた。

定信の罷免とともに将軍家斉《いえなり》は親政に転じ、倹約令を改めて十年延長した。またこのころ、日本国沿岸の長門、筑前、石見、出雲などに異国船が相次いで出没したことから、寛政六年、諸国に海岸線の警備強化を指示するところとなった。

翌六年十二月十六日、幕府は、諸侯の間で人気のあった松江藩七代藩主松平治郷を少将に任じた。

そんな或る日、治郷は、江戸城における評定の議で老中から質問を受けた。

「出羽殿、記録によると享保年間、松江藩五代藩主のころには度々出雲の沿岸に清国の不審船が襲来しておる。この時藩主は陣頭指揮し大砲を放ちこれを撃退しておられる。此度の将軍の命に、出羽殿は如何なる対策を打っておいでかな」

松江藩五代藩主宣維《のぶずみ》は、相次ぐ洪水で飢饉が続き、松江藩がどん底にあった宝永から正徳年間、藩の立て直しに奔走していた。その最中の享保二年(一七一七)四月、異国船が美保関《みほのせき》に停泊し、一旦去ったものの五月に川下村と古津浦に接近した。宣維は直ちに幕府へ報告し警戒中のところ、翌三年二月、異国船は十六島浦《うっぷるい》へ、三月十三日には再び美保関に停泊し、弩《ど》を打ち鳴らしながら接近した。武装した藩は上陸直前でかろうじてこれを阻止したのもつかの間、七月十一日、またもや川下浦に。宣維は非常事態と見て、川下港の高台に大砲を据え、砲撃隊四十人を含む百人体制で待ち受けた。翌十三日未明、不審船が接近を開始するや宣維は発砲を命じ、大砲の弾丸が帆柱を貫き帆を打ち破った。一気呵成に打ち破るべく船舶隊を出動させたことから、異国船は積み荷を投棄し一目散に退却した。残留物から船は清国籍と判明した。

宣維は三十四歳と若くして没したところから、治郷は祖父の顔を知らなかった。だが幼少の頃から藩講の宇佐美や脇坂などからこの逸話を聞き、治郷はいたく尊敬していた。

――五代藩主だと、予の祖父の話まで持ち出してあれこれと煩《うるさ》い奴らだ。異国船対策は今に始まったことではない。騒ぎ立てるな。

「これは又、御懸念を……わが藩は寛政三年以来、唐船番を設置して監視を強めるとともに、不法入国対策の演習もやっておりまする。御心配に及びませせぬ」

「万事藩主の責任である、くれぐれも頼みましたぞ」

治郷は、老中の申し入れにもことさら反応することなく、悠然と構えた。

寛政八年初夏のある日、治郷は布志名焼きの善四郎の邸宅を訪問した。善四郎は殿の初めてのお成りとあって最高のもてなしに意を用い、床の間に土屋家の家宝として伝わる掛軸二幅を飾り治郷を迎えた。上座に通され軸を目にした治郷は、俄《にわか》に顔色を変え、軸を食い入るように見つめた。

――うっ、こ、こは、まさか……。

「こ、この軸は、如何したものじゃ」

「はい、先祖が賜りし家宝にござります。五代藩主宣維様の直筆と伺っております」

「うっ……。お祖父上……」

軸の銘を見、善四郎の言葉を聞くなり、治郷は目を見開き、全身をわなわなと震わせて下座に飛び下がり、軸に向かって平伏した。

軸は、なんと、治郷の祖父、松江藩五代藩主宣維の直筆なる草原に遊ぶ三頭の馬の絵であった。

――うーん、これは……祖父の……これはお祖父上の直筆……なぜここで……なぜにございますか。

顔を真っ赤にし、汗だくとなった治郷は、挨拶もそこそこに土屋家から引き下がった。駕籠かきの掛け声も耳に入らず、汗が引き、顔の青ざめるのを知る治郷であった。

――なぜにここで……お祖父上に……これは予への諫め……諫めか……うーん……。

治郷は、国の政治の乱れや異国船の襲来に気付きながらも茶の湯に明け暮れ、江戸表の指示や家老の諫言から距離を置いていた。

――祖父に遭遇したことは予への諫め……御先祖様に申し訳が立たぬ。少将にも任ぜられた今、ここで立たねば。

治郷の変わり身は早かった。一転、親政に打って出る決意を固め、七月九日仕置き役家老三谷長達を罷免し、丹波の子、朝日丹波恒重を当職に据えた。

寛政八年（一七九六）七月二十八日、治郷は大広間に二百五十人の家臣を集め、親政に打って出る己の決意を明らかにした。

「皆の者、近年の度重なる異国船の接近から国土への侵略を防ぐため、予は親政に打って出る。大陸と目と鼻にある雲藩の守りは極めて重要である。早急に警備体制を見直し、海岸線の守りに全力を尽す。

次に、御立派の改革からやがて三十年、ここに来てあの精神が崩れてきた。よってこれから予がその先頭に立って藩を立て直す。

予は、まず自ら倹約を実行する。十万石取りの大名となった気持ちで衣食住から改めてゆく。先の天災により藩の財政も厳しくなったことでもあり『貨殖理財《かしょくりざい》』に努める。知恵を出し産業を伸ばし、金を稼ごう。良い知恵を出した者にはどんどん褒美をとらせる。皆で力を合わせて雲藩の名を天下に知らしめるのだ」

治郷は、自ら美保関、十六島、川下などの沿岸線を視察し、不法入国への対処強化のため、見張り場所や人員の増強、武器の導入、長期的な対策強化に乗り出した。

また、藩士や領民の国防意識を高めるため、松江城本丸周辺などで異国船の不法入国を想定した唐船番の大演習を実施した。

治郷は、緊急事態にはいついかなる時でも対処しなければならぬとして訓練日は公表せず、突如として訓練開始の金鼓（陣鉦《じんかね》と陣太鼓）を打たせた。まさに外敵襲来の様相を呈し、方々の現場から参集する武士は、実戦さながら先を争って松江城本丸に駆け付けた。治郷は、訓練開始から終了まで、天守の望楼においてこの激しい戦闘訓練を会心の笑みをもって眺めた。

だが真実、治郷はこの時期病んでいた。手足、顔、背中などが腫れる「浮腫」である。二十五歳のころから症状が進み、江戸、京都などの専門医に治療を受けたが一時しのぎで改善せず、副作用も顕著となってきた。

治郷による参勤交代は四月に江戸を発し、二十余日かけて松江入りし、翌年の早春松江を発ち江戸へ帰着するという習慣を定着させていた。ところが寛政八年は痔疾を悪化させて江戸へ戻ることが叶わず、この年八回も江戸入りの遅れを請うた。

年を越しても快方に向かわなかったものの、江戸での欠かせぬ予定もあり、治郷は無理を押して三月十一日、松江を出発したのだ。

「うーん、うーん、痛い〜痛い〜」

「と、止めてくれ、痛い、止めてくれ〜」

殿の駕籠に寄り添い随行していた家老の朝日丹波恒重は、列が安来を過ぎたあたりで、駕籠の中から洩れるうめき声を耳にした。「下にー、下にー」の声にかき消されつつも、確かに駕籠の中から聞こえてくる。

「止めろ！　止めろ！　列を止めろ！」

恒重は大声で行列を止めさせた。

「殿、如何にござりますか、行列を止めました」

「うーん、ここは、何処じゃ、何処じゃ」

「安来にござります。安来にござります」

「うーん、無理じゃ、とても無理じゃ」

「引き返しましょうか、松江に」

「仕方ない。か、掛け声はいらぬぞ」

駕籠は急遽反転した。殿の指示で行列は掛け声を止め、寂しく早春の松江路を三之丸御殿に引き返したのである。

江戸の大相撲は春と秋の年二場所で、その年の三月場所は雷電が優勝した。

「殿、三月場所、またもや雷電が優勝致しました」

「そうか、やったか！　予の病気、雷電に退治してもらえぬかのう」

ぽつりと漏らした殿の言葉を聞き、恒重は気を利かせた。江戸藩邸に書簡を送ったのである。

五月になって雷電以下の抱え力士が松江入りした。戻るなり雷電一行は殿の寝所に駆け付けた。

やつれ果てた殿の顔を凝視した雷電は、殿の手を握りしめた。

「うっ、うっ、殿、我らは、殿の病気を……治しに、戻りました」

「おお、雷電、戻ってくれたか。これで、予の病気が治る」

雷電らは、五月から八月までの間、毎日御殿の土俵で元気あふれる稽古を披露し、殿を元気付けた。

この甲斐あって、治郷の病は次第に快方に向かった。

殿の回復を実感した雷電一行は、江戸に戻り、十月場所に臨んだ。この場所において雷電は、十戦全勝で見事優勝を果たしたのである。

寛政九年（一七九七）十一月十五日、治郷は二年半ぶりに江戸藩邸に帰り来た。病の苦しさを乗り越えて久方ぶりに踏む江戸の地であった。

藩邸総出の出迎えを受け、手を振ってこれに応え自室に戻り来た治郷の許へ、より子が現れた。

「殿、お疲れのところ恐縮に存じますが、少々お話がございります」

治郷が鷹揚な目でより子を見やると、妻は背筋をピンとそらし、いつになく真剣な眼差しで治郷に向き合った。

「なんじゃ、変わったことか」

「茶碗の喜左衛門を手放していただきとうございります」

「？　喜左衛門、それがいかがいたした」

「私には、どう考えてもあの茶碗が殿に祟《たた》っているように思えてなりませぬ。言い伝えは単なる迷信ではありませぬ」

安永七年、治郷が入手した喜左衛門には、それを手にした者は、腫物《はれもの》の祟りがあるとの伝説があった。ある日目利きからその伝説を聞くところとなったより子は、早速治郷に喜左衛門を手放すように進言した。だが治郷は、一笑に付したのであった。それから五年、より子の不安は的中した。

「ははは、左様なことを信じておるのか、馬鹿な、迷信じゃよ」

「いえ、私にはそのようには思えませぬ。喜左衛門の茶碗の箱書にある過去の持ち主について調べさせましたが、どのお方も不幸な人生を歩んでおられます……」

十六世紀、李氏の朝鮮時代に作られたこの茶碗は、やがて渡来し徳川家康の所有となった。慶長十六年（一六一一）、家康と豊臣秀頼が加藤清正の仲介により二条城で会見をした際、家康によって茶が振る舞われ、この席で使われたのが喜左衛門である。清正は家康によって秀頼が毒入りの茶を飲まされるのではないかと懐に短剣を忍ばせて臨んだが秀頼には異常はなく、逆に、秀頼の身を案じた清正自身が熊本城に戻るなり頓死した。その後この喜左衛門は二人の豪商の手に渡ったが、二人とも没落の一途をたどり、不幸な死に方をしていた。

「たまたまじゃ、予の浮腫は体質じゃ、喜左衛門とは関係ない」

「いいえ、ここ四、五年、殿の病は急激に悪化いたしました。その持病をお持ちの殿が、敢えて逆らい持ち続けられるから祟られたのです。……殿、一時も早く喜左衛門を手放して下され」

「予は迷信などに負けはせぬ。あの茶碗はこの世に二つとない銘品、人の作り話を信じて予が茶碗を手放すとでも思うのか、そのようなことなどあり得ぬ！」

「いいえ、不吉な茶碗など止めて、もっと筋の良い品を……。どうぞあの茶碗を手放して下され」

「より子、くどいぞ！」

より子の顔が、俄かに厳しくなった。

「うっ、うっ、うっ、私は、殿の御身体のことを……これほどお頼みしても聞いては下さりませぬか……」

「予は忙しい、左様な話に耳を貸す余裕などない！」

より子の目つきが変わった。

「私は藩主である殿に嫁ぎました。茶の湯の数寄者に嫁いだのではありませぬ……私にも覚悟があります」

めったに涙を見せることなどない気丈なより子が涙し、その顔色が変わったことを治郷は見て取った。その時、ふと、妹幾生姫《きおひめ》の顔が心に過った。幾生姫は福知山藩主、朽木昌綱に嫁いだが、その強い性格が疎んぜられ数年前離縁され、今この赤坂藩邸に戻り日々を送っているのであった。

――しまった、また悪い癖が出た、妹の例もある、これ以上論争すれば……ここはとりあえず時間稼ぎだ。

「……より子、そのように短絡的に物事を考えぬともよいではないか。予の身体も名医によって改善されつつある、喜左衛門のことは……、そのうち何とかいたそう」

「えっ、本当にござりますか。本心にござりますか？」

「ああ、相手もあることゆえ……そうせくな。より子は生真面目ゆえ……」

「きっと、きっとにござりますよ。約束にござりますよ」

「ああ、分かった、分かった。約束するよ」

治郷はより子の肩をやさしく抱いた。より子は、ようやく安堵した顔付きでにっこり笑った。

山陰海岸に本格的な警備体制が整ったのは寛政十一年である。

新体制として遠見番所六箇所、砲術方配置の台場十一箇所、棒火矢方の配置される台場七箇所など、日本海沿岸と隠岐全域に整備し、常時警戒をさせた。また、城中警戒体制として七十二人を配置したが、この中には、異国人対策として筆談のために儒者も配置した。

一方、唐船番の下に付く「唐船番御手当郷夫」六千人を国内十郡に割り当てた。異国船の入港など緊急時には、国内の庄屋はこれを率いて初動措置を執るのである。

松江藩の国防体制は、幕府や諸藩から高く評価されるところとなった。


国内の中山間地域は、かねてより畜産が活発であった。

寛政十一年八月、大原郡は豪雨災害に見舞われ、赤川が氾濫し多数の牛馬が濁流にのまれ、地域住民は生計を営むことが出来なくなった。そこで治郷は、畜産を継続させるために御金蔵御有金を取り崩し、畜産農家を護った。


松江藩の商品経済は、藩主の「貨殖理財」の方針を受けて活発に展開し、木綿、綿製造、蝋燭製造、鉄製品が堅調に推移する一方、畜産、木芸品製造、薬用人参の試験栽培も活発化してきた。

このような産業の活性は別途会計である御金蔵御有金を着実に増やし、享和二年（一八〇二）の頃には十万両に手の届くところとなった。


松江藩の唯一の債務返済は、五十万両にも及ぶ長期の年賦であった。藩は、大坂商人への債務返済として、毎年七万俵の米を船舶輸送して代銀を得、これを債務償還に充てていた。当初は輸送船を民間借り上げしていたが、寛政五年、藩船として住吉丸三百二十石積みを、享和元年には大宝丸千三百石積みなどを御手船として建造し、効率的な輸送を図った。

治郷は、享和二年二月、参勤交代の途上大坂に立ち寄り、債権者の大坂商人を招待し、お茶席を催した。

三井家、天王寺屋、嶋屋、栄三郎家、泉屋など親方の面々であった。

浪速の茶会は懐石料理といっても豪勢な料理が付き、治郷は一段落したところで酒を注いで回った。

「松江藩は蔵元様のお陰で、ようやく財政が安定してまいりました。さ、天王寺屋様、一献どうぞ」

「早いもので三十五年だすな、わて朝日家老と談判したのがつい二、三年前のことのようで……朝日家老はその後いかがでっしゃろ」

「残念ながら他界して、はや十年になります」

「芯のお強い律儀なお人でしたなー、さあ、一献お返ししましょう」

「誠に申し訳ありませぬ。身共は茶の席では飲まぬ主義にて……」

「えー、飲めぬ？　ここは出雲違いまっせ、殿の流儀もおありでしゃろが、曲げてそこのところ……」

治郷は一瞬、むっとしたが、深呼吸をし心を鎮めた。

「うーん、天王寺屋様の酌とあらば致し方ありませぬ、それでは少々……」

治郷は、茶の席では酒を口にせぬことを常としていた。だがここは浪速、しかも債権者からの酌であったから我が信念を曲げた。

「ははは、飲んでくれはりましたか。泉屋さん、わての勝ちでんな」

「いやー残念、わての負けだす。ならば殿、泉屋の盃もどうぞ」

「泉屋様もですか、いやー参りましたなー。だんだん、だんだん」

「わっははは」

「わっははは」

蔵元の旦那は、治郷が茶の湯の名士で、茶席では酒を口にせぬことを知っていた。だがそこは債権者、敢えて無理強いし、どちらが殿に飲んでもらうかを競ったのであった。

治郷は、己の流儀やしきたりにこだわることなく、招待客と愉しみを等しくし、和気あいあいのうちに親交を重ね、変わらぬ交誼を願い上げたのである。

二十五　日出ずる国出雲

享和三年（一八〇三）～文政元年（一八一八）　松江―京都―江戸

治郷が最も信頼を寄せ愛していた実弟、衍親が享和三年（一八〇三）他界した。この頃から治郷は苦しみ、もがく日々が続いた。

天明四年、幸琢師匠に自ら誓った「茶道具の保護」の実現と、多忙な藩主の役目が両立しないのだ。それどころか、病をこじらせ日々の生活にも支障をきたし、定例の登城日にもしばしば休みを請うこととなっていた。

――「二兎を追う者は一兎も如《しか》ず」このままでは藩にも迷惑が及ぶ。名医のいる江戸でしっかり養生して藩主を続けるべきか、いや、やっぱり両掛けは無理だ。

引くことを決意した治郷は、十年も前から構想を温めていた致仕後の目標の実現へと踏み出した。この江戸の地の、最もふさわしい場所に一大茶苑を造ろうというのだ。選定した土地はかねて気に入っていた海の見える自然豊かな大崎の丘陵地で、知人大名などと換地を推し進め、二万千九百七十五坪を九年間の歳月を費やして入手した。

理想の楽園大崎大茶苑は、文化元年（一八〇四）から四年までの間、東御殿、西御殿、宝蔵五棟、茶室、稲荷社などを二万三千両余（二十三億円余）の巨費を投じて完成させた。

山あり谷あり川ありの地形を巧みに生かした回遊式の庭園に、利休が構築した独楽庵の移築に始まり、紅葉台、一方庵など十一もの茶室を造った。

治郷は十年に及ぶ親政を閉じ致仕した。

世子、斎恒《なりつね》の将軍拝謁などを着実に進め、諸準備の整った文化三年（一八〇六）三月十一日、

――古今名物類聚も世に出した。もはや欲とは縁が切れた。これでよし。積年の思いであった不昧の号を、気持ちよく使わせてもらうとしよう。

治郷はその日に剃髪《ていはつ》して念願であった「不昧《ふまい》」の号を公称した。

だが、思い通りにならぬのが世の常である。跡を継がせた斎恒は齢《よわい》十六と幼く、加えて近年、浮腫を患《わずら》うところとなり医者と縁が切れず、不安を抱えての藩主襲封であった。

より子は我が子を授からなかったこともあり、二人の側室の子を自分の子として育て可愛がっていた。殊に、世子の斎恒の健康を案じ、浮腫で足が腫れあがった時などは眠らずに看病し、氏神様へ幾度となく祈願するなど涙ぐましい心遣いをした。

張り切って国入りした斎恒であったが、諸行事の一段落した十日後、顔や手足が浮腫んで苦痛に耐えかねとうとう床に就き、国内巡視の時期を大幅に遅らせることとなった。

赤坂藩邸から大崎に屋敷替えした不昧は、茶道具の整理などが一段落すると、新築した豪華な大茶苑で、待ちに待った茶会を催した。

藩の重鎮、近隣大名、茶人、俳人、骨董商人など長年世話になった恩人を招待し、盛大に茶会を催し、宝物殿ともいうべき展示場に案内して、分類整理した茶道具を閲覧に供するのであった。

――いよいよ幸琢師匠を迎えるぞ、やっとこの時が来た。師匠に使っていただく茶碗は「喜左衛門」だ。さあ、準備万端整えて。

幕府の茶道師範、数寄屋頭であった幸琢師匠は利休伝来の侘茶《わびちゃ》の継承者で、その師に茶会の席で手にしていただく茶碗は、侘茶茶碗の首座に位する「喜左衛門」以外に考えられなかった。

前日は朝から、道具担当の権三郎と助六に命じて蔵から「喜左衛門」などの名品を運び出し、準備するように指示したのであった。

二人が、張り切って蔵に向かってから一刻（二時間）、バタバタと廊下を走る音がする。権三郎が青くなって不昧の部屋に飛び込んだのだ。

「あ、ありませぬ、『喜左衛門』がありませぬ」

「何のことだ、落ち着いて説明しろ」

権三郎の言うには、明日用いる道具を一つ一つ取り出し、並べたが、「喜左衛門」だけは所定の場所になく、繰り返し探したがどうしても見つからぬ、というのだ。

驚いた不昧は、下駄をひっかけて蔵に走った。

「おかしい、確かにここへ納めておったはずだが」

特徴のある花押《かおう》の桐箱が、あるはずの場所から忽然《こつぜん》と消えている。同じ宝物の位の伯庵茶碗「円乗坊」はちゃんと所定の棚にある。

なのに「喜左衛門」がない。

「ここ一か月の間に五度茶会を催しておるが喜左衛門は使っておらぬ。その間にここへ出入りした者は？　骨董商人は入れておらぬか」

「いえ、入れておりませぬ」

「となると、お前たち二人のうちのどちらかだ、上から下まで、徹底的に探せ。見つけるまで戻ってはならぬ」

不昧はたいそう立腹して部屋に戻ったが、仕事が手につかぬ。

午後になって、権三郎が、不昧の部屋に恐る恐る入ってきた。

「いかように探しても見つかりません。助六と話しますに、泥棒が入ったのであれば他の道具も盗まれておるはず、蔵の鍵のありかを知っておるのは不昧様とわしら二人と、それに奥方様だけです。念のため、奥方様に聞いてみてはいただけませぬか」

「何、より子に聞けと！　何でじゃ」

「三か月前の家移りの折、奥方様が『「喜左衛門」はどこに収めるのか』と聞かれ、案内致しました。それだけのことですが……」

「それだけのことで人を疑うとは、たわけたやつだ、探せ、屋敷中探せ！」

そう怒った不昧であったが、〝より子が喜左衛門の収納場所を聞いた〟という普段にない振る舞いが妙に引っ掛かった。そして、十年も前、彼女からの強い申し入れがあったことを思い出したのである。不昧は即座に手を叩いて小姓を呼び、より子を部屋に呼びつけた。

「より子、おかしなことを聞くが、『喜左衛門』はそちの下へ遊びに行ってはおらぬか」

微笑んで部屋に入ってきたより子は、不昧の唐突な質問に一瞬狼狽したかに見えたが、瞬《まばた》きしながら不昧から目をそらした。

「……存じませぬ。殿は十年前、喜左衛門は手放す、そう約束されたではありませぬか。殿が手放されたのでは……」

「何だと、たわけたことを！　なら聞くが、より子は三か月前の家移りの折、権三郎に喜左衛門のしまい場所を聞いたというではないか、誤魔化す気か！」

「……誤魔化す？　約束は如何なさりました、私を責める資格がおありですか。横暴にござります。斎恒は可哀想に浮腫に冒され……ご自身のことより、斎恒のことを考えるのが父親として、致仕した藩主としてのありようでは……」

——うーん、こいつ……なんという言い草！　確かに約束を果たさなかったのは予が悪い。より子の言うのが筋だ。うーん、腹は立つが、ここは引かねばなるまい。

「より子、予が悪かった。実は、明日、どうしても喜左衛門が必要なのじゃ。そちもよく知っておる幸琢師匠に使ってもらうためじゃ。師匠と交わした、二十年前の約束を果たす、そのためじゃ、頼む、頼む」

不昧は笑顔を作り、畳に頭をこすりつけた。だが、より子はついぞこのかた見せたこともない冷たい表情をし、不昧の目を正面から見据え、強い口調で言い放った。

「師匠との二十年前の約束？　それは十分に果たしておいでではありませぬか。明日の茶碗が喜左衛門でなければならぬ理由は何でありますか？　殿の、招待する側の自己満足にござりましょう」

——な、なんだと、自己満足だと！　うーん、言わしておけば！　家臣ならば手打ちにしてくれるところ……。

「……予が頭を下げて頼んでおるに……喜左衛門はいかがいたした、あるのか、ないのか！」

「ござりませぬ。私は斎恒を獲らねばなりませぬ」

より子は立ち上がり、背を向けて足音高く部屋を後にした。

翌日の茶会に、幸琢師匠が杖を突き腰を折って参上した。

「おお、これが古今名物類聚ですな。方々で評判になっております。信念を貫き、よき仕事をされました」

「有難き幸せにござります」

「それにこの茶碗は泊庵《はくあん》ですな。海鼠《なまこ》の美しさは天下一品、良き茶碗を準備して下された」

「本来なら、侘茶茶碗の首座の『喜左衛門』でありますが……」

「いやいや、これで大満足にござります」

幸琢は、不昧が二十余年間一貫した信念で茶道具を蒐集分類し、公開していること、茶道具保護のために『古今名物類聚』を世に出したことなど、永年の労を労《ねぎら》い高く評価した。また近年、我が国の茶の湯文化が、武家社会から徐々に庶民層に広がりを見せていることについて、ひとえに不昧の人徳による、と称賛した。

——予が藩主であったから出来たこと、親しき大名や多くの家臣、それに二十人にも及ぶ茶商や目利きの後押しがあったればこそだ。それと忘れてならぬのは死した衍親、今一人……。

数日後の夕方、より子が不昧の許を訪れた。手に風呂敷包を持っている。

「殿、我がままを申しました……喜左衛門をお持ち致しました」

過日、あれほど怒り、妻を恨《うら》んだ不昧であったが、幸琢師匠を満足な形で遇せたことから、すっかり機嫌を直していた。

「おお、より子、喜左衛門じゃと。いかがしたのじゃ、訳を聞かせてはくれぬか」

「……ひとえにあなた様や斎恒の身体のことを気遣い……」

より子の話はこうだ。

十年前、殿に喜左衛門を手放すように申し入れたが、殿は約束に反して喜左衛門を持ち続けられた。そのため斎恒は十歳を過ぎたころから浮腫に悩まされるところとなった。こうなれば自分が処分する他はない、そう決意し密かに機会を狙っていた。だが、不昧がこの茶碗を身辺に置いていたためその機会がなかった。この度、屋敷を代わり、喜左衛門の収納場所を知り、鍵も任された。そこで三か月前、密かにこの茶碗を持ち出し氏神様へ。石に打ち付けようとしたが、いかようにも振り上げた手が動かなかった。やむなく神主に事の訳を話したところ、百日間、神社に留め置き毎日お祓いをすれば茶碗の祟りが取れる、との教えがあった。幸琢師匠を迎えた日は九十日目であった。今日でやっと百日のお祓いが終わった。念願であった喜左衛門の祟りを取り去ることが出来たので茶碗はお返ししたい、というのであった。

「そうか、分かった。予や斎恒の身体のことを案じてやむに已まれずなしたること、嬉しく思う……お祓いが終わったとはいえ、斎恒のこともあれば気になるであろう」

「それはもう……」

「……どうであろう、この茶碗、これからも姫の許で管理してはくれまいか」

「えっ、私に管理を？　誠にございますか……願ってもないことにございます」

より子はその日から、自らの手で喜左衛門を管理した。


不昧は、文化八年（一八一一）、還暦を期して長年心血を注いで蒐集した茶道名器類一切を斎恒に譲ることとし、自筆の道具帳「雲州蔵帳」を遺した。「宝物」十三点、「大名物」三十八点、「中興名物」六十七点など七分類した名品は八百三十九点、格付けされぬものもあり、その数量は膨大に上った。

斎恒が藩主に就いた文化三年（一八〇六）、藩の永年の課題であった薬用人参の栽培に成功した。

出雲の国を繁栄させた薬用人参の耕作成功には、苦難の道がある。薬用人参は幕府が直轄産業として下野国の日光で独占栽培し、門外不出としていた。松江藩は宗衍の頃からこれが成長産業であると目を付け、宝暦十年（一七六〇）、藩士の小村新蔵に命じ、日光から江戸藩邸に持ち帰った種を、藩邸の敷地内で試作させた。足場の悪い江戸の地での栽培は無理とみた新蔵は、これを松江に持ち帰り津田で栽培を始めた。だが、二十余年の歳月も空しく成功を収めることなく道半ばで逝った。

藩は新蔵の子、茂重を後継者に指名したものの、その茂重も失敗を繰り返し、これを打開するためには本場の日光で修行する以外にないと判断し、文化元年（一八〇四）、茂重を、日光の藩主参拝の際の宿坊「実教院」に送り込んだ。茂重は人柄がよく芸達者であったから和尚に可愛がられ、任期明けに己の夢を明かした。当時、人参栽培は幕府の厳しい統制下にあり、他国持ち出し厳禁であったが、和尚の格別な計らいで茂重は人参耕作農家に手伝人として入った。栽培法と加工法を身に着けた茂重は、密かにこれを松江に持ち帰り、古志原で栽培に取り掛かった。薬用人参は栽培から収穫まで四～五年かかり、茂重は藩の支援を受けて凌ぎ、同三年、やっとのこと栽培に成功した。

藩は茂重に命じて農民に耕作方法を指導させ、徐々に作高を上げ、文化十年（一八一三）寺町誓願寺の南に「人参方役所」及び製造場、人参洗い場を造り、同十三年、幕府による他国販売許可を得た。

錦の御旗を手にした藩は販売に乗り出し、大坂、京都、江戸、北国、長崎と販路を拡大、文政年間に入り海の向こうの清国への輸出へと発展した。

耕作地も松江や大根島から、大原郡、仁多郡、飯石郡、三瓶山など国内外に及び、作高は日光を凌駕《りょうが》するところとなった。

寺町の「人参方」を拠点として、二百頭の馬に人参製品を積んで赤名峠、広島を経て、関門海峡を渡り長崎へ。そこには清国の商人が待ち受けており、雲藩の人参は中国本土や、アジア諸国までへと輸出されるところとなった。

天保十四年（一八四三）以降、人参のもたらす収益は年間十万両にも達し、農民が汗水たらして稼ぐ年貢高にも匹敵した。

他藩が次々と耕作に失敗した中にあって松江藩が成功を収め得たのは、藩の後押しの下、新蔵と茂重の血の滲《にじ》むような苦難の道のりがあったのだ。

大崎での隠居の生活の安定した不昧は、年十回の茶会を開き、都度、茶器の公開を行うなど、悠々自適の日々を過ごした。

不昧は、江戸以外の地においても、茶道文化向上の活動を広げた。江戸初期の大名茶人で尊敬する小堀遠州が京都の大徳寺に創建し、寛政五年に焼失した「孤篷庵《こほうあん》」について、住職や同志と図り、寛政十二年（一八〇〇）その再興を果たした。ついで文化十四年（一八一七）、境内の清池に大圓庵を修造した。「茶道を修して禅が伴わないものは、暗闇《くらやみ》で何も見えぬものに等しい」との「茶禅一味」の持論を持つ治郷にとって、大圓庵を修造出来たことは最高の幸せであった。

茶の湯大名として名をはせ、内外に多くの弟子を持つに至った不昧であったが、自らの流派を持つことには消極的であった。「露地数寄《ろじすき》は宗旦《そうたん》、物数寄・好の物は宗甫《そうほ》との、茶の湯の法は宗関《そうかん》との、一人にしたらば天下一也、その心にて修行すべし」と指標し、自ら「諸流みな我が流」と喝破《かっぱ》した。出雲では御流儀、また御家流と敬称されていたが、大正時代から「不昧流」と呼ばれて広く親しまれることとなった。


文化十三年（一八一六）、六十六歳になった不昧は、妙に松江が恋しくなった。

――八年も松江を疎遠にしておるが、今いかような具合であろうか。薬用人参は、鉄製品は、茶の湯は、斎恒はうまくやっておるかな？　御家老衆は壮健であろうか、懐かしい顔が目に浮かぶ。あー会いたい。玉造温泉に浸《つ》かってみたい、皆と茶会がしたい。

一度心が傾くと、我慢出来ぬ性格は年を重ねても変わらない。

より子に松江行きを告げ支度を整えると、八月二十一日江戸を発った。

国主時代はさほど苦にならなかった松江入りであるが、歳を重ね、病を押しての長旅はさすがにくたびれる。若い頃は二十三日もあれば到着したが、五日も途中で休養をとり、九月十七日、ようやく松江に着いた。

八年ぶりに見る松江は、江戸と違って水や緑が美しく何事も悠長だ。が、白潟天満宮に差し掛かったあたりから、俄かに町の様子が変わっている。

――これはいったいなぜだ。祭りでも？

駕籠から下りて二町東行きしたところ、天神川と和多見川の交差する誓願寺の南角に巨大な二階建てが建ち、その周りに見事な蔵が数棟見えるではないか。

――初めて見る建物だ。予がおった頃はなかったぞ。

建物に近づき、看板に目を凝らしたところ「人参方役所」とあった。

――そうか。薬用人参か！　かように大きな蔵が三棟もあるということは、相当手広く商っておるのであろう。嬉しいことだ。

わくわくしながら、懐かしい大橋を渡る不昧であった。


松江入りした不昧は、我が子斎恒と対面し、その成長ぶりを見届けて気分を高揚させ、かつての分身、朝日丹波恒重、大橋茂右衛門、乙部九郎兵衛などの屋敷を訪れ旧交を温めた。

また、茶碗作りの師匠ともいうべき布志名焼の雲善を訪ね、近況を聞くとともに、不昧が江戸で制作した茶碗を見せた。

「見事なる出来栄え恐れ入りました。最早私などの口出しは無用にございます」

雲善は、不昧の上達を喜び、心からの賛辞を贈った。

十月十日、待ちに待った玉造温泉だ。

藩主であった頃の入湯は、外敵から身を護るために、常に護衛付きであったが、今は脱衣場でお供の者が待つだけの身軽さである。

――かように気楽な旅は初めてだ。よし、今日は露天風呂にでも入ってやろう。民がどのような話をしておるか、聞くもよかろう。

旅館の露天風呂には、晩飯前のためか客がいなかった。致仕以来坊主頭の不味は、手拭い一枚で湯船に浸かった。手足をいっぱいに伸ばし首まで浸かったとき、木戸を開けて髷の男が一人入ってきた。

「失礼いたす。今宵は貸し切りにござるか、もったいない」

その侍と思しき男は、年の頃四十前、言葉遣いといい身のこなしといい垢抜けしており、どうやら出雲人ではなさそうである。

「私も、今入ったところです。どちらからお見えですかな」

「身共は江戸です。諸国を巡視しておるところにござります」

幕府は、寛文七年（一六六七）、「諸国巡検使《じゅんけんし》」の制を定め、定期的に使番などを派遣して、藩の政治が定め通り執り行われているかを点検させ、「美政、中美政、中悪政、悪政」などと格付けして指導した。

「ということは、公儀のお方、それはそれは」

僅か一間しか離れていない湯気の向こうの侍を見た。致仕後十年も経っており、初めて見る顔であった。

「役目にござる。御隠居はどちらから、地の方とも思えませぬが」

「私も江戸から。この土地に世話になったお人が居られるゆえ、極楽に参る前にお礼をと」

「極楽にござるか、ははは、いや、この出雲の国こそ極楽にござる」

「ええ？　ここが極楽？　如何なる理由ですかな」

「豊かにござる。まず産業です。出雲の土地に足を踏み入れたとたんに綿や櫨、朝鮮人参の栽培、それに鉄製品です。平田では木綿市が立っており、女子は髪に簪、男は昼酒を飲んで楽しんでおりました。これを見ただけでもここは極楽と……」

「しかし、上辺だけでは分かりませぬ。この地の人々は心を表しませぬ、困ったことでも笑って耐えておりまする」

「お許しいですなあ、だが、道沿いの百姓家に入り水を所望したところ、水ではなく薄茶が出ました……百姓家にまで薄茶が広まっておる。これには驚きました」

「ほう、百姓家で！　うーん。そこまで」

──予が気付かぬうちに、いつの間にか広まっておったとは。

「百姓が言うには、前の殿様が、随分お茶がお好きだったようで」

──？　それはひょっとして、予のことか？

「……左様な話は、私も聞いたことがありますが……で、他国は？　薩摩とか長州などは如何にございります？」

「言っては悪いが、産業が乏しい。乞食が多い。着ておる物も粗末で食うことに精いっぱいと感じました。松江では高い煙突があり、鉄を溶かして鍋や釜、鍬なども造っておりました。いやはや驚き入ってござります」

不昧は胸の高鳴りを覚えた。自身の執ってきた政治が間違っていなかった、今、斎恒に引き継がれ大きく開花している、そのことを窺い知ったのである。

「越後や会津は如何ですかな」

「天保の飢饉では何十万人も飢え死にし、そこから立ち直れず、いまだに百姓一揆が勃発しておる。人の数も増えておらず、水戸などは三割以上も減っておりまする」

「なるほど、水戸は減っておりますか」

「それに比べ、こちらでは、餓死者はほとんどおらぬばかりか、他国から逃れて来た者に食料を与えておるとか、人の数もどんどん増えておると聞きました」

「確かに、私が居りました頃も、他国から来た人に食料を施しておりました。あの頃より羽振りが良く、人も増えたようにござりますな」

松江藩の人口は、不昧が生まれた寛延三年（一七五〇）に二十三万余人であったものが、巨額の債務を完済した天保十一年（一八四〇）には三十万人を突破した。九十年の短期間で三十四《パーセント》も増え、この時代の人口増加率では、全国に類のない伸び率を達成していたのである。

「この土地は大国主命に護られておるゆえ日本一、まさに日本一にごさる。ははは」

「ははは、この年寄り、この地に縁がありましたゆえ喜びました。安心してあの世へ行けます。いやー、よき話を聞かせてもらいました。では、ごゆるりと。だんだん、だんだん」

「どちら様かは存じませぬが、どうぞよき旅を」


不昧は心の底から嬉しかった。

荒れ果てた田畑、裸同然の親子が食い物を求めて這いずり回るのを、見て見ぬふりをして通り過ぎていた人々。

あれから五十年、父の後を引き継ぎ、不世出の丹波と共に出雲の地の立て直しに心血を注いだ。

そして今、この地の人々は朝晩の食事を摂《と》り、労働を尊び、一歩一歩自分の足で歩いている。木綿の着物を着、髪に簪《かんざし》、茶の湯を嗜《たしな》み、相撲を見て喜び、一日が終われば感謝を込めて神仏に祈りを捧げる。

正直と律儀、例え何年かかっても借りたものは返すという、頑《かたく》なな人々に神が与えたもうたご加護、それが今の繁栄ではなかろうか。


それはあたかも、知命を予期しての行動であったのであろう。

年の明けた文化十四年正月十三日、不昧は玉造に雲善を訪ねた。

「雲善、今日は折り入って頼みがある。二十年前見せてくれた祖父の直筆なる軸、あれを見せてはくれぬか」

不昧は松江を離れるにあたり、二十年前、自らの生き方を変えるきっかけを賜った祖父、宣維の軸に会いたい、そう強く願うようになった。不昧の頼みを雲善は快く聞き入れ、ほどなく床の間に二幅の軸を掲げた。

不昧は軸に正対し、しばし凝視し、そして静かに平伏した。

——……お祖父上、お懐かしゅうござります。……お祖父上のお陰で、どうにか藩主としての役目を果たし斎恒に引き継ぐことが出来ました。目を覚まさせていただきましたこと、心から感謝申し上げます。

不昧はもう一度軸を凝視し、そして静かに平伏した。

不昧は、その日のうちに松江を発って京都の大徳寺孤篷庵《こほうあん》に立ち寄り、己の廟舎《びょうしゃ》「大圓庵」を開基して弔いを託した。三月十二日に江戸に戻り、そして間もなく病床に就いた。

――丹波、許せよ。そちに生意気なことを言ったが、結局、父に似た凝り性は、茶道具蒐集にはまってしまった。

幸琢師匠、貴方の苦言で、自らの生きる方向を見出すことが出来ました。大巓和尚、「不昧」とは、なんと良い号でありましょう。予は、善いこともしたが我儘《わがまま》も通した。いかような因果に落ちるでありましょうか。

一言弁解を申せば、予が取り組んだ茶道具の保護と公開、茶の湯や和菓子などの普及は、些《いささ》かなりとも次の世に役立つでありましょう。

ああ、最早くたびれた。迎えがそこまで来ておる。

思えば、面白い人生であった。運のよい男であった。

今一度、生まれかわることが出来たなら、やはり松江に来よう。出雲人の生きざまが、そして茶の湯が、道具が、菓子が、いかように根付いておるか、とくと拝見させてもらおう。

おお、お前たち、迎えに来てくれたか。
これから極楽で、お前達と一緒に、盛大に茶会をいたそう。
より子、先に行くぞ、だんだん……だんだん……。

不昧は文政元年（一八一八）四月二十四日、より子や親しき者に看取られて、眠るように六十八歳の生涯を遂げた。

不昧の法名は自ら選んだ「大圓庵前出雲國主羽林次将《うりんじしょう》　不昧宗納居士《そうのうこじ》」である。

より子は不昧の没後、不昧から託されていた茶碗の喜左衛門と、生前不昧が作り、仕上げを託していた棗《なつめ》とを携えて、廟舎のある京都大徳寺孤篷庵に赴き、歌を添えて自らの手によって寄進した。

朝な夕なしたへど今はなき君の
　かたみと見るもあぢきなの世や

完

あとがき

私は平成二十八年の六月、国宝松江城が廃城令をかいくぐり、いかにして今にその雄姿をとどめているかの歴史小説『誇り高きのぼせもん』を出版致しました。

その執筆の過程で、松江藩の歴史の中に、まさに大河ドラマとして全国に発信できる壮大な物語が存在することを知り〝次に書くのはこれだ〟と目標を定めて準備を進めていました。そして執筆に入るため著名な先生方を訪ね、意見を伺ったのです。

「山口さん、本当に書くの、辞めた方がいいよ」

私が相談をもちかけた数人の先生は、額に縦皺を寄せてあっさりと不同意されました。その理由は三点あったように思います。一点はこの時代、常人の予測をはるかに超えた歴史の変遷があり、読み物としてまとめるのが難しい。二点は「茶人大名不昧公」については、名君か暗君かの根強い評価の分かれがいまだに存在し書き方が難しい。三点は、これまで誰一人読み物として書いた人がいない。ざっとこのような理由であったと思います。勿論、私の歴史の理解力や筆力を心配されてのことでもありましょう。

否定されると燃え上がるのは人の常、石見人の私に火が付きました。以前にも増して東奔西走して資料を集め、二年前に執筆に入りました。

宗衍から始まって丹波が主導したこの壮絶な改革は、挑戦と挫折を繰り返し、血の出るような苦しみの中で藩を救おうともがきます。その目撃者ともいうべき丹波の子の千助が「命にかかわること」と繰り返し手記していました。

そこで私は、当時に少しでも近づくため己を追い込みました。執筆中は敢えて戦後の貧しさを思い起こし、木の実や草の根をかじり、冷暖房を用いず、五時間の睡眠時間に耐え、十一年目となる毎朝の小中学生の通学補助を継続したことです。執筆期間中、頚椎捻挫、腰痛、手のしびれを繰り返し、江戸中期の人々の苦しみに少し接近できたと思います。このことにより、多少なりとも血の通った読み物に近づけたのではないか、と思います。

歴史小説は登場人物のキャラクターや役割を確定するところから始まりますが、難問は不昧公にありました。年代と共に、言語も行動も目まぐるしく飛躍し、到達地点やその心の中が読めない、藩主であると同時に、類まれなる凝り性であって、茶・宗教・芸術・武道などに没頭していました。比較にはなりませんが、私も少年のころから切手蒐集、相撲に柔道、演劇や声楽、囲碁にと熱中してきました。だから、かなり不昧公の凝り性は理解できました。

ただ、茶の湯の世界は覗いた程度で、その崇高な心や奥の深さは分かりません。この過程で茶道界の重鎮島田成炬先生、佐藤光恵先生、藤間寛氏から侘び寂び、茶禅一味や円相、不昧公の人となり等について貴重な教えを賜り、筆を前に進めることができました。

なかなか解明できなかったことは、不昧公の行動が世の為人の為にいかに役立ったのかということと、なぜ晩年になって親政に打って出たのか、この二点でした。この事についても、研究を重ねていく過程である程度解明できたように思います。

限られた紙数と筆力不足のため、読者の心にいかように届くかは分かりませんが、松江藩栄光への道を、読み易い歴史小説として出版し得たことは嬉しく、次代を担って立つ若者のためにお役に立つことができたなら、望外の喜びです。

この小説を書き上げるに当たって多くの方々にお世話になりました。

松江歴史館館長の藤岡大拙氏には指導と巻頭言を、松江市史料編纂課の内田文恵氏には制作の指導を、島根大学教授小林准士氏、郷土史家玉木勲氏には史料の提供と解説を、布志名窯の土屋雲善氏には史話を、前松江市郷土館館長安部登氏・警察の先輩で掃苔家の青山侑市氏には時代考証を、埼玉在住の親友小野博之氏には史料の提供を、茶人で友人の田中重隆氏、声楽の友人南波陽平氏には助言を、また、小川さくらさんには装丁画の制作を、それぞれお世話になりました。

今井印刷㈱の黒田一正氏、永見真一氏、實重捺美氏、亀井規子氏には制作上の意見と支援をいただきました。

また、島根県立図書館郷土資料室の皆様方には関係資料の提供や解説など、様々な便宜供与を賜りました。

史料の参考使用をお許し戴いた皆様方共々、謹んでお礼を申し上げます。

平成三十年四月末日

山口信夫

著者略歴

山口信夫（やまぐち　のぶお）

1943年生まれ　島根県邑智郡川本町出身。
演劇・声楽・柔道・絵画を愛好。

［略歴］
大社・益田・松江の各警察署長
中国管区警察局・警察庁課長補佐
島根県警察本部交通部長・刑事部長・
自動車安全運転センター島根県事務所長　歴任
環境市民団体「くにびきエコクラブ」名誉会長
混声合唱団「まほろば」創設　初代団長
合唱団「ゾリステンアンサンブル」会員
松江警察署発足110周年記念誌『庁舎は語る』執筆代表
演劇制作23本、上演44回
著書：国宝松江城秘話『誇り高きのぼせもん』(二〇一六)

松江藩栄光への道
律儀者と不昧さん

二〇一八年五月二十五日　発行

著者　山口信夫
発行者　山口信夫
発売　今井出版
印刷　今井印刷株式会社
製本　日宝綜合製本株式会社

ISBN 978-4-86611-116-2

「しながわの大名下屋敷」品川区立品川歴史館　二〇〇三
「松江藩列士録　第一～六巻」島根県立図書館　報光社　二〇〇六
「ふるさと中野の民話と伝説」藤原豊善　中野公民館　二〇〇六
「不昧流茶道と史料」島田成矩　山広　二〇〇七
「江戸狂者伝」中野三敏　中央公論新社　二〇〇七
「詳説日本史研究」佐藤信　山川出版社　二〇〇八
「どすこい！」古代出雲歴史博物館　ハーベスト出版　二〇〇九
「続　松江藩の時代」乾隆明　山陰中央新報社　二〇一〇
「雲陽秘事記と松江藩の人々」田中則雄　松江市教育委員会　二〇一一
「松江藩の財政危機を救え」乾隆明　松江市教育委員会　二〇一一
「松江藩を支えた代々家老六家」玉木勲　ハーベスト出版　二〇一一
「朝日家老来歴」玉木勲　二〇一一
「松江市史　近世１・２」松江市史編集委員会　松江市　二〇一一
「シリーズ藩物語　松江藩」石井悠　現代書館　二〇一二
「松江八百八町町内物語」荒木英信　ハーベスト出版　二〇一二
「武士に「もの言う」百姓たち」渡辺尚志　草思社　二〇一二
「松江藩掃苔録」青山侑市　松江市教育委員会　二〇一二
「藩財政再考」伊藤昭弘　清文堂　二〇一四
「松平不昧の数寄」畠山記念館　アイワード　二〇一四
「松江藩のお種人参から雲州人参へ」板垣衛武　山陰中央新報　二〇一六
「松江の伝統食『ぼてぼて茶』」竹崎輝雄　論文　二〇一七

このほかにも多くの史料・資料を参照させていただきました。

律義者と不昧さん　主な参考文献

「雲陽秘事記」島根県立図書館寄託　比布智神社文書　年号不詳
「茶禅不昧公」高橋梅園　寶雲社　一九一七
「松平不昧言行録」白目木智璉　東亜堂書房　一九一八
「島根県史・九　藩政時代下」島根県　秀英舎　一九三〇
「松江藩経済史の研究」原傳　日本評論社　一九三四
「新修松江市誌」松江市史編さん委員会　島根新聞社　一九六二
「松平不昧」内藤正中・島田成矩　今井書店　一九六六
「松江市史」上野富太郎　名著出版　一九七三
「不昧公と茶の湯」安部鶴造　松江今井書店　一九七五
「古今名物類聚　上」正宗淳夫　石井恭二　一九七八
「雲藩職制」正井儀之丞　歴史図書社　一九七九
「考証　風流大名列伝」稲垣史生　新潮社　一九八三
「雲州蔵帳集成」藤間亨　田部美術館　一九八三
「比叡山延暦寺１２００年」瀬戸内寂聴　新潮社　一九八六
「語りつぐ松江物語」立脇祐十　島根印刷㈱　一九八七
「和菓子の辞典」奥山益朗　東京堂出版　一九八九
「藩士大辞典　中国・四国編」木村礎　雄山閣出版　一九九〇
「田沼意次の時代」大石慎三郎　岩波書店　一九九一
「近世儒家文集集成第十四巻」澤井啓一　ぺりかん社　一九九五
「山陰史談」浅川清栄　山陰歴史研究所　一九九五
「清原太兵衛」村尾靖子　ＨＮＳ研究所　一九九七
「松江藩格式と職制」中原健次　松江今井書店　一九九七
「出雲国朝鮮人参史の研究」小村弌　八坂書房　一九九九
「松平不昧傳」成瀬雅人　原書房　一九九九
「松江藩・出入捷覧」成瀬雅人　原書房　一九九九
「大名と旗本の暮らし」平井聖　学習研究社　二〇〇〇
「不昧公とその周辺」出雲文化伝承館　武永印刷　二〇〇一
「大名茶人　松平不昧展」松平直壽　島根県立美術館　二〇〇一
「松平不昧と茶の湯」不昧公生誕二百五十周年記念出版　二〇〇二